**Par la bouche
de mes crayons**

Par la bouche de mes crayons
a été publié sous la direction littéraire de Paul Cauchon

Conception de la couverture : Claire Dazat
Mise en pages et adaptation numérique : Studio C1C4
Révision : Gisèle Gosselin
Correction d'épreuves : Laurence Taillebois

© 2023 Jean-François Lisée (La boîte à Lisée) et Somme toute/Le Devoir

ISBN 978-2-925291-20-6 ♦ epub 978-2-925291-31-2 ♦ epdf 978-2-925291-30-5

Catalogage avant publication de Bibliothèque et Archives nationales du Québec et Bibliothèque et Archives Canada
Titre : Par la bouche de mes crayons / Jean-François Lisée.
Noms : Lisée, Jean-François, auteur.
Description : Comprend des références bibliographiques.
Identifiants : Canadiana 2023012254X | ISBN 9782925291206 (couverture souple)
Vedettes-matière : RVM : Québec (Province)—Politique et gouvernement—21ᵉ siècle. | RVM : Québec (Province)—Civilisation—21ᵉ siècle—Miscellanées. | RVM : Canada—Politique et gouvernement—21ᵉ siècle. | RVM : Identité collective—Québec (Province) | RVM : Journaux québécois—Cahiers, chroniques, etc. | RVMGF : Chroniques.
Classification : LCC FC2928.2.L572 2023 | CDD 971.4/05—dc23

Nous remercions le Conseil des arts du Canada de l'aide accordée à notre programme de publication et la SODEC pour son appui financier en vertu du Programme d'aide aux entreprises du livre et de l'édition spécialisée.

Nous reconnaissons l'aide financière du gouvernement du Canada par l'entremise du Fonds du livre du Canada (FLC) pour nos activités d'édition.

Gouvernement du Québec - Programme de crédit d'impôt pour l'édition de livres - Gestion SODEC

Toute reproduction, même partielle, de cet ouvrage est interdite. Une copie ou reproduction par quelque procédé que ce soit, photographie, microfilm, bande magnétique, disque ou autre, constitue une contrefaçon passible des peines prévues par la loi du 11 mars 1957 sur la protection des droits d'auteur.

Dépôt légal - 3ᵉ trimestre 2023
Bibliothèque et Archives nationales du Québec
Bibliothèque et Archives Canada

Tous droits réservés
Imprimé au Canada

Par la bouche de mes crayons

JEAN-FRANÇOIS LISÉE

SOMME TOUTE   LEDEVOIR

Du même auteur

Dans la collection « Jean-François Lisée raconte » :
1. *La tentation québécoise de John F. Kennedy.* Montréal : Carte blanche / La boîte à Lisée, 2020.
2. *De Gaulle l'indépendantiste.* Montréal : Carte blanche / La boîte à Lisée, 2020.
3. *Insurrection appréhendée : le grand mensonge d'Octobre 1970.* Montréal : Carte blanche / La boîte à Lisée, 2020.
4. *Guerre froide, P.Q. : La CIA, le KGB et l'énigme québécoise.* Montréal : Carte blanche / La boîte à Lisée, 2021.

Qui veut la peau du Parti Québécois ? Et autres secrets de la politique et des médias. 2019. Montréal : Carte blanche/ La boîte à Lisée
Octobre 1995 – Tous les espoirs, tous les chagrins. 2015. Montréal : Québec - Amérique
Le Journal de Lisée : 18 mois de pouvoir, mes combats, mes passions. 2014. Montréal : Rogers.
Le petit tricheur : Robert Bourassa derrière le masque. 2012. Montréal : Québec-Amérique.
Des histoires du Québec selon Jean-François Lisée. 2012 (livre l). Montréal : Rogers.
Comment mettre la droite K.O. en 15 arguments. 2012. Montréal : Stanké.
Troisième millénaire, bilan final – Chroniques impertinentes. 2011. Montréal : Stanké.
Imaginer l'Après-crise : Pistes pour un monde plus juste, équitable, durable. 2009. (co-dirigé avec Éric Montpetit) Montréal : Boréal.
Pour une gauche efficace. 2008. Montréal : Les Éditions du Boréal
Nous. 2007. Montréal : Boréal.
Sortie de secours : Comment échapper au déclin du Québec. 2000. Montréal : Boréal.
Le Tricheur. 1994. Montréal : Les Éditions du Boréal / The Trickster, Lorimer
Le Naufrageur. 1994. Montréal : Boréal.
Les Prétendants. 1993. Montréal : Boréal.
Carrefours Amérique. 1990. Montréal : Boréal / Maspero
Dans l'oeil de l'aigle. 1990. Montréal : Boréal / In the Eye of the Eagle, HarperCollins

À Denise et Frédéric

Table des matières

Introduction..11

I — De très actuelles histoires anciennes

Mésaventures esclavagistes en Nouvelle-France..........17
Esclavage noir : le cas québécois..........................26
Sincère allégeance...36
Les racines empoisonnées du 1er juillet...................40
L'infréquentable Duplessis................................45
1967 : de Gaulle « bouleversé » par la question québécoise...52
Octobre 1970 : L'exception canadienne...................61
1982 : La constitution maudite............................66
Meech et le « Quoi qu'on dise... » de Bourassa : La vraie histoire..70
1992 : Le référendum refoulé..............................77
L'aéroport du mépris......................................81
1996 : Perdre en supplémentaire..........................85
Histoire du Canada..92
Charest nous poursuit ? Poursuivons-le !................96
Le jaloux...100

II — Mythes, religions, laïcité

Le premier complot 109
L'affaire Jésus 113
Les crimes de Benoît XVI 119
Une bonne semaine pour l'Islam 123
L'âme existe, le juge l'a dit! 132
Laïcité et obscurantisme 138

III — L'avenir au féminin

Le long repos du guerrier 145
Regarde les hommes tomber 148
8 mars : Être féministe aujourd'hui 153
La drogue des lâches 156
Justice pour les femmes toxiques 160
La pub antiféministe du 8 mars 164
Hommes blancs médiocres 169
L'enfer patriarcal de la CAQ 173

IV — La marée woke et la digue québécoise

Au nom des hommes et des femmes 179
Harry Potter et la prisonnière d'Azka-Woke 183
Les adieux de la CBC à l'objectivité 190
Et maintenant : l'endoctrinement 195
Pourquoi le Québec n'est-il pas un *safe space* pour les *wokes* ? 199
Plaidoyer pour une robustesse respectueuse 210

Prêts pour l'inégalité?... 215
Les mauvais génies de l'égalité........................... 220
Les accros..225
L'étrange racisme non systémique des Québécois.......230

V — Questions autochtones, réponses métissées
L'étincelle autochtone des Lumières.....................243
Pensionnats: après la douleur et la honte, quoi?.........249
Le système dont Joyce fut la victime......................253
Moi, culturellement génocidé..............................261
Territoires non cédés, faut-il céder?.......................265
Comment rater la réconciliation........................... 271
Les mystères de Kamloops..................................275
À la rescousse de l'été des Indiens........................281

Pour dessert
L'empreinte internationale du Québec...................289
À quelle heure l'indépendance?..........................295

Introduction

Je vous ai découpé des articles. Ce sont nos tantes qui nous disaient ça, non ? Vous qui étiez sportif ou dentiste, étudiant en arts ou apprenti soudeur, votre tante avait pensé à vous en voyant un article portant plus ou moins sur votre champ d'intérêt. Elle vous le tendait, lors de votre visite annuelle, tel un témoignage de l'intérêt qu'elle vous portait. Évidemment, cet article ne vous apprenait rien que vous ne saviez déjà, mais vous l'acceptiez avec des « ha », des « super », des « c'est gentil » et des « merci beaucoup matante, je vais le lire avec intérêt ». C'est que vous saviez qu'il ne s'agissait nullement d'une transmission d'informations, mais d'une preuve d'affection. D'ailleurs, si vous lui demandiez ce qu'elle avait pensé, elle, de l'article, elle devait la plupart du temps admettre ne pas l'avoir lu. C'était pour vous, pour vous seul.

Alors, ces articles, que j'ai regroupés dans cet ouvrage, à vous de décider s'ils vous apprennent quelque chose de neuf ou si vous vous contenterez d'un remerciement poli, d'un enthousiasme feint, surtout si c'est votre tante qui vous l'offre.

Je puis cependant vous garantir que je les ai lus, en fait relus, après les avoir écrits, mis à jour pour plusieurs d'entre eux, en pensant à vous. D'abord, j'estime que le temps du lecteur est trop précieux pour que je lui offre de la redite. Je choisis mes sujets en me demandant toujours : qu'est-ce qui manque à notre compréhension de tel phénomène ? Qu'est-ce qui n'a pas encore été dit sur tel événement ? Quel angle d'explication n'a été abordé par aucun de mes collègues journalistes ?

Il m'arrive, cela ne vous surprendra pas, d'avoir des opinions. Mais j'estime avoir échoué à ma tâche de chroniqueur si je n'ai pas offert au lecteur des informations, des données, des références qui lui avaient échappé et que je n'ai souvent découvertes moi-même qu'en fouillant mon sujet.

En fait, c'est un truc. Évidemment que je tiens à vous convaincre que j'ai raison. Mais il me semble que j'y arriverai plus aisément si j'entrelarde mes avis de faits, chiffres et citations qui étonneront vos synapses et vous conduiront à penser, contre toute attente, que les faits me donnent raison. On m'accusera de les choisir exprès pour obtenir ce résultat. Ce n'est pas complètement faux. Mais j'ai appris au cours des ans que si les faits contredisent vos a priori, c'est probablement que la réalité est plus étonnante que ce que vous pensiez. Puisque j'ai un penchant pour l'originalité, j'accueille ces données contre-intuitives comme autant de cadeaux que je puis ensuite vous offrir. J'ai davantage de respect pour les faits que pour les opinions, voilà pourquoi je les laisse me guider hors des sentiers battus.

Reste que j'aborde les enjeux, nouveaux et anciens, d'un point de vue qui résiste au temps. Une volonté de mieux distribuer la richesse et le pouvoir en usant, pour y arriver, des mécanismes démocratiques – ce qui se résume en deux mots : la social-démocratie. Une profonde volonté de vérité et de justice, une impatience envers l'hypocrisie, le mensonge, la mauvaise foi, les promesses brisées, l'obscurantisme, la censure et l'intolérance. Une conviction que la nation québécoise à laquelle j'appartiens a fait des progrès colossaux depuis son réveil de 1960 et peut continuer à en faire, mais jamais autant que si elle parvient à se donner un pays.

Les textes réunis ici proviennent principalement de ma production des trois dernières années pour le quotidien *Le Devoir*. Dans plusieurs cas, les textes sont plus longs que ce qui fut publié, car la plupart du temps, une fois que j'ai terminé d'écrire ce que je souhaitais dire, j'ai dépassé l'espace prévu pour le texte. Il faut alors sortir les ciseaux. J'ai cependant gardé les retailles et les ai réintroduites ici. Vous trouverez aussi quelques textes inédits et d'autres qui furent publiés sur mon blogue.

Dépêchez-vous de les lire, car si certaines chroniques d'ordre historique, en début d'ouvrage, résisteront au temps, les autres sont solidement ancrées dans notre monde actuel, celui du milieu des nouvelles années 20.

Je crois au droit imprescriptible du lecteur de choisir ses sujets, de sauter des pages ou des sections, voire de déchirer des articles pour les donner à ses neveux et nièces qui les accueilleront probablement en disant que des photos des pages prises avec votre iPhone aurait fait l'affaire.

Puisqu'il s'agit de plongées brèves, l'ouvrage est parfait pour la salle d'attente, l'avion et le cabinet de toilette. Mais, je ne garantis pas qu'il vous aidera à vous endormir, sauf peut-être si vous êtes en tout temps d'accord avec moi.

De très actuelles histoires anciennes

Mésaventures esclavagistes en Nouvelle-France

Au début, les esclaves autochtones achetés par des colons français prenaient presque tous la poudre d'escampette. C'est que d'autres colons, opposés à cette sujétion, leur révélaient que l'esclavage était illégal en France et en Nouvelle-France et qu'ils pouvaient donc déguerpir. Le co-intendant Jacques Raudot s'en plaint. Des colons « inculquent aux esclaves des idées de liberté. En conséquence, ils quittent leurs maîtres, affirmant que l'esclavage n'existe pas en France ».

Ce n'était pas qu'une conviction. C'était une information. Les Français du début du XVIIe siècle avaient une idée précise de ce qu'était un esclave. Des dizaines de milliers d'entre eux avaient été kidnappés et asservis par les États musulmans d'Afrique du Nord. Des expéditions de sauvetage étaient organisées à grands frais. Les rescapés avaient l'obligation de faire pendant trois mois une tournée des régions de France pour raconter leur calvaire, vanter la valeur de leurs libérateurs et amasser des fonds pour les prochaines opérations de libération. De toute façon, se disaient nos premiers colons sur les rives du Saint-Laurent, les Français sont des « francs », ce qui est synonyme de « libre ». La cause était donc entendue.

Je tire cette science, et presque tout ce qui suit, d'un extraordinaire ouvrage publié en 2012 et qui m'a été signalé par Dominique Deslandres, spécialiste de ces questions à l'Université de Montréal. Un ouvrage qui « renouvelle complètement notre connaissance de l'esclavage », m'écrit-elle. Le chercheur américain Brett Rushforth, qui a ratissé les archives chez nous, en France, en Espagne et ailleurs pour alimenter ce récit monumental, a obtenu pour

Bonds of Alliance – Indigenous & Atlantic Slaveries in New France (UNC Press) de prestigieux prix, aux États-Unis et en France.

La révélation de sa passionnante recherche est la très forte interaction entre autochtones et colons français sur une question qu'on pensait secondaire, mais qu'il trouve centrale : celle de l'utilisation de l'esclavage au sein des nations et dans les rapports entre elles. « Aucun honneur n'était plus important pour un jeune autochtone que de capturer des esclaves. Son exploit était célébré dans des cérémonies publiques, gravé dans ses armes, et un tatouage témoignait de chaque ennemi ainsi asservi », écrit Rushforth.

Les esclaves pris dans des raids étaient traités comme des êtres inférieurs. Les hommes, surtout, subissaient tortures et sévices. En mohawk et onondaga, le mot pour les désigner signifie « domestiqué » ou « dompté ». Chez les Outaouais, Ojibwés et Cris, il signifie « animaux ». Le mot « chien » est aussi très répandu. L'esclavage pratiqué par les autochtones était – comment dire ? – inclusif. Une fois les Européens arrivés, certains furent aussi capturés comme esclaves, puis échangés comme du bétail. Une fois les Noirs arrivés, ils servirent aussi de marchandise dans cette traite. Un des premiers esclaves noirs vendus en Nouvelle-France le fut par un Autochtone. (On doit noter aussi certains cas où des nations autochtones sont venues en aide à des esclaves noirs évadés.)

Ces esclaves devenaient ensuite une précieuse monnaie d'échange, utilisée pour le commerce, comme un don pour obtenir une faveur, pour réparer un tort commis, ou encore pour exprimer une volonté d'établir la paix. L'esclavage était un outil diplomatique essentiel.

Les Français faisaient du cumul des alliances avec les Autochtones la clé de leur influence en Amérique et ont dû, parfois à la dure, intégrer cette notion. Alors, lorsque deux membres de la nation des Ottawa sont accusés d'avoir tué deux Français, un marchand, Daniel Greysolon Dulhut, souhaite leur faire subir un procès. Le conseil de la nation Ottawa propose plutôt, pour réparer la faute, de donner des esclaves à Dulhut. « Même 100 esclaves, leur répond-il, ne me convaincront de faire commerce du sang de mes frères. » Les deux accusés sont exécutés et cette rebuffade est si mal reçue que les Ottawa avisent les autres nations alliées des Français de ce qu'ils considèrent comme une grave offense. Le gouverneur de la Nouvelle-France a fort à faire pour rétablir la confiance. À terme, les Français acceptent de recevoir et parfois de donner des esclaves pour prouver l'importance qu'ils accordent aux alliances. Ils furent ainsi, explique Rushforth, colonisés par les Autochtones qui leur ont imposé leurs pratiques.

Brett Rushforth raconte comment les négociations entourant la Grande Paix ont forcé les Français à s'impliquer dans ces douteux échanges. Le traité prévoyait que tous les prisonniers de guerre autochtones seraient retournés à leurs nations d'origine. Mais les Iroquois étaient insatisfaits du nombre de leurs prisonniers ainsi rendus, notamment par les Outaouais, et réclamèrent une compensation en esclaves. Les Outaouais avaient promis de leur rendre des Sioux qu'ils avaient en esclavage, mais tardaient à livrer la marchandise. Les Iroquois menaçant de relancer les hostilités, le gouverneur de la Nouvelle-France, Philippe de Rigaud de Vaudreuil, se chargea lui-même d'envoyer chercher en canot les pauvres Sioux et garantit aux Iroquois le nombre requis d'esclaves pour préserver la paix. Frappé par l'importance de ces échanges dans la consolidation des alliances, Vaudreuil allait ensuite prendre l'initiative de faire acheter un esclave panis (déformation du nom Pawnee, une tribu du Sud-Ouest) pour l'offrir aux Abénaquis et conséquemment démontrer l'importance qu'il portait à leur amitié. Il est aussi arrivé que les Français achètent des Panis pour les échanger contre des soldats ou colons français capturés par des Autochtones.

Un cas d'échange triangulaire est rapporté par Rushforth. Les Abénaquis et d'autres nations alliées des Français en guerre contre les Anglais avaient capturé vers 1710 des centaines de colons anglais près de Boston et voulaient les intégrer dans leur communauté et, dans certains cas, en faire leurs esclaves. Outré, le gouverneur du Massachusetts, Joseph Dudley, écrit à Vaudreuil (donc son ennemi) : « Je ne permets pas que des chrétiens soient des esclaves de ces misérables. » Il menace de livrer ses propres prisonniers français à ses propres alliés amérindiens pour qu'ils leur fassent subir le même sort. Vaudreuil dut acheter des esclaves autochtones pour les échanger contre les prisonniers anglais, puis troquer ces derniers contre les prisonniers français de Dudley.

Évidemment, Vaudreuil, Cartier, Champlain et les autres venaient aussi d'un continent au long passé esclavagiste. C'était vrai notamment en Grèce et sous l'Empire romain, bien avant que les Espagnols, les Portugais, les Britanniques et les Français rivalisent de cruauté esclavagiste en Afrique et dans les Amériques. Il est en fait difficile de trouver dans l'histoire un bout de planète qui n'a pas connu ce fléau, et ce, depuis 8 000 ans. En terme numérique, la plus importante opération d'esclavage connue fut celle du monde arabo-musulman envers les Noirs de l'an 650 jusqu'en 1920. Les Chinois et les Indiens ne sont pas loin derrière. Les Africains ont aussi pratiqué l'esclavage entre eux et avec les Européens. Trois empires d'Afrique de l'Ouest ont d'ailleurs eu des esclaves blancs.

Bref, toute personne rencontrée sur les rues de Montréal ces jours-ci, peu importe son origine, a probablement dans son arbre généalogique lointain à la fois des esclavagistes et des esclaves.

Le droit français du XVIIe siècle invente une distinction pour faire entrer l'empire dans le marché des esclaves, principalement noirs pour les Antilles, principalement autochtones en Nouvelle-France. Les Français se refusent le droit d'asservir qui que ce soit, mais acceptent d'acheter, puis de faire commerce de personnes déjà esclaves. Ils trouveront de quoi se contenter chez les esclavagistes africains et chez les nations autochtones qui tirent un grand profit de la vente, aux colons français, d'esclaves capturés dans les nations ennemies.

La pénurie de main-d'œuvre étant (déjà) criante dans la nouvelle colonie, l'achat et l'utilisation d'esclaves autochtones deviennent non l'exception, mais la norme. Rushforth calcule qu'à certains moments, un habitant de Nouvelle-France sur huit était un esclave. Madeleine de Verchères et son époux en avaient plus d'une douzaine.

Les autorités françaises manquèrent au moins une fois au principe de ne réduire personne en esclavage. La force de frappe des Iroquois était telle qu'elle mettait constamment en péril la colonie et ses alliés. En 1687, décision fut prise de frapper un grand coup, d'en capturer un contingent, d'en faire des esclaves et de les envoyer en France. Le moyen utilisé était le pire imaginable : inviter un groupe de chefs iroquois à une négociation de paix au fort

Frontenac (dans l'Ontario actuelle). Une cinquantaine d'Iroquois, dont 36 chefs, furent ainsi capturés, conduits à Marseille et faits galériens.

La réaction fut terrible, de la part des Iroquois qui se jugèrent à bon droit floués, de celle des autres nations qui possédaient un vif sens de la parole donnée – et de la traîtrise – et de la part des colons français, y compris des Jésuites, qui en voulaient au gouverneur Denonville pour un acte aussi vil et aussi contre-productif. La contre-offensive iroquoise, menée par une femme, Jigonsaseh, excellente tacticienne et soutenue par un nombre inhabituel de combattantes, repoussa l'offensive française et menaça de raser Ville-Marie de la carte. Denonville, au pied du mur, accepta de faire revenir les galériens pour les rendre à leur peuple. Ce n'était pas aisé, les Iroquois capturés étant répartis dans la flotte, dont ils étaient parmi les plus vaillants et estimés rameurs. Une vingtaine fut retrouvée et rendue. Ville-Marie fut sauvée. Denonville fut viré. Dans le Traité de la Grande Paix de 1701, les Français s'engagèrent spécifiquement à ne plus jamais avoir d'esclaves iroquois.

Les nations alliées des Français, surtout autour des Grands Lacs, ne souhaitaient en aucun cas partager avec d'autres nations le lucratif commerce de fourrure qu'elles pratiquaient avec la colonie et qui leur donnait accès à des armes, à des outils, à des pointes de métal pour leurs flèches, entre autres. Mais les Français souhaitaient étendre toujours plus loin leur zone d'influence, ce qui passait par de nouvelles alliances avec des nations vivant plus au sud. C'était le cas notamment de la nation Renard, un ennemi méprisé par les nations alliées. Pour contrecarrer la volonté française, elles eurent recours à ce stratagème : prendre des esclaves

Renard, les vendre à des colons français. Lorsque la délégation de chefs Renards arriverait à Québec pour négocier une alliance, elle se rendrait compte que certaines des leurs y étaient en esclavage. Cela ferait mauvais effet. C'est précisément ce qui arriva dans ce cas, et dans celui des Sioux. « Au fil du temps, écrit Rushforth, les Français ont accepté cette situation à contrecœur et durent échanger leur rêve d'une alliance universelle au-delà des Grands Lacs contre un approvisionnement régulier d'Indiens réduits en esclavage provenant de cette région et au-delà. »

Une fois soldée la conquête anglaise de la Nouvelle-France, la question de l'esclavage fut encore centrale dans le déclenchement de la plus grande révolte autochtone de l'histoire contre l'occupant anglais. Un couple d'esclaves pawnee (grandes victimes de l'esclavage autochtone) ayant tué un colon anglais, le commandant des forces anglaises, Henry Gladwyn, les condamna à mort pour en faire, dit-il, un exemple pour tous les Indiens. Le grand chef algonquin Pontiac n'avait évidemment pas le moindre intérêt pour les deux Pawnee, qu'il aurait fait exécuter lui-même. Mais il prit comme une grave insulte l'idée que tous les Indiens étaient égaux. Il en tira la conclusion que les Anglais voulaient faire de tous les Autochtones des esclaves, ce qui était alimenté par le mot utilisé par les Britanniques pour désigner les habitants du continent, qui devaient selon eux être les « sujets du Roi ». Or le mot *sujet* ne se traduit que par *esclave* en langues autochtones, un malentendu que les interprètes, surtout des Français, ont peu fait pour dissiper. (Pontiac et ses alliés étaient aussi informés que des leaders anglais traitaient les Indiens de « chiens », ce qui était précisément le mot utilisé par les Autochtones pour désigner leurs esclaves.)

Pontiac déclencha une guerre terrible contre les nouveaux maîtres européens, mettant leur colonie en péril. Les nouveaux occupants de la Nouvelle-France tentèrent de recruter des colons français dans leur campagne contre Pontiac. Ils refusèrent.

La question du dénombrement

L'historien Marcel Trudel a passé une partie de sa vie à répertorier le phénomène. C'est lui qui nous a appris que les deux tiers des 4 200 esclaves, connus sur toute la période (200 ans) de la Nouvelle-France et jusqu'en 1800, étaient des Autochtones[1]. À deux exceptions près, ils venaient de nations lointaines. Rushforth affirme avoir pu confirmer la présence sur le territoire des esclaves autochtones répertoriés par l'historien Marcel Trudel. Il pense en avoir trouvé une centaine d'autres, mais n'en a pas publié la liste. C'est de lui que provient la nouvelle estimation de 10 000 esclaves autochtones, répartis sur un siècle. Il y arrive en comparant les transactions effectuées dans les Grands Lacs, qui peuvent atteindre 200 pour une année donnée, alors que les archives coloniales ne font état que de six ou sept arrivages pour la même année. Il n'a cependant pas pour l'instant publié de texte étayant ce calcul de façon à ce que d'autres chercheurs puissent tester son hypothèse, fort plausible au demeurant. Il estime qu'un millier d'esclaves ont pu habiter simultanément le territoire, au plus fort de la colonie, donc 1 000 sur 60 000 colons, soit 2 % de la population. Bien que les traces écrites soient encore moins disponibles chez les Autochtones, il estime que le nombre et la proportion

---

1. Marcel Trudel, *Deux siècles d'esclavage au Québec,* Bibliothèque québécoise, Montréal, 2009, 372 p.

d'esclaves dans ces nations étaient considérablement supérieurs à leur présence dans la colonie. Une autre source indique qu'une nation autochtone était constituée de 40 % d'esclaves.

Le traitement et l'intégration des esclaves

Les situations sont variées de part et d'autre, cependant les mauvais traitements envers les esclaves au moment de leur capture et de leur réception chez les Autochtones étaient la norme, et Rushforth signale quelques cas extrêmes de cannibalisme et de viols collectifs – rien de tel n'est rapporté dans la colonie. Toutefois, les esclaves sont progressivement intégrés dans les nations et leur servitude n'est pas héréditaire, contrairement à ce qui a cours chez les colons. Le cas du chef Mohawk Thayendanegea, renommé Joseph Brant par ses alliés britanniques, est digne de mention. Lui-même descendant d'un esclave autochtone intégré aux Mohawks, il est devenu le chef des Six Nations alliées aux Anglais pendant la guerre d'Indépendance, puis vint s'établir près du lac Ontario avec les 40 esclaves noirs qu'il avait capturés. Il vivait grand train dans son manoir. Dans la colonie, il est aussi arrivé que des esclaves soient intégrés, et Rushforth raconte le cas d'une Autochtone devenue l'épouse d'un marchand, puis, à son décès, maîtresse de la maison et membre de la bonne société coloniale. Un cas évidemment exceptionnel.

Esclavage noir : le cas québécois

On doit au journaliste et essayiste Frank Mackey un travail monumental de recherche : *L'esclavage et les noirs à Montréal*. Il décrit avec force combien le Québec d'alors était, dans l'univers de l'esclavage nord-américain, un cas à part.

Il recense 500 esclaves noirs à Montréal sur la toute période – il n'y en a jamais eu selon lui plus de 60 en même temps, soit environ 0,1 % de la population de la ville, 0,4 % en comptant les esclaves autochtones. De La Vérendry aux ordres religieux, des commerçants aux agriculteurs, des gouverneurs aux coiffeurs, la propriété d'esclaves n'était freinée que par leur prix, les Noirs valant le double des Panis. (Mackey parle d'un Noir libre ayant lui-même un esclave noir.)

Le pouvoir exercé par un maître blanc sur son esclave, répugnant en soi, entraîne son lot de mauvais traitements, notamment envers les femmes. Mais la revue par Marcel Trudel puis par Mackey de la totalité de la littérature, des actes de police et de cour, sous le régime français et le régime anglais les oblige à rapporter une réalité, écrit Mackey, « exempte des caractéristiques très dures que nous associons aux systèmes esclavagistes ailleurs ».

Les esclaves étaient pour l'essentiel des domestiques, généralement seuls, au maximum une demi-douzaine. La Nouvelle-France et le Bas-Canada, n'étant pas le lieu de grandes plantations, n'exigeaient pas l'achat d'un grand nombre d'esclaves. Peu nombreux, ils ne constituaient pas une menace pour les Blancs. Les conditions d'une répression aveugle n'étaient pas réunies. Il n'y eut ni révolte ni lynchage. Un cas de violence excessive d'un maître ayant fouetté son esclave fut noté en 1790, se soldant par une amende salée payée par l'esclavagiste.

Trudel et Mackey citent un cas où un Noir, libre, souhaitait épouser une esclave. Le propriétaire refusait. L'homme a offert de devenir lui-même esclave en échange du mariage et de la promesse – précisée par contrat – que le couple et leurs futurs enfants seraient affranchis au moment de la mort du maître.

Mais il y a plus. Trudel et Mackey montrent que sous l'esclavage, les juges, français puis anglais, considéraient les esclaves comme des interlocuteurs valables, qu'ils soient accusés ou témoins. Ils étaient même parfois des plaignants. Le « Code noir » brutal appliqué dans les Antilles françaises et en Louisiane n'avait pas cours en Nouvelle-France. Les condamnés noirs subissaient exactement les mêmes peines que les blancs, ni plus ni moins. La sentence peut être pénible : coups de fouet, pilori, voire « la question », un euphémisme pour la torture utilisée pour extraire aux condamnés à mort des aveux ou des excuses. Il arrive aux accusés noirs de porter leurs causes en appel, allant parfois jusqu'au gouverneur demander une remise de peine, avec succès. Autant de choses inimaginables dans l'Amérique sudiste.

Des Noirs condamnés à mort sont graciés en échange de la promesse de quitter le territoire. Dans un cas à Détroit, alors partie de la Nouvelle-France, un couple est condamné à mort, mais il n'y a pas de bourreau, un rôle généralement réservé aux Noirs. Le juge offre à la condamnée, noire, sa liberté si elle veut bien exécuter son complice, blanc. Elle accepte. Cette décision est mal reçue par la population blanche locale et le juge doit aller trouver refuge... chez des Autochtones ! Ça ne s'invente pas.

Marie-Josèphe Angélique

Le procès et l'exécution de l'esclave noire Angélique furent un événement majeur de l'histoire de Montréal du XVIIIe siècle. On peut forcer le trait en résumant l'affaire ainsi : accusée sans preuve formelle d'avoir allumé un incendie qui allait détruire 45 immeubles, dont l'hôpital Hôtel-Dieu, Angélique fut le bouc émissaire de la vindicte populaire, condamnée à être humiliée, torturée, à avoir la main coupée, puis à être brûlée vive devant une foule haineuse.

La réalité est mille fois plus intéressante. Son récit est narré de main de maître par l'historienne québécoise Denyse Beaugrand-Champagne dans *Le procès de Marie-Josèphe Angélique* (Libre Expression) et par l'historienne canadienne noire de renom Afua Cooper dans *La pendaison d'Angélique* (Éditions de l'Homme).

Née dans le Portugal esclavagiste vers 1705, la jeune femme se retrouve chez un marchand d'esclaves de New York qui la vend à une veuve montréalaise, Mme de Francheville, où elle se trouve au moment du drame, en 1734.

Beaugrand-Champagne la décrit « gaie et colérique, taquine, brusque, affable, opiniâtre et surtout, indépendante ». Sa volonté de liberté est manifeste. Trop pour sa propriétaire, qui souhaite la céder à un marchand qui, lui, prévoit l'emmener dans les Antilles françaises, où il a des affaires.

Ce détail est capital. Le cruel « Code noir » imposé aux esclaves des Antilles n'a aucune valeur légale en Nouvelle-France, ce dont les esclaves sont parfaitement conscients. À Montréal, l'asservissement d'Angélique est intolérable, mais les mauvais traitements auxquels elle serait exposée aux Antilles sont cauchemardesques.

Elle s'évade en Nouvelle-Angleterre avec son amant, un ex-soldat français, mais est retrouvée. Puis, le feu se déclare dans la maison de sa propriétaire et embrase une bonne partie de la rue Saint-Paul. Une catastrophe pour la colonie.

Angélique est l'unique suspecte. Mais l'affaire n'est nullement bâclée. Pas moins de 24 témoins sont entendus. L'accusée donne sa version (elle nie) et confronte les témoins un à un. En particulier une autre esclave qui rapporte l'avoir entendue, le matin de l'incendie, menacer sa propriétaire de ne plus avoir de maison le soir venu. Son comportement le jour de l'incendie est suspect – elle se place dans la rue et regarde le toit, comme en attente de la vue de flammes. Cependant, personne ne l'a vue mettre le feu, sauf une fillette de 5 ans, dont le témoignage est suffisamment tardif pour être louche.

Beaugrand-Champagne conclut qu'Angélique peut avoir commis le crime, mais offre plusieurs autres hypothèses que l'enquête n'a pas examinées. Cooper conclut pour sa part à la culpabilité de l'esclave. Elle soutient qu'Angélique a provoqué l'incendie, qu'elle souhaitait limité à l'habitation de sa maîtresse, précisément parce qu'elle n'était pas libre. L'esclavage est, en soi, coupable.

Angélique pourrait-elle, aujourd'hui et avec la même preuve, être innocentée grâce à la notion de doute raisonnable ? C'est l'avis du criminologue André Normandeau, que j'ai consulté. « Un jury actuel, constitué de 12 citoyens choisis au hasard, et avec la présence d'un avocat un peu aguerri, même s'il était de l'aide juridique, en arriverait à mon avis à un non-lieu, car il y a effectivement un doute raisonnable », conclut-il. En cas contraire, Normandeau est certain que la condamnation serait cassée en appel.

La notion de doute raisonnable n'existait pas à l'époque ni la présence d'un avocat de la défense. Il suffisait d'être jugé « suffisamment coupable ». L'enquête, le jugement et la sentence se sont déroulés, note Normandeau, selon les règles de l'art de l'époque, le nombre de témoins entendus étant exceptionnel. La sentence correspond aussi à la sévérité du temps. Un Blanc, Pierre Malherbe, avait été pendu 18 mois auparavant pour avoir volé une barrique de lard.

Si Angélique avait été un homme blanc, aurait-elle subi le même sort? C'eût été pire. Puisque l'époque était misogyne et esclavagiste, les juges ont conclu qu'il n'était pas possible qu'Angélique soit la principale coupable. Son amoureux, l'ex-soldat français Thibault, banni de France pour fraude, était aussi accusé. Pendant l'incendie, il refusait de participer à la corvée collective pour l'éteindre. Il s'est enfui le lendemain.

Le procureur a fait appel de la condamnation, ce qui était automatique lors de sentences de mort, devant l'équivalent de la Cour suprême de l'époque : le Conseil supérieur, qui réunissait à Québec les notables de l'époque. Il n'était pas question de soustraire Angélique à la peine capitale, qui s'appliquait à tous les incendiaires. Mais le Conseil a réduit la sévérité de la peine : contrairement à ce que prescrivait le jugement d'origine, la main de l'accusée ne serait pas coupée et elle ne serait pas brûlée vive. Ce traitement aurait pu être réservé à Thibault, dont la responsabilité était jugée plus grande.

Qu'en est-il de la torture ? Elle était barbare. Les bourreaux ne l'appliquaient pas pour obtenir des aveux avant le procès, mais dans le but d'extraire des excuses et incriminer des complices. La technique dite des brodequins imprimait une pression insupportable sur les genoux et les jambes. La scène de torture d'Angélique crève le cœur. Le bourreau resserre l'étau à quatre reprises. Elle craque. Affirme qu'elle est bien responsable du feu. Mais refuse, malgré la douleur, d'accuser Thibault. « Personne ne m'a aidée ni conseillée. C'est de mon propre mouvement. C'est moi, messieurs, faites-moi mourir. »

Angélique fut certes victime d'une enquête inquisitoire (qu'on appellerait « vision tunnel » aujourd'hui), mais tous les condamnés de l'époque ont subi le même traitement, quelle que soit leur couleur de peau. La torture, de même, était inclusive. Un an après l'affaire d'Angélique, le même juge infligeait la même cruauté à François Darles, un Blanc, condamné pour simple recel.

L'injustice ne tient donc pas au traitement judiciaire, mais à l'existence même de l'esclavage. Angélique est à bon droit un symbole de résistance. L'incendiaire présumée était porteuse d'un inextinguible désir de liberté. C'est l'esclavage qu'elle voulait réduire en cendres.

Une abolition précoce

Mackey fait la convaincante démonstration que « la manière dont l'esclavage fut aboli au Québec s'est avérée l'une des plus humaines et des moins contraignantes ». À partir de 1798, des juges anglais locaux, avant-gardistes, prennent sur eux de déclarer que l'esclavage n'existe pas au Bas-Canada. Rapidement informés, les esclaves désertent leurs maîtres qui n'ont plus aucune prise sur eux. Dans le Haut-Canada, une loi protège au contraire les droits acquis des esclavagistes pour une génération. En 1830, Londres libérera les esclaves en dédommageant les propriétaires. Rien de tel au Québec. L'esclavage s'éteint ici avec 30 ans d'avance sur le reste de l'Empire et 63 ans d'avance sur l'émancipation des Noirs américains.

Mais ces derniers, on le sait, ont ensuite subi la ségrégation, une oppression de fait, jusqu'aux années 1960. Mackey nous décrit au contraire un Québec post-esclavagiste étonnant. Il note des écarts de salaire au détriment des Noirs, mais pas de discrimination à l'embauche ou pour trouver un logement. Les Noirs sont exclus des postes publics et des jurys, même si aucune loi ne le leur interdit. Cependant, ils ont droit de vote – et sont plutôt conservateurs, car reconnaissants envers le régime anglais, et craintifs de toute annexion aux États-Unis où leurs frères de sang sont maltraités.

S'ensuivent des récits d'ex-esclaves réussissant, ou échouant, à s'établir ou à trouver du travail, et un cas de rapide fortune immobilière. Certains affranchis refusent de quitter leur emploi ou le logis de leurs maîtres, les obligeant ainsi à les rémunérer et/ou à subvenir à leurs besoins pour le reste de leur vie.

Des signes de mixité abondent. Des mariages mixtes nombreux, des apprentis blancs chez des artisans noirs et inversement, voire des bandes de criminels intégrées ! Le cas de la personnalité noire Alexander Grant est fameux. Avec un avocat patriote, il convainc un jury blanc de condamner à l'amende un juge anglophone (blanc, évidemment) qui lui avait donné un coup de pied! Allez raconter ça au Mississippi.

Le Québec d'alors allait aussi jouer un rôle dans le « chemin de fer souterrain » qui allait permettre à des Noirs américains de fuir l'esclavage et de trouver refuge au nord. De 1850 à 1860, entre 15 et 20 000 fugitifs (jusqu'à 100 000 selon des estimations) trouvent refuge dans les futures provinces canadiennes, principalement le sud de l'Ontario actuelle et la Nouvelle-Écosse. Mais une partie d'entre eux (non dénombrée) arrive au Québec. La petite ville de Philipsburg, proche de la frontière du Vermont, allait être un point de passage important. Elle comportait déjà une population noire, anciens esclaves arrivés des États-Unis avec leurs propriétaires opposés à l'indépendance américaine et affranchis depuis. Plusieurs se réfugient ensuite à Montréal, elle-même le point d'entrée de la « ligne Champlain » conduisant clandestinement les Noirs en quête de liberté de New York jusqu'à Saint-Jean-sur-Richelieu et la métropole. L'histoire des Québécois, noirs et blancs, francophones et anglophones, qui ont participé à cette entreprise de libération des esclaves reste à écrire.

« Pour mieux comprendre, résume Mackey, on pourrait s'imaginer l'esclavage comme un cancer. Ailleurs, il a formé des métastases qui ont affecté toutes les facettes de la vie coloniale ou nationale; au Québec, il ne l'a pas fait. Ailleurs, il a défini les sociétés; au Québec, non. Ailleurs, le souvenir de l'esclavage ne s'est jamais perdu; au Québec oui, et rapidement. »

L'amnésie collective dont nos années esclavagistes ont souffert ne semble pas due à la honte ou à la volonté de cacher cette vérité.

De rares historiens s'enorgueillissent faussement du fait que le Québec n'ait jamais commis le crime d'esclavage. C'est le cas de François-Xavier Garneau. Pourtant, dès 1850, le maire Jacques Viger et l'homme public Louis-Hippolyte La Fontaine s'étonnent de la disparition de toute mémoire d'une époque pourtant vieille d'un demi-siècle à peine, alors même que les débats sur l'esclavage déchirent les Américains. C'est que le petit nombre d'esclaves et son importance réduite dans la société québécoise ont laissé peu de traces. Le procès d'une esclave originaire de Montréal tenu au Missouri est éloquent à cet égard. Son avocat prétend que si elle est née à Montréal, elle ne peut appartenir à personne, car l'esclavage n'y existait pas. Ce n'est pas une mince affaire, pour le procureur, de démontrer le contraire. Il n'aurait eu aucune difficulté à faire cette preuve pour la quasi-totalité du reste de l'Amérique habitée.

Il est donc extrêmement sain que, depuis Marcel Trudel en 1960 et avec des recherches nouvelles, le Québec se réapproprie cette tranche d'histoire. On pourra cependant en tirer des leçons différentes, selon la perspective avec laquelle on aborde ce passé retrouvé.

Par exemple, de toute la documentation disponible, Mackey conclut que le système judiciaire de l'époque esclavagiste et post-esclavagiste (il s'arrête en 1840) n'atteste « de rien de comparable à du "profilage racial", à une persécution des Noirs ou à des traitements de faveur envers les Blancs ». Ceux qui cherchent dans l'histoire esclavagiste locale des racines des inégalités actuelles se trompent, du moins sur ce point. Le profilage et les discriminations d'aujourd'hui sont nos propres problèmes. Nos ancêtres, blancs et noirs, semblent avoir pu régler les leurs d'une façon imparfaite certes, mais, sur le continent, exemplaire. À nous de faire du Québec moderne un endroit encore plus exemplaire.

Sincère allégeance

Bernard Landry était fier de son ascendance acadienne. Lorsque Roméo LeBlanc, qu'il connaissait, est devenu le premier gouverneur général originaire d'Acadie, Landry a eu cette boutade : « Méo, maintenant que tu es la reine, tu pourrais t'excuser ! » S'excuser, tout le monde comprend, pour la déportation de tout un peuple par l'armée de Sa Majesté. Un acte dont on peut débattre, avec les concepts d'aujourd'hui, pour déterminer s'il satisfait aux critères du crime de guerre, du crime contre l'humanité ou de la tentative de génocide.

Ce « Grand Dérangement » acadien de 1755 est bien inscrit dans notre culture. On souligne l'événement chaque année, Antonine Maillet nous en a raconté une version dans sa *Pélagie-la-Charrette* (prix Goncourt 1979), toute visite des plages du Nouveau-Brunswick suppose un arrêt dans des lieux de mémoire, la chanson de Michel Conte *Évangéline*, constamment reprise par nos plus belles voix féminines, nous tire les larmes. Nous avons donc en tête des images de soldats du roi anglais, de rouge vêtus, bousculant les paysans vers les bateaux, les séparant de leur femme et de leurs enfants.

Pour notre Conquête à nous, notre imaginaire peut évoquer quelques scènes vues dans telle reconstitution télévisuelle des armées de Wolfe et de Montcalm, sur les plaines du pauvre Abraham. Rien, pourtant, ni lieu, ni chanson, ni poème, ne nous rappelle ce qu'a fait, après la victoire, au nom du roi, l'armée anglaise.

Torches en main, les soldats allèrent de L'Ange-Gardien jusqu'à Baie-Saint-Paul, incendiant chaque maison de chaque village, chaque grange et chaque étable. Ils confisquèrent le bétail. De même, sur la Rive-Sud, 19 villages furent presque réduits à néant. À Saint-François-du-Lac, à Portneuf, à Saint-Joachim, l'incendie n'a pas suffi : il y a prise de scalps et massacres. « Un nuage de sang voile notre patrie », écrit un témoin à Trois-Rivières. « Pendant tout l'automne de 1759, raconte Lionel Groulx dans *Lendemains de conquête* (Stanké), défilent le long du fleuve ces caravanes de faméliques qui ne trouvent où s'arrêter, tant les habitations sont rares, les loyers d'un prix excessif et la misère, le mal commun. » De retour sur leurs terres, les habitants n'ont plus même d'outils pour travailler la terre, couper le bois, transformer le blé en farine et en pain. Ils le mangent bouilli.

Il ne faut pas un siècle pour que la nation se relève et, avec les Patriotes, réclame ses droits. Cet épisode est présent à la mémoire collective : Papineau haranguant la foule, le fumet des mousquets, la pendaison et l'exil des chefs. Une vieille chanson, *Un Canadien errant*, un lieu, au Pied-du-Courant, une fête chômée, un film de Falardeau. Mais pour ce qui a eu lieu juste après, c'est encore le vide mémoriel. Il vaut pourtant qu'on s'y attarde. Une fois les patriotes vaincus à Saint-Eustache, écrit l'historien Gérard Filteau dans son indispensable *Histoire des patriotes* (Septentrion), « tous les actes de vandalisme et de cruauté furent commis. Après avoir pillé une maison et l'avoir vidée de tout son contenu, s'être emparé des bestiaux et des provisions, on contraignait les habitants, hommes, femmes et enfants à se déshabiller, leur laissant à peine de quoi couvrir leur nudité. On maltraitait les hommes, on violait les femmes, on brutalisait les enfants, on ne respectait rien ».

Le corps du leader patriote Jean-Olivier Chénier, mort pendant la bataille, fut posé sur le comptoir d'une auberge, sa tête rouée de coups, son corps éventré et son cœur sorti de sa poitrine. Les Anglais narguaient les passants : « Viens donc voir ton Chénier, comme il avait le cœur pourri. »

Une partie de la région y passa. « Dans un rayon de 15 miles, il n'y a pas un bâtiment qui n'ait été saccagé et pillé par ces nouveaux vandales », écrit un témoin. Les habitants sont à ce point terrifiés qu'à Sainte-Scholastique, cinq ou six cents personnes vont au-devant des soldats anglais en criant « Vive la reine ! » (Victoria tout juste couronnée) pour témoigner de leur soumission et de cette manière, sauver leur vie et leurs biens.

Dans le quotidien montréalais *Herald*, le rédacteur Adam Thom est aux anges : « Dimanche soir, tout le pays en arrière de Laprairie présentait l'affreux spectacle d'une vaste nappe de flammes livides [...] Dieu sait ce que vont devenir les Canadiens qui n'ont pas péri, leur femme et leur famille, pendant l'hiver qui approche, puisqu'ils n'ont devant les yeux que les horreurs de la faim et du froid. Pour avoir la tranquillité, il faut que nous fassions la solitude, balayons les Canadiens de la face de la terre. »

Voilà ce qui s'est produit, chez nous, au nom du roi et de la reine. Comme pour la déportation acadienne, on peut débattre. Sommes-nous en présence de crimes de guerre ou de crimes contre l'humanité ? Suivis, c'est certain, par une réelle tentative de génocide culturel, d'assimilation, sur recommandation d'un lord et avec l'assentiment de la couronne.

Elle n'a jamais exprimé le moindre remords, n'a jamais formulé la moindre excuse. À tout prendre, c'est mieux ainsi. Que vaudraient remords ou excuses, après tout ce temps ? Et voudrait-on vraiment les accepter, absoudre l'impardonnable ? L'évocation de ces épisodes qui ne figurent ni dans notre programme scolaire ni dans la culture populaire permet aujourd'hui de tirer deux leçons. La première a été formulée dès 1920 par Lionel Groulx : « Ceux-là qui, parmi nous, s'impatientent, qui voudraient nous voir déjà toutes les puissances des nations adultes, pourraient peut-être ne pas oublier ce point de départ. »

La seconde renvoie au serment de « fidélité et sincère allégeance » à la couronne qu'on veut toujours imposer à nos élus. S'ils craignaient pour leur vie et leurs biens, comme des villageois de 1838, on pourrait comprendre. Mais s'ils ont la moindre étincelle de mémoire historique et le cœur encore bien planté dans leur poitrine, pourquoi ne mettent-ils pas fin, en bloc, à ce qui est, au mieux, une tartufferie ; certainement, un parjure soit envers le roi, soit envers le peuple ; au pire, l'expression d'une condition de colonisé.

Les racines empoisonnées du 1er juillet

Il en faut peu pour reconstituer l'origine des célébrations du 24 juin. C'est d'abord le solstice d'été, moment clé de la vie agraire. L'Église l'a enveloppé dans la fête de la Saint-Jean-Baptiste, dont les moutons ont longtemps été le symbole parfait de Québécois disciplinés, grégaires et régulièrement tondus par un pouvoir économique qui leur échappait. Puis vint René Lévesque, pour transfigurer le tout en fête nationale, porteuse de fierté et d'espoir.

Mais qu'en est-il du 1er juillet ? À part être le jour de l'entrée en vigueur de la constitution fondatrice du Canada, pourquoi cette date a-t-elle si peu de profondeur historique ? En fait, elle en a. Plein. Mais on a eu de bonnes raisons de l'évacuer de nos mémoires.

Car il y a un vice de conception. Le 1er juillet 1867 fut, oui, un jour chômé. Les autorités organisèrent au Québec plusieurs manifestations pro-canadiennes. Surtout le haut clergé catholique, très favorable à la confédération, qui la rendait maître des compétences léguées à la nouvelle province, notamment l'éducation, outil de son autoperpétuation.

Les Québécois, alors appelés Canayens – les autres étaient les Anglais – se sentaient évidemment impliqués et avaient suivi de près les négociations qui avaient mené à la création du Canada.

Surtout, un scrutin a eu lieu d'août à septembre 1867, faisant office d'élection référendaire. Le Parti conservateur, qui avait dirigé la négociation du pacte confédératif et son adoption par le Parlement britannique, faisait campagne en faveur de la nouvelle union.

Le Parti rouge – dont le Parti libéral du Québec est le très lointain héritier – s'opposait à la confédération, préférant que le Québec reste une province autonome dans l'Empire britannique – une souveraineté-partenariat avant la lettre. Cette élection de 1867 fut donc l'une des plus cruciales de notre histoire politique. Elle s'est déroulée dans des conditions extrêmement troublantes.

D'abord, le vote n'était pas secret. Les électeurs signaient leur nom dans un grand livre ouvert. Le maire et le curé de l'endroit y avaient accès, comme le député. Ceux qui avaient voté « du mauvais bord » pouvaient dire adieu aux subventions ou aux contrats publics.

Notons que seuls les hommes avaient droit de vote. Et encore, seuls ceux âgés de plus de 21 ans et détenant une richesse minimale, ce qui réduisait l'électorat à une fraction du nombre d'adultes.

Le Canada ou l'enfer

Voici ce qui était inédit : le clergé a annoncé que voter pour le Parti rouge serait un « péché mortel ». Dans l'échelle des péchés, un péché mortel équivaut à commettre l'adultère, un vol important, voire un meurtre. Je précise pour nos lecteurs plus jeunes que l'immense majorité des citoyens croyaient alors dur comme fer que si on devait mourir en ayant commis un péché mortel, on serait alors condamné à connaître des souffrances inimaginables, comme être brûlé en enfer, pour l'éternité.

Les évêques, craignant sans doute d'être mal compris ou sentant la résistance de leurs ouailles, ont émis pas moins de six « mandements », ce qui équivaut à un ordre donné par un leader religieux, sommant de voter conservateur. Chaque mandement était lu à toutes les messes, alors massivement suivies, et était imprimé dans tous les journaux.

Il y avait un moyen d'échapper aux flammes de l'enfer. Il s'agissait d'aller à l'église, dans une petite cabine appelée « le confessionnal », et d'avouer ses péchés à un prêtre. Ce dernier pouvait vous donner l'absolution en échange d'une obligation de prier. Mais les évêques de l'époque ont interdit aux prêtres de donner l'absolution aux électeurs du Parti rouge. Ils pouvaient excuser d'autres péchés mortels, mais pas celui d'avoir voté contre le Canada.

L'historien Marcel Bellavance est allé fouiller dans les statistiques religieuses des églises de l'époque et a démontré que le clergé a bien suivi la sinistre consigne. Comparant le nombre d'absolutions consenties dans l'année précédant l'élection et dans l'année suivant l'élection, l'historien a découvert que les curés en avaient donné moitié moins.

Par mesure préventive, des curés refusaient aussi l'absolution, en confession, aux ouailles qui avouaient simplement lire les journaux qui appuyaient le Parti rouge. Cette pression morale de l'Église a été immensément efficace.

On ne sait pas combien d'électeurs ont changé leur vote à la suite de cette pression. Mais on sait combien sont restés chez eux : près de 40 % des électeurs inscrits ne se sont tout simplement pas présentés.

D'autres techniques, de nature politique, furent mises en œuvre.

L'escamotage. Pour être candidat, il fallait être présent, au jour et à l'heure dits, pour un « appel nominal » des candidatures. Donc, seuls les candidats présents pendant cette brève période allaient avoir leur nom sur le bulletin de vote. Pourquoi ne pas kidnapper le candidat adverse – on disait escamoter – le temps de la procédure ? Cela est arrivé dans trois circonscriptions, au profit des conservateurs.

L'achat. Ailleurs, le candidat conservateur, parfois avec l'assistance du curé, proposait au candidat libéral une somme d'argent ou une nomination. En échange, le libéral retirait sa candidature au moment de l'appel nominal, ce qui avait pour effet de faire élire sur-le-champ le conservateur. Ce fut le cas dans deux circonscriptions.

Le défranchisage. Les officiers chargés de superviser l'élection, souvent conservateurs, avaient le pouvoir de « défranchiser » un quartier ou une paroisse, c'est-à-dire d'y annuler l'élection, sous divers prétextes. Les quartiers libéraux du comté de L'Islet – la moitié des électeurs – furent ainsi « défranchisés », comme trois paroisses libérales de Kamouraska, donnant dans les deux cas une courte victoire aux conservateurs.

Dans cette élection, la plus frauduleuse de l'histoire du Québec, même au regard des standards de l'époque, 45 % des électeurs ont quand même bravé les interdits pour voter contre la fédération. Compte tenu du vote massif des anglophones pour les conservateurs, cela signifie qu'une majorité des francophones qui se sont présentés aux urnes ont voté pour le Parti rouge.

Les Canayens de l'époque savaient et les historiens d'aujourd'hui savent : s'il s'était agi d'un vote libre, l'électorat aurait très majoritairement refusé l'entrée du Québec au Canada.

Ces faits sont évidemment perdus dans la mémoire collective et on ne les enseigne pas à l'école. Mais ils aident à comprendre pourquoi la date du 1er juillet 1867 n'a jamais constitué, pour les francophones du Québec, un moment fort. Voilà pourquoi on ne s'est pas transmis, de génération en génération, le goût de célébrer... une fraude.

L'infréquentable Duplessis

Duplessis avait beaucoup de défauts, a dit François Legault, mais il « défendait la nation québécoise ». Son jugement, le mien et le vôtre sont probablement brouillés par l'interprétation sympathique qu'en a faite Jean Lapointe dans la remarquable série présentée en 1978. Trop sympathique.

Peut-on trouver, dans le règne de Duplessis, des réalisations nationalistes ? Oui. Un drapeau. Un impôt provincial. C'est à peu près tout. En 18 ans, c'est lamentablement peu. Y a-t-il eu, pendant ces années, du développement économique ? Oui. Comme partout sur le continent, de l'électrification, du crédit agricole. Mais il vendait aux multinationales étrangères les ressources naturelles au prix le plus bas possible et garantissait une répression brutale des syndicats. Sa police provinciale était ni plus ni moins le bras armé de la violence patronale. Résultat : les salaires étaient les plus faibles du continent. Et si un archevêque avait l'outrecuidance de prendre parti pour des exploités, comme Mgr Charbonneau lors de la grève de l'amiante, le bras de Duplessis était assez long pour le faire muter ailleurs par le pape. On dirait aujourd'hui qu'il l'a *cancellé*, déplateformé.

Y avait-il, pendant ses années de règne, de l'urbanisation ? Oui, mais c'était malgré lui. Jusqu'au bout, il chanta les louanges du Québec agricole et de la colonisation, dénonça les vices de la ville. Y a-t-il eu une hausse du niveau de scolarité ? Oui, et beaucoup de nouvelles écoles primaires. Mais il était contre ce qu'on appelait « l'école gratuite », car, disait-il dans un de ses nombreux sophismes, « rien n'est gratuit ». Reste qu'au moment de ce grand bond continental de la scolarisation, à la fin de son règne, les Québécois francophones avaient un niveau d'éducation moindre que celui des Noirs américains de l'époque, alors victimes de ségrégation généralisée. Le verdict de René Lévesque sur Duplessis en éducation était sans appel : « mépris généralisé pour l'éducation, dégradation des enseignants, abêtissement collectif électoralement rentable, trahison quasi universelle des élites ».

Le plus grand exploit de Duplessis fut le plus antinationaliste de tous : retarder de 25 ans la Révolution tranquille. Contre le gouvernement libéral corrompu d'Alexandre Taschereau, il avait conclu en 1936 une alliance avec les réformateurs de l'Action libérale nationale. Leur programme commun annonçait un grand train de réformes : nationalisation de l'électricité, bonification des programmes sociaux, lutte aux *trusts*, aide au développement de la petite et de la moyenne industrie, lutte contre la corruption gouvernementale et assainissement des mœurs électorales. Une fois au pouvoir, Duplessis renia ses alliés, rejeta leur programme et gouverna en autocrate. L'Union nationale eut d'ailleurs des assemblées, mais jamais de congrès, fondateur ou autre. Aucune résolution, aucun programme ne fut jamais discuté par ses membres ou ses délégués. C'était l'affaire du chef et de personne d'autre.

L'ampleur de son contrôle sur les affaires québécoises est simplement inimaginable. Il décidait personnellement du salaire des fonctionnaires et dressait la liste noire des personnes qui ne devaient être embauchées ni par l'État ni par les institutions scolaires. Le trafic d'influence était la règle, pas l'exception. Aucune subvention n'était statutaire. Aucune ne découlait d'un texte de loi ou d'un règlement. Toutes relevaient de l'arbitraire et du bon plaisir partisan.

Dans son excellent livre-portrait de l'homme, *Le vrai visage de Duplessis*, l'alors journaliste Pierre Laporte rapporte cet échange à l'Assemblée, au sujet d'un entrepreneur pro-Union-Nationale, un certain Sainte-Marie, qui avait obtenu 90 % d'une enveloppe de 6 millions de dollars (67 millions d'aujourd'hui).

« L'opposition va-t-elle prétendre que M. Sainte-Marie n'est pas honnête ? Je vais m'asseoir et je vais attendre la réponse ! »

Personne ne se leva du côté de l'opposition.

M. Duplessis se relevant déclara : « L'opposition va-t-elle prétendre que M. Sainte-Marie n'est pas compétent ? Je vais m'asseoir et je vais attendre la réponse ! »

Nouveau silence de l'opposition.

Alors, M. Duplessis se leva triomphant et dit : « M. le président, peut-on trop encourager l'honnêteté et la compétence ? »

Pour voler les élections, il achetait les votes à coup de paires de souliers, de frigidaires, de paiements comptants, de caisses de bières ou de 40 onces. Lors de luttes serrées, il usait de fiers-à-bras et faisait purement et simplement bourrer les urnes de bulletins de vote favorables à son parti. Plusieurs invoquent pour sa défense le fait qu'il ait gagné plusieurs élections. Mais les a-t-il vraiment gagnées ou ne les a-t-il pas plus simplement

47

volées? Dans une loi, en 1953, pour se faciliter la tâche, il exclut les représentants de l'opposition des bureaux de scrutin.

Les plaques minéralogiques allant de 1 à 2000 étaient réservées aux favoris de l'Union nationale. Les policiers savaient qu'il ne fallait pas leur donner de contravention. Il fit cependant voter le « Bill Picard » pour retirer au chef syndical Gérard Picard son permis de conduire.

Duplessis, c'était le maccarthysme au cube. Avec sa Loi du cadenas, votée dès son arrivée au pouvoir, Duplessis se donnait le droit de déclarer communiste toute organisation qu'il jugeait suspecte, de cadenasser leurs locaux – y compris leurs logements – et de les mettre à l'ombre pour quelques mois. Cette loi, comme celle visant les témoins de Jéhovah, coupables de n'être pas des catholiques, fut jugée anticonstitutionnelle. Il présentait tous ses adversaires comme des communistes. L'accusation portait au point que des sœurs pleines de bienveillance annonçaient faire des neuvaines pour le salut de l'âme du chef libéral George-Émile Lapalme, coupable entre autres de proposer une forme d'assurance maladie. Pas nécessaire, répétait Duplessis, « la meilleure assurance contre la maladie, c'est la santé! » Et encore : « Seul Dieu peut offrir une assurance contre la maladie. »

En janvier 1951 à Trois-Rivières, le Pont Duplessis – nommé ainsi en l'honneur du père du premier ministre, aussi homme politique – s'effondre dans la nuit. Duplessis dénonce « les communistes » d'avoir fait le coup, alors que des faiblesses structurelles avaient été relevées auparavant sans que des réparations ne soient faites.

Il n'est pas le premier ni le dernier à avoir appelé les électeurs à voter du bon bord. Mais il l'a fait avec un aplomb sans pareil. En 1952, par exemple, il fait la leçon aux électeurs de Verchères :

> Je vous avais avertis de ne pas élire le candidat libéral. Vous ne m'avez pas écouté. Malheureusement, votre comté n'a pas obtenu les subventions, les octrois qui auraient pu le rendre plus heureux. J'espère que la leçon aura servi et que vous voterez contre le candidat libéral cette fois-ci.

En matière d'abus de pouvoir, la constance paie. Les routes secondaires dans Verchères, libéral depuis trois élections, étaient en lambeaux. En 1956, les agriculteurs expliquaient au député libéral qu'ils n'en pouvaient plus et devaient voter Union Nationale.

Aux députés de l'opposition qui se plaignaient de ce traitement à l'Assemblée, Duplessis répondit un jour : « Le budget de la province n'est pas assez considérable pour subvenir à tous les besoins. Nous devons donc d'abord servir nos amis. »

Alors qu'a fait Duplessis, au juste, pour la nation ? Quand les autres États d'Amérique du Nord construisaient des fonctions publiques professionnelles, ouvraient des universités, socialisaient la médecine, nationalisaient leur hydroélectricité, légiféraient contre les accidents de travail, Duplessis faisait sentir sa chape de plomb sur tous ceux qui, au Québec, voulaient emprunter les chemins de la modernité. Un de ses combats fut de s'opposer à ce qu'Ottawa finance les quelques universités québécoises. C'eût été noble s'il avait proposé de les financer lui-même. Mais il s'y refusait. Pour lui, les intellectuels étaient des « joueurs de piano » dont il fallait se méfier. Duplessis se vanta un jour de n'avoir jamais lu un livre depuis sa sortie du collège.

Ses initiatives n'inclurent jamais la moindre promotion culturelle, la moindre promotion de l'entrepreneuriat francophone, la moindre défense du droit de travailler en français dans les usines. Dans l'après-guerre, l'Ontario subventionnait la venue d'immigrants britanniques. Duplessis refusait les appels pressants (notamment du *Devoir*, qu'on l'a parfois vu déchirer en petits morceaux) à faire de même pour les immigrants de France. Pour lui, les Français avaient tourné le dos à notre sainte mère l'Église et lisaient des livres à l'index. D'ailleurs, il jugeait que les Canadiens français étaient, répétait-il, des « Français améliorés ». Alors, on n'allait pas nuire à cette pureté en important des Français de France qui n'étaient pas aussi purs que nous.

N'allez pas croire que Duplessis était à la botte de l'église. C'était le contraire. Il se vantait du fait que les évêques mangeaient dans sa main. Un jour qu'une déclaration cléricale lui avait déplu, il déchira devant le cardinal Léger de Montréal le chèque de 100 000 $ (une somme énorme) qui devait financer l'hôpital Hôtel-Dieu de Montréal en déclarant: « Voilà ce que votre conduite aura rapporté. »

À quoi tenait son mantra autonomiste? Lapalme, qui a dû écouter des centaines d'heures de ses discours à l'assemblée, se l'est demandé. Il écrit: « autonomie électorale, autonomie négative, autonomie verbale, autonomie saugrenue, autonomie de remplissage, autonomie du néant. Mais y a-t-il quelqu'un qui ait mieux doré l'autonomie que lui ? Quand il évoquait la menace de financement fédéral comme "le crucifiement de la province sur une croix d'or", il surélevait le plateau des offrandes autonomiste de façon à ce qu'on ne vît pas qu'il ne contenait rien. » René Lévesque écrit que l'autonomie de Duplessis était la « ligne Maginot derrière laquelle rien ne devait trop changer ». Prononça-t-il le mot « [é]mancipation ? Jamais, car si peu que ce fût, ça pourrait donner des idées », ajoute Lévesque. « On sentait partout, écrit-il encore, un besoin de changement que lui, couvercle rigide sur une bouilloire en ébullition, étouffait et de toutes ses forces, empêchait même de s'exprimer. »

L'alors syndicaliste et journaliste Gérard Pelletier, dans ses mémoires *Les années d'impatience*, résume bien l'œuvre du Chef: « Aujourd'hui plus que jamais, il importe de nous remémorer qu'au nom du nationalisme et de la religion, Duplessis nous a imposé pendant 20 ans le règne du mensonge, de l'injustice et de la corruption, l'abus systématique de l'autorité, l'empire de la mesquinerie et le triomphe de la bêtise. Il faut nous souvenir que cet homme et son régime ont retardé d'un quart de siècle l'entrée du Québec dans le monde moderne. »

C'est pourquoi invoquer aujourd'hui positivement l'héritage de Maurice Duplessis, c'est défendre l'indéfendable, fréquenter l'infréquentable. S'il défendait la nation, ce n'était que d'une façon. Il lui défendait de grandir, de déployer ses talents, de s'épanouir. Il lui défendait d'être moderne et d'être, dans tous les sens du terme, libre.

1967 : de Gaulle «bouleversé» par la question québécoise

De Gaulle s'est construit tout entier de controverse en controverse. De querelle en querelle. Il le fallait pour imposer sa vision des choses, d'abord dans une guerre qui commençait selon sa description «infiniment mal», ensuite en politique intérieure française pour imposer sa vision d'un pouvoir présidentiel robuste à des partis qui préféraient se disputer les postes et les responsabilités, ensuite encore, en politique internationale, pour se tailler une place entre deux blocs.

En quoi le cas québécois aurait-il été différent? Le général, certes, ne prend aucun dossier à la légère. Ses interventions sont réfléchies, ses discours soigneusement dosés et rédigés de sa main. Sa conviction que l'avenir du Québec passe par l'indépendance est ferme. Son action en faveur du renforcement du Québec et de ses liens avec la France est incessante.

Mais doit-il aller plus loin? Se rendre sur place et forcer la main de l'histoire?

Cette question semble le tourmenter pendant plusieurs années, l'émouvoir à la veille de son voyage et susciter encore une dose d'incertitude dans les jours qui suivent son geste d'éclat.

L'exposition internationale de 1967 se prépare longtemps à l'avance. Dès août 1963, de Gaulle autorise la construction d'un pavillon français et souligne que la présence de la France sur ce qui sera appelé Terre des Hommes ne doit être en rien liée à la Confédération canadienne, mais plutôt à « deux cents ans de fidélité des Canadiens français à la France ».

Doit-il s'y rendre ?

Il hésite. D'abord réticent à participer « à une foire », il reporte sans cesse sa décision. Comme s'il craignait qu'une fois sur place, il ne puisse s'empêcher de commettre l'irréparable.

En 1966, il confie à deux de ses collaborateurs : « Si j'y vais, ça risque d'être seulement pour y mettre le feu. »

Ce ne sont pas les invitations qui manquent. Une du gouvernement canadien, de Georges Vanier, alors toujours vivant. Une du maire Jean Drapeau, qui passe le voir (et qui aurait aimé que la tour Eiffel soit déplacée à Montréal pour l'occasion, une prouesse jugée techniquement irréalisable). Daniel Johnson, élu premier ministre en juin 1966, lui écrit également une lettre pleine de chaleur où il insiste sur l'importance de sa venue.

En septembre 1966, de Gaulle dit non. Poliment. Dans des lettres envoyées à chacun. À Vanier, il est sibyllin et juge qu'une visite « dans les circonstances actuelles » écrit-il, « soulèverait sans doute des questions qui doivent être examinées à loisir ». Lesquelles ? Mystère. Avec le recul, on peut décoder : des questions portant sur le statut politique du Québec.

En février 1967, alors que la pression se maintient, de Gaulle révèle que la porte n'est pas complètement fermée. Il confie à deux de ses ministres, dans une Caravelle qui le ramène de Cherbourg vers Paris : « Je n'irai pas au Québec pour faire du tourisme. Si j'y vais, ce sera pour faire de l'histoire. »

En avril, il reçoit le gaulliste Vincent Monteil, très favorable à l'indépendance québécoise, et lui confie qu'il songe finalement à se rendre au Québec. « Notre grand ami, rapporte Monteil dans une lettre au journaliste québécois Jean-Marc Léger, parlera dans le sens que nous souhaitons. Il s'impatiente seulement de la lenteur de votre émancipation, qu'il souhaite totale. »

Il faudra la venue de Daniel Johnson, en mai, pour qu'il se décide enfin. Le premier ministre québécois sait appuyer sur les bons boutons. « Mon général, le Québec a besoin de vous, lui dit-il. C'est maintenant ou jamais ! » Le Québécois pensait peut-être en rajouter. Mais il a frappé chaque touche de l'orgue gaullien. L'allégeance (« Mon » Général), le « besoin » et l'urgence.

Il a rompu la digue. De Gaulle confirme qu'il sera du voyage. On est alors à trois mois de l'événement, un délai très court pour une visite de cette importance.

À partir de là, il s'implique directement dans chaque détail de l'opération et mesure la symbolique de chaque décision qu'il faut prendre sur l'ordre des visites, les personnes rencontrées, la répartition du temps entre le Québec et le Canada.

Pearson et Vanier voulaient qu'il vienne par avion à Ottawa, pour entamer sa visite, puis se rende à Montréal et Québec pour la suite. Si possible, qu'il se rende dans d'autres villes canadiennes. Il n'en est évidemment pas question pour de Gaulle.

Des alliés français du Québec et le délégué général du Québec à Paris, Jean Chapdelaine, semblent avoir simultanément la même idée. Que de Gaulle arrive par bateau, en remontant le Saint-Laurent. Il débarquera tout naturellement à Québec, et non à Ottawa. Le Président raffole de cette trouvaille. Il choisit le navire alors le plus prestigieux de la marine française, le Colbert, et met Ottawa devant ce fait accompli. Il ira au Québec d'abord. Donc au Québec surtout.

Déterminé, il n'en reste pas moins fébrile. À sa résidence de Colombey-les-Deux-Églises, tout juste avant le départ, il affirme à son gendre Alain de Boissieu : « Je compte frapper un grand coup. Ça bardera. Mais il le faut. C'est la dernière occasion de réparer la lâcheté de la France. »

Sur le quai, à Brest, il dit au député gaulliste, et pro-indépendantiste, Xavier Deniau : « On va m'entendre là-bas, ça va faire des vagues. »

Au journaliste Jean Mauriac, le matin de son arrivée à Québec, il confirme : « Je suis décidé à aller loin ! »

Au diplomate Jean-Daniel Jurgensen, il précisera à son retour : « J'vais fixer l'orientation ; j'attendais l'événement, la foule, pour doser ce que je dirais, à quel endroit, à quel instant. Mais je savais que j'allais faire quelque chose. »

Charles de Gaulle n'est pas du genre à étaler ses émotions. Or, de tous les commentaires recueillis par ses proches, celui que rapporte son aide de camp François de Flohic lève mieux que tout autre le voile sur le trouble intérieur que provoque l'affaire québécoise chez de Gaulle.

La conversation a lieu sur le Colbert alors même que le navire aborde l'estuaire du Saint-Laurent. De Gaulle confie :

> Étrange, j'ai longtemps hésité à accepter l'invitation de Johnson. On peut dire que, pour une fois, je me suis fait prier. Cet instant est ma récompense. Je n'ai jamais été si bouleversé.

Bouleversé. Parce qu'il sait exactement ce qu'il va dire. Alors qu'il rédige les notes de ses discours dans le Colbert, il sort se dégourdir les jambes, croise sur le pont son chef d'état-major et lui lance : « Que diriez-vous si je leur criais : *Vive le Québec libre !* » L'homme tente de le dissuader, mais le général répond : « Eh bien, je crois que si ! Ça dépendra de l'atmosphère. »

De Gaulle n'est pas sans mesurer l'ampleur du séisme qu'il s'apprête à déclencher. Il va se mettre à dos le monde anglo-saxon au grand complet.

Ce ne sera pas la première fois. Toute sa politique étrangère est en porte-à-faux avec l'axe anglo-saxon. Pas la première fois non plus qu'il veut le démantèlement d'un pays anglophone. Alors même qu'il prépare son voyage au Québec, il donne des ordres pour armer la province catholique/animiste du Biafra, qui a déclaré son indépendance du Nigeria, ex-colonie britannique principalement protestante. Les deux territoires sont constitués d'ethnies différentes et le Biafra détient l'essentiel de la richesse pétrolière du pays. Il y a donc là conflit armé par procuration entre Britanniques et Français.

Mais le Canada n'est pas une ancienne colonie africaine. Il s'agit d'un pays d'Occident qui, plus promptement que d'autres, a soutenu politiquement de Gaulle pendant la guerre, puis qui a envoyé ses soldats verser le sang pour la libération du sol français. Il y aura donc, c'est certain, dans les scories du coup d'éclat québécois que de Gaulle envisage, une perception, par le Canada, d'une gigantesque ingratitude.

Quel lien faut-il faire entre cet obstacle et la décision de de Gaulle de désinformer Ottawa au sujet de ses intentions? Difficile à dire. Reste que le ministre canadien des Affaires étrangères Paul Martin est reçu par le Président à Paris à la mi-juin 1967. Martin en ressort non seulement apaisé, mais « convaincu que de Gaulle était prêt à faire amende honorable » pour ses écarts pro-québécois passés.

Le jour où le Colbert arrive à Québec, de Gaulle y tient une réception pour 400 invités. Il prend le ministre Martin à part pour lui donner une nouvelle dose de propos calmants, allant jusqu'à lui dire: « Vous verrez, à Ottawa aussi tout ira bien. »

Le ministre a bien besoin d'être rassuré, car, dix jours plus tôt, un correspondant parisien de l'*Associated Press* cite des sources « bien informées » selon lesquelles le voyage du président « serait une mission destinée à encourager le séparatisme canadien-français ». Selon le journaliste, le président français et ses conseillers sont « persuadés que d'ici dix ans, le Québec sera indépendant ».

Choquer le monde anglo-saxon est une chose. Gifler les Canadiens en est une autre. Mais de Gaulle sait aussi que ses paroles vont dépasser, de loin, le souhait exprimé par ses interlocuteurs québécois. C'est le cas du fédéraliste Lesage, on l'a vu, qui est maintenant leader de l'opposition.

C'est le cas aussi de celui que de Gaulle appellera pendant tout le séjour « mon ami Johnson ». Lors de leur tête-à-tête de mai 1967, de Gaulle l'a invité au parler-vrai, à aller, selon une expression chère au Général, « au fond des choses ». Johnson lui a donc expliqué sans détour son programme politique. Il a bien été élu sur le slogan « égalité ou indépendance », mais cela n'est que de l'esbroufe pour calmer ses partisans plus exaltés et sert principalement à maximiser le rapport de force du Québec envers le Canada.

L'heure est à la refonte du pacte canadien, soutient Johnson, pas à sa dissolution. Le renforcement des liens avec la France, la visite de de Gaulle que Johnson veut rendre historique, les demandes du Québec, tout cela doit mener, non à l'indépendance, mais à une nouvelle constitution qui donnera au Québec davantage d'autonomie au sein du Canada. D'ailleurs, une rencontre des premiers ministres pour discuter de ce nouvel équilibre constitutionnel est prévue pour novembre. Bref, la visite présidentielle sera un moment fort de la construction du rapport de force du Québec en ce moment crucial. Elle vise, explique Johnson à de Gaulle, à « permettre au Québec d'atteindre ses objectifs au sein du Canada ».

De Gaulle a bien entendu. Il lui répond même que les rencontres de négociation avec le Canada et les provinces, dont Johnson attend de beaux fruits, ne sont que « des éteignoirs ». Il sait donc qu'en appelant un « Québec libre », il veut imposer aux élites québécoises une accélération de l'histoire, contre leur gré.

En atteste un des premiers commentaires qu'il fera après avoir lâché sa bombe. À Johnson, il dira : « Je crois que je vous ai embêté. » Johnson lui répond qu'il a en effet utilisé « le slogan d'un parti adverse », mais l'assure qu'il « va se débrouiller ».

De Gaulle est plus tranchant avec Drapeau, qui l'apostrophe ainsi : « Vous savez, mon général, que *Vive le Québec libre!* est un slogan employé par les séparatistes. » De Gaulle le coupe et réplique : « Mais on s'en fout, monsieur le maire ! »

Il a donc de quoi être bouleversé. Lorsqu'il a proclamé que les pays d'Indochine devaient pouvoir disposer d'eux-mêmes, il savait qu'il mécontenterait Washington, mais ses hôtes, au moins, allaient l'applaudir. Lorsqu'il a refusé l'entrée du Royaume-Uni dans l'Europe, renvoyé les troupes américaines hors de son sol, il savait que la majorité des Français l'approuveraient. Mais, au Québec, qui l'applaudira ? Avant de débarquer du Colbert, il n'en sait rien.

Plus fondamentalement, pourquoi de Gaulle se sent-il autorisé à bousculer les Québécois, au premier chef les Jean Lesage et Daniel Johnson qui sont ses alliés et ses interlocuteurs ?

Parce qu'il a de son rôle une vision qui dépasse, de loin, celle des autres acteurs. Quand les politiciens normaux s'occupent de l'actualité, lui joue pour l'histoire. L'histoire longue, bien sûr. Voilà pourquoi il veut « réparer la lâcheté de la France », tourner la page sur l'abandon des colons français d'Amérique par Louis XV.

Mais l'histoire courte, aussi. « Il y a des circonstances où l'histoire devient fluide », expliquera-t-il à Peyrefitte après le fait. Il faut savoir « forcer le destin ». Toute sa vie est là. Tout son projet québécois y est aussi.

(Ce texte est un extrait de mon livre De Gaulle : l'indépendantiste.*)*

Octobre 1970 : L'exception canadienne

Lorsqu'on remet Octobre 1970 dans son contexte historique, une chose apparaît avec force : dans aucun autre pays démocratique aux prises avec le terrorisme et l'enlèvement politique, un gouvernement n'a, comme au Québec et au Canada, suspendu les droits de toute la population.

Dans cette époque de violence politique fréquente et multiforme, la France, l'Allemagne, le Royaume-Uni et, en particulier, l'Italie, ont voté des lois qui donnaient aux policiers des pouvoirs parfois exagérés. On a assisté à des dérapages, des bavures, des arrestations déraisonnables, de l'injustice caractérisée.

Mais nulle part ailleurs qu'au Québec et au Canada un outil aussi brutal et liberticide que la Loi sur les mesures de guerre n'a été appliqué. Nulle part ailleurs, des gouvernements n'ont-ils pris la décision consciente d'ordonner spécifiquement que des arrestations se déroulent dans la nuit, sans que ses victimes soient même informées que leurs droits venaient d'être suspendus. Qu'ils ne pouvaient voir ni leur avocat, ni leurs proches, ni même savoir de quoi ils étaient accusés ! (Les 500 détenus d'Octobre n'étaient coupables, dans 97 % des cas, que de délit d'opinion.) Nulle part ailleurs, des gouvernements n'ont fait coïncider des arrestations avec le déploiement de l'armée, pour maximiser le traumatisme. Nulle part ailleurs, le pouvoir n'a permis à ses policiers de procéder à des dizaines de milliers de perquisitions sans mandat, faisant en sorte, au Québec, qu'un logis sur 44 soit visité, essentiellement ceux des militants d'un jeune parti d'opposition légal, le Parti québécois.

Osons comparer Richard Nixon et Pierre Trudeau. Nixon sera pour toujours l'homme dur, intransigeant et inflexible, le président de «la loi et l'ordre». Trudeau sera pour toujours le père de la Charte des droits et libertés.

Pourtant, alors que l'Amérique de Nixon est un endroit politiquement beaucoup plus violent que le Québec (290 attentats à la bombe par mois, deux par jour à New York), à aucun moment Nixon n'envisage de suspendre les droits. Son homme de main, chargé de la répression, est le ministre de la Justice John Mitchell. Interrogé sur les enlèvements survenus au Québec, il indique qu'il a lui-même eu vent de projets de prises d'otages élaborés par des groupes terroristes américains. En ce cas, demande un journaliste, son gouvernement pourrait-il un jour suspendre, comme Trudeau vient de le faire, les libertés? Mitchell répond d'un mot: «Jamais.»

C'est aussi l'attitude du général de Gaulle pendant les crises qu'il traverse – un attentat sur sa vie, une quasi-insurrection en mai 1968. Sa réaction est de déclencher des élections qui conforteront sa majorité. C'est aussi l'attitude du chancelier allemand, du premier ministre britannique aux prises avec leurs terroristes locaux. Nous sommes donc en présence d'une exception canadienne.

Le FLQ n'est pas, en son temps, exceptionnel. Il est évidemment condamnable et condamné. On ne peut que reprendre ici la phrase prononcée par René Lévesque au sujet des felquistes: «Ils ont importé ici, dans une société qui ne le justifie absolument pas, un fanatisme glacial et des méthodes de chantage à l'assassinat qui sont celles d'une jungle sans issue.»

Voilà ce qu'on peut dire des terroristes québécois. On pourrait le dire des terroristes allemands, français, américains, italiens.

Mais ce qu'on peut dire des premiers ministres québécois et canadien, on ne peut le dire d'aucun autre chef d'État de pays démocratiques aux prises avec le même défi. Pourquoi et comment Robert Bourassa et Pierre Trudeau ont-ils décidé qu'ils devaient causer, ici, un tort aux droits des citoyens qui ne serait vu nulle part ailleurs en démocratie ?

La GRC disait non

Il est fascinant de voir combien leur appétit pour les arrestations de masse et leur décision d'asséner à toute la société québécoise un choc psychologique n'apparaissent pas immédiatement. Ces idées naissent d'abord presque inopinément, s'infiltrent, se discutent puis s'imposent. Chez Bourassa d'abord. Chez Trudeau ensuite. Les deux hommes prennent le temps de la réflexion. Leur geste est prémédité, assumé.

Surtout, il leur faut franchir plusieurs obstacles pour arriver à leur but. Le plus important : l'obstacle policier. À Ottawa, quelques ministres seniors sont soufflés d'entendre le patron de la GRC, Ron Higgit, leur recommander de ne surtout pas invoquer une loi d'exception.

Selon des notes prises sur-le-champ, « le commissaire ne voit comme nécessaire aucune action qui ne soit pas rendue possible par la loi actuellement en vigueur. Il dit qu'une grande rafle de suspects et d'arrestations préventives ne serait pas de nature à conduire aux kidnappeurs et qu'il ne pouvait donc recommander l'adoption de mesures d'exception. » Un « vaste coup de filet et la détention préventive de suspects », ajoute-t-il, provoqueraient « une foule de problèmes ». Lucide, il craint que les policiers québécois, sur lesquels la GRC n'a aucun contrôle, puissent « mal utiliser ces pouvoirs » et les exercer de façon « excessive ».

Trudeau fera en sorte que le patron de la GRC ne vienne pas répéter ces propos au Conseil des ministres au grand complet, quand il les entraînera dans la voie contraire.

À Québec, les chefs de police de Montréal et de la SQ plaident au contraire pour la loi en utilisant des arguments alarmistes. Un conseiller de Bourassa témoigne : « Quelques-uns de leurs scénarios tenaient de l'hallucination, quand ils ne donnaient pas dans des visions d'apocalypse. »

Mais l'homme qui dirige l'enquête pour retrouver les deux otages des felquistes, Julien Giguère, est opposé à l'opération de ratissage. Il souhaite l'arrestation de 25 personnes, pas 500. « Arrêter 500 personnes à la fois, placer au moins deux personnes pour les interroger, ça veut dire que ça prend mille enquêteurs, dit-il. C'est physiquement impossible. » Il ne comprend pas non plus pourquoi les pouvoirs sont dévolus à tous les corps de police, plutôt qu'à sa seule escouade, qui dirige et coordonne l'enquête. Pour l'officier de la GRC au dossier, Joseph Ferraris, l'opération d'arrestations massives a détourné les énergies policières de manière à « retarder de quelques semaines, peut-être d'un mois, la libération de Cross », le diplomate britannique détenu pendant huit semaines.

Bref, la décision de Bourassa et de Trudeau de transformer le Québec en État policier dans la nuit du 15 au 16 octobre 1970 est prise au détriment du travail des enquêteurs. Elle relève de motifs politiques purs.

(Ce texte est une version remaniée de l'introduction de mon livre Insurrection appréhendée – Le grand mensonge d'Octobre 1970.*)*

1982 : La constitution maudite

Il avait mis une queue-de-pie. C'est un habit de cérémonie un peu étrange, court à l'avant, long à l'arrière. Il voulait montrer qu'il s'agissait d'un jour comme aucun autre. Elle avait mis un manteau d'un bleu très sobre et un chapeau de même couleur, comme pour indiquer qu'il ne fallait quand même pas exagérer. Lui, c'était Pierre Elliott Trudeau. Elle, Elizabeth II. Ils étaient sur une scène aménagée tout exprès, devant l'imposant édifice du Parlement, le 17 avril 1982. Au moment où Trudeau déclara qu'en ce jour, son pays avait acquis « sa pleine souveraineté », le vent se leva. Au moment où lui et elle apposèrent leurs signatures sur le document, une pluie froide vint assombrir l'humeur de la foule assemblée.

Nous n'étions pas à la première scène des *Rois maudits* où, au moment d'être brûlé vif, le grand maître des Templiers déclare le roi de France maudit pour 13 générations. Mais la météo, pourtant de compétence fédérale, semblait indiquer à coups de vent, d'eau et de tonnerre qu'il se passait à Ottawa quelque chose de contre nature. Qu'on entrait dans une zone de tempête. Au-dessus de l'Assemblée nationale, dans la Vieille Capitale, le drapeau du Québec avait été mis en berne. Comme si quelqu'un ou quelque chose d'important était passé de vie à trépas.

C'était le cas. On avait toujours fait croire aux Québécois qu'ils avaient consenti à l'arrangement politique appelé le Canada. Vrai, ils avaient été conquis par les armes, réprimés, avaient vu leurs leaders pendus, puis avaient été forcés de se fondre avec la colonie voisine, mais, bon, pas pires amis pour ça. La constitution d'origine était présentée, mais seulement ici, comme un pacte entre deux nations. La signature de 1982 dissipait ce malentendu. Le Canada pouvait se redéfinir sans et contre la nation québécoise. La Cour suprême avait consigné l'état du rapport de force : ce que faisait Ottawa était contraire aux conventions, aux précédents, à la « moralité constitutionnelle ». Mais c'était légal.

Était-ce démocratique ? Le refus de Trudeau et des provinces anglophones de soumettre le nouveau texte fondateur du pays à l'assentiment populaire par voie de référendum, malgré la demande québécoise et la pratique courante occidentale contemporaine, a pour ainsi dire installé le texte sur des sables mouvants. Mais les électeurs finissent toujours par se rendre aux urnes. Aux élections fédérales suivantes, en 1984, le parti de Pierre Trudeau perdit 57 de ses 74 députés au Québec et la moitié de ses électeurs. La malédiction avait entamé son œuvre. Au référendum tenu en 1992 pour faire approuver une version revue et améliorée de la Constitution, 57 % des Québécois firent savoir que, même avec ces retouches, c'était Non. Malédiction, encore. Au référendum tenu en 1995 pour extraire une fois pour toutes le Québec de ce carcan immoral, le résultat fut si serré, et entaché d'irrégularités avérées du côté du Non, qu'on pourrait ici encore parler d'une victoire légale, mais immorale, du camp fédéraliste. Malédiction, toujours.

À 40 ans du début de ce cycle maudit, l'immoralité et la légalité semblent changer de camp. Car s'il est vrai que le Québec peut ouvrir le petit tiroir qui lui est réservé dans la Constitution canadienne – chaque province a ce petit tiroir – et y inscrire que le Québec est une nation dont la langue officielle et commune est le français, à quoi donc ont rimé 40 ans de refus canadien de reconnaître au Québec quelque statut distinct que ce soit ?

En 1992, les Canadiens hors Québec, généralement favorables à la constitution de Trudeau, s'y sont mis à 57 % pour rejeter, eux, la retouche au texte qui reconnaissait symboliquement le « caractère distinct » du Québec. En 2006, quand la Chambre des communes a voté une motion affirmant que « les Québécois forment une nation dans un Canada uni », 77 % d'entre eux ont dit aux sondeurs qu'ils s'opposaient mordicus à ce que cela soit inscrit dans la Constitution. Il ne fait aujourd'hui aucun doute que si la « clause nation » devait être soumise à l'approbation des provinces ou, pire, à un référendum, elle ne passerait jamais la rampe.

Les paris sont ouverts, mais on pourrait se retrouver dans une situation où la Cour suprême atteste que la modification faite par le Québec est « légale », mais contraire aux conventions et à la « moralité constitutionnelle ». L'important, ajoutera la cour, est que cette affirmation est purement déclaratoire et ne modifie pas l'ordre juridique. Affirmer, dans son petit tiroir, le contraire de ce qui est écrit sur la commode elle-même est un peu comme si un conjoint modifiait sa partie du contrat de mariage pour y indiquer qu'il préfère les rousses, alors que sa femme est blonde. Ça ne change rien aux droits de chacun, mais cela jette un froid sur la relation.

Cela dit, à force d'être immoralement légale, cette immoralité même devient un précédent et se transforme en convention. L'Alberta pourra mettre dans son tiroir son droit inaliénable à extraire jusqu'à son dernier baril de pétrole bitumineux. (Le chroniqueur Rex Murphy propose plutôt que l'Alberta statue que « toute province mettant son veto à un pipeline allant de Calgary à la Nouvelle-Écosse soit privée de péréquation ».)

La Colombie-Britannique, où le français est la cinquième langue minoritaire, pourra déclarer que l'anglais est sa langue officielle et commune. Doug Ford pourrait mettre dans le tiroir ontarien que la bière ne doit jamais être vendue dans sa province à plus de 1 dollar. Ce serait choquant, sauf pour la bière, mais nullement exécutoire à l'extérieur des frontières provinciales.

Peut-être ne saisit-on que maintenant la réelle portée de la malédiction trudeauiste de 1982. Elle ne se limitait pas à l'imposition d'une volonté politiquement immorale. Elle entamait l'insertion de l'immoralité dans le processus lui-même. Loin du « Crois ou meurs » des combats constitutionnels d'antan, on est dans le « Chacun fait ce qui lui plaît » et le « Finalement, on s'en fout ». En a-t-on pour 13 générations, de cette maudite constitution ? Pas sûr. Plus ambitieux, Pierre Trudeau avait à l'époque affirmé qu'on en avait pour 1000 ans.

Meech et le « Quoi qu'on dise... » de Bourassa : La vraie histoire

Robert Bourassa nage. C'est un exercice auquel il s'astreint quotidiennement, pour garder la forme. C'est aussi une cérémonie. Un rituel qu'il accomplit chaque fois que sa fonction l'oblige à un effort particulier, à une décision difficile. « Dans les moments importants, je vais nager pour dégager l'esprit de la déclaration – comme je ne lis pas de texte écrit. J'improvise d'une certaine façon, dans la forme sinon dans le fond. »

Les cadres du pouvoir chinois tremblaient dans leurs cols Mao chaque fois que le Grand Timonier se lançait, torse nu, dans le Yangtsé. Sa plongée annonçait invariablement une nouvelle purge, camouflée sous un mouvement de masse. À Québec, ce sont les journalistes qui guettent les baignades du premier ministre, les jours où l'histoire change de paragraphe ou de page. Aujourd'hui, sentant qu'un nouveau chapitre pourrait s'ouvrir, ils sont particulièrement fébriles.

« Quand c'est rendu que les journalistes vous attendent quand vous allez nager ! » peste le premier ministre. Ils font le pied de grue autour de l'immeuble du Club des employés civils, où se trouve la piscine, espérant lui arracher une phrase au passage. Les agents de sécurité font entrer le premier ministre par une porte dérobée. Entre deux longueurs, Bourassa cherche « la » phrase de son discours du soir. La conclusion. La formule-choc. Celle qu'on citera longtemps.

Il a accepté l'idée de la proclamation (proposée par ses conseillers). Il l'aurait peut-être eue tout seul. Maintenant, il veut la tourner « de la façon la plus concise et la plus percutante possible, en préservant l'avenir, comme c'était ma responsabilité comme premier ministre ».

Joli truc. Car préserver l'avenir, en ce jour, c'est parler fort, mais sans se compromettre. Claquer une porte, sans la fermer. Robert Bourassa nage. En pleine « zone grise », dit-il. Quant au fond,

qu'est-ce qui pouvait arriver ? Il n'y avait pas tellement de choix : trois choix, finalement. Un qui était à rejeter, c'était : « On présente l'autre joue, on dit pas un mot. » L'autre qui était risqué, pour ne pas dire téméraire, c'était de dire : « Vous voulez pas de nous autres ? On s'en va tout seuls ! » Et le troisième choix c'était entre les deux, sans qu'on voie clairement ce que ça pouvait être à ce moment-là. À très court terme, il fallait poser des gestes pour garder le contrôle de l'agenda.

Robert Bourassa nage, mais ne plonge pas. Quant à la forme, la solution lui vient, entre deux vaguelettes. Il croit se souvenir d'une citation du chef d'État français, d'un discours livré par de Gaulle à Constantine, en Algérie, à son retour au pouvoir en 1958 ou 1959, qu'il a peut-être entendu, grâce à sa radio à ondes courtes, un soir, dans son petit appartement d'étudiant à Oxford.

Quelque chose comme « Quoi qu'on dise, quoi qu'on fasse, l'Algérie française, aujourd'hui et pour toujours... », se souvient-il. Une façon de dire que jamais Paris n'accéderait aux demandes d'indépendance des Algériens, mais protégerait les intérêts de la minorité française en sol algérien.

De Gaulle n'a jamais prononcé cette phrase. Il a lancé à Alger son fameux « Je vous ai compris ! », volontairement trompeur. Il s'est un jour laissé aller à reprendre un slogan de la foule – Vive l'Algérie française ! – sans s'en rendre compte, a-t-il prétendu, et, ce qui est certain, alors même qu'il manœuvrait en coulisses pour mettre fin au statut colonial, donc français, de l'Algérie. L'emprunt de Bourassa ressemble bien plus dans sa forme à une citation de Proudhon : « L'État, quoi qu'on dise et quoi qu'on fasse, n'est, ni ne sera jamais, la même chose que l'universalité des citoyens. »

Qu'importe la méprise, c'est l'intention qui compte. Le premier ministre québécois décide de s'inspirer de la forme et de l'esprit d'un mensonge pour apaiser ce soir-là son peuple meurtri.

« Ça ne vous a pas fait hésiter ? » lui ai-je demandé.

« Ça m'a fait hésiter de dire que j'avais pris ça là. [...] Je me suis dit, il y a certainement quelqu'un qui va dire : "Oui, mais, deux ans plus tard, c'était l'Algérie algérienne !" Mais ça n'a été souligné nulle part. »

Robert Bourassa nage. Il n'hésite pas parce que l'idée de tromper son public le rend mal à l'aise. Il hésite parce qu'il craint de se faire prendre. Sorti des eaux de la rhétorique, il fait le tour de la piscine. S'assied sur les marches de l'escalier. Écrit au crayon-feutre sur de petites fiches les mots qui lui sont venus à l'esprit. Esquive les journalistes à la sortie de l'immeuble, esquive les journalistes en entrant au bunker, emprunte au sous-sol le corridor qui va au parlement, et se rend jusqu'au bureau situé derrière la chambre bleue.

Là, Bourassa rumine. Répète son discours devant son proche conseiller Jean-Claude Rivest qui a le suprême privilège, dans les moments forts, d'être son premier public. Le conseiller peut voir les mots sur les fiches : « Rappeler le but de Meech, les efforts. » Il y a le mot « remercier ». Pas de phrase complète, sauf la formule-choc, écrite en entier. Rivest a le droit d'écouter, pas celui de critiquer. « J'argumente pas, son affaire est faite. C'est probablement pour ça qu'il me prend, moi. » Mais s'il pressentait un désastre absolu, Rivest pourrait sonner l'alarme.

À l'Assemblée, pleine comme un œuf en ce vendredi soir, aucun ministre, aucun député ne sait comment Bourassa va présenter les choses. À l'oral, Bourassa a si rarement ému, si souvent déçu, qu'il n'a qu'à être bon pour paraître excellent. Ce soir, il sera très bon.

Il se lève, fait le rappel des événements, remercie ceux qui l'ont épaulé dans la traversée de Meech, dont, nommément, l'Ontarien David Peterson. Il évoque l'injustice faite aux Québécois, et rappelle, louangeur, le nom de René Lévesque, qui avait fait preuve, dit-il, « d'une grande flexibilité » après mai 1980, pour « réintégrer le Québec dans la constitution canadienne ». Le ton est bon, le rythme décidé. La voix claire trahit la déception.

Quelques minutes seulement, puis vient la formule pseudo-gaullienne : « Quoi qu'on dise et quoi qu'on fasse, le Québec est, aujourd'hui et pour toujours, une société distincte, libre et capable d'assumer son destin et son développement. »

À cet instant, exactement, le Québec se divise en deux. Il y a ceux qui savent. Il y a ceux qui rêvent. Le récit des deux années à venir se résume, pour beaucoup, aux fluctuations de la ligne de démarcation.

* * *

Robert Bourassa, lui, sait. Il sait qu'il n'a rien dit.

« Quand je me suis assis, la réaction que j'avais c'est : "C'est fait, et il semble que ce soit bien fait." »

L'effet produit le déroute. Autour de lui, tout le monde est debout. Les libéraux, bien sûr. Normal. Mais des péquistes, aussi. Jacques Parizeau, qui dans son propre discours l'appelle « mon premier ministre » – du jamais entendu – et lui dit « je vous tends la main » – du jamais vu –, traverse l'allée centrale pour venir le féliciter. Les applaudissements sont longs, nourris, chaleureux. Rien à voir avec « la claque » qui accompagne d'ordinaire les prestations ministérielles.

> Quand Robert Bourassa a lu son texte, se souvient un député libéral alors nationaliste modéré, Jean-Guy Saint-Roch, il y a eu un silence de mort. On a été estomaqués, puis il y a eu un sentiment d'euphorie. Moi, c'est un des rares moments où j'ai senti qu'il n'y avait plus de ligne de parti, plus d'opposition. Aujourd'hui, on lit le texte dans les galées [verbatim des travaux de l'Assemblée] et c'est froid. Mais si t'étais là, t'as vu le visage, le ton de la voix. On était des Québécois à ce moment-là. On est à la croisée des chemins et on y va.

Bourassa assiste au déferlement. « C'aurait pu être des applaudissements polis. En Chambre, on ne se lève pas à tout bout de champ, c'est pas la routine. Je n'avais pas écouté la radio toute la journée. Je n'étais pas sensibilisé à l'atmosphère. » Il ne s'attendait pas, en cette enceinte, à une réaction « aussi éclatante ». Au-delà des murs de l'Assemblée nationale, aussi, l'impact est, dit-il, « plus grand que je l'avais pressenti ». « J'ai constaté qu'il y avait un niveau d'intérêt et d'anxiété dans la population que je n'avais pas connu depuis mon retour » au pouvoir. Cherchant des exemples, il cite... la crise d'Octobre de 1970, la grande grève du front commun de 1972. Mais depuis 1985, malgré la tension linguistique autour de la loi 178, il n'avait jamais retrouvé ni « senti l'anxiété presque palpable. Et c'était le cas, cette journée-là. Et le lendemain, s'il y avait quelque chose, c'était encore plus grand. »

Lorsqu'on revoit l'enregistrement de ce moment, on observe un Robert Bourassa, assis après l'effort, un peu sonné par la réaction des députés et des ministres. Hagard, comme s'il s'était réfugié dans sa carcasse et se forçait à en ressortir chaque fois qu'un collègue lui tendait la main. Puis il y retournait, le regard un peu absent. L'homme semblait débordé, dépassé.

Car il savait, lui, que le Québec ne serait pas « libre de ses choix ». Il savait, lui, que jamais il n'accepterait un verdict entraînant la province vers le statut de pays. Il savait qu'il ferait tout pour contrecarrer le choix des Québécois, alors très majoritairement indépendantistes. Et il dirait, le jour de tirer sa révérence, qu'il avait « assumé le destin du Québec ». Qu'il avait, bref, pris sur lui de décider à la place des Québécois. De leur enlever, donc, en ce point tournant, la liberté de choisir.

Cela lui a coûté, oui. La deuxième plus grande défaite de sa carrière, un référendum perdu sur des offres fédérales médiocres deux ans plus tard. Cela a fait mal.

On n'invoque le fantôme de de Gaulle qu'à ses risques et périls.

(Ce texte est un extrait remanié de mon livre Le Petit tricheur : Bourassa derrière le masque.*)*

1992 : Le référendum refoulé

Lorsque je souhaite être facétieux avec mes amis fédéralistes, ce qui m'arrive assez régulièrement, je leur pose deux questions. D'abord : quel était le résultat, au Québec, du référendum sur la Constitution de Pierre Trudeau ? Généralement, mon interlocuteur cherche laborieusement la réponse dans son cerveau, un peu comme s'il était soumis à un vox pop de Guy Nantel. En l'absence de réponse, j'enchaîne : bon, alors comment avez-vous voté ? Cela provoque, chez la plupart, un chaos synaptique.

J'avoue, c'est cruel. Dans l'environnement démocratique actuel, chacun présume qu'un changement profond à notre loi fondamentale a nécessairement été soumis au vote populaire. Difficile d'imaginer que ce ne fut pas le cas en 1982. Le rétrécissement des pouvoirs du Québec fut décidé par des députés, ceux d'Ottawa et de toutes les provinces sauf le Québec, puis signé par notre très gracieuse reine, venue de Londres tout exprès.

Donc, aucun citoyen ordinaire n'a voté pour ou contre la constitution qui régule, à ce jour, notre droit. Quoique. Il y a plus de 30 ans avait lieu une consultation sur une version revue et corrigée de cette constitution. Contrairement aux référendums sur la souveraineté de 1980 et de 1995, régulièrement rappelés, commentés, documentés, celui de 1992 n'est que très rarement évoqué. Ce n'est pas parce qu'il a été boudé par l'électorat. Au contraire : 72 % de tous les Canadiens et, mieux encore, 83 % des Québécois ont pris le chemin des urnes pour répondre à la question posée.

Pourtant, les empreintes de ce séisme politique se sont réfugiées dans un recoin honteux de la mémoire canadienne. Pourquoi ?

Parce que ce vote plante un pieu dans le corps politique. Parce que la population canadienne, qui n'a jamais dit oui à la constitution de 1982, a ensuite dit non, en 1992, à sa version améliorée, à hauteur de 54%. L'existence même de ce refus met en cause la légitimité de la loi fondamentale du pays.

Pour s'en convaincre, on n'a qu'à lire les phrases lyriques consacrées par la Cour suprême au « principe démocratique » dans le renvoi sur la sécession, en 1998 : « Un système de gouvernement ne peut survivre par le seul respect du droit. Un système politique doit aussi avoir une légitimité, ce qui exige, dans notre culture politique, une interaction de la primauté du droit et du principe démocratique. Le système doit pouvoir refléter les aspirations de la population. »

Évoquer le référendum d'octobre 1992, c'est donc rappeler l'absence de ce principe démocratique au centre de l'édifice légal canadien. C'est la maladie honteuse du système, dont l'histoire récente montre qu'elle ne peut être guérie. Le seul remède disponible est donc de ne jamais en parler. De faire comme si le patient se portait bien.

Ou plutôt, les patients. Car si le refus de l'accord, dit de Charlottetown, s'exprime dans un chiffre brut, sans équivoque, il cumule deux refus contradictoires et de forces équivalentes, celui du Québec et celui du reste du Canada, le ROC.

Des tonnes de sondages et d'analyses convergent vers cette conclusion. Les sondeurs embauchés par Ottawa résument la chose dans leur note « Post-Game Analysis », que j'ai obtenue pour mon livre *Le naufrageur* :

Les éléments du paquet [l'entente], pris individuellement, étaient à peu près acceptables par tous les Canadiens, à une exception près: la garantie que le Québec aurait 25 % des sièges aux Communes était incontestablement impopulaire dans le ROC. Entre 60 % et 70 % des Canadiens anglais trouvaient cette disposition injuste. Elle suscitait le rejet en soi, mais ravivait aussi le rejet de la clause de société distincte. Ces deux clauses, ensemble, donnaient à penser que, quels qu'aient été les autres objectifs des auteurs de l'Accord, leur principale mission était d'apaiser les nationalistes québécois.

Bref, les Canadiens anglais estimaient l'Accord trop généreux envers le Québec. On peut donc penser qu'ils préféraient la Constitution telle quelle, sans ces ajouts maudits. Pour les Québécois, le verdict est inversé.

Une analyse fine des comportements des électeurs a été réalisée par les politologues Richard Johnston, de la Colombie-Britannique, et André Blais, du Québecù, pour *The Challenge of Direct Democracy: The 1992 Canadian Referendum* (McGill-Queen's). Leur conclusion:

> Le Non a gagné au Québec parce qu'une importante proportion des non-souverainistes ne pouvait surmonter leurs appréhensions envers l'entente; ils sentaient que l'entente n'était pas un bon compromis et que le Québec y avait plutôt perdu, et ils n'étaient plus certains de pouvoir faire confiance [au premier ministre Robert] Bourassa. [...] De tous les éléments de l'entente de Charlottetown, celui qui a le plus pesé sur le vote fut la clause de la société

distincte. Massivement, les Québécois étaient favorables à cette reconnaissance, mais une majorité, même parmi les non-souverainistes, jugeait qu'elle n'allait pas assez loin. Et puisque cette clause constituait le seul gain important du Québec – les 25 % [de sièges garantis aux Communes] étant considérés comme sans intérêt –, il était difficile de prétendre que l'entente était bonne.

Bref, même si l'entente incluait beaucoup d'autres éléments, notamment davantage d'autonomie pour les Autochtones, une proposition appuyée par une majorité de Québécois et de Canadiens, le tout s'est joué sur la question québécoise. Trop pour le ROC, trop peu pour le Québec.

On doit donc tirer pour le Québec une conclusion contraire à celle comprise pour le ROC. En disant non à la version améliorée de la constitution canadienne, les Québécois ont indiqué, à 57 %, que même ainsi emballée, la loi fondamentale du pays leur était inacceptable.

Pas étonnant que les cerveaux fédéralistes aient du mal à intégrer cette donnée, ne sachent comment la gérer, où la mettre. Dans le grand récit du nationalisme canadien, c'est l'épisode qu'il ne faut pas voir. Lors des deux référendums dont on se souvient, les Québécois ont dit non à l'indépendance. Mais dans ce référendum oublié, ils ont dit non au texte sur lequel repose l'existence même du Canada.

L'aéroport du mépris

Lorsque Jean Chrétien a décrété en 2003 que l'aéroport de Dorval porterait le nom de Pierre Elliott Trudeau, plusieurs y ont vu de l'humour noir. Personne n'avait fait davantage que Trudeau pour nuire à cet aéroport. Il avait décidé de concentrer les vols internationaux 50 km plus loin, à Mirabel, assurant à la fois l'écrasement de Montréal comme plaque tournante aérienne et le décollage de Toronto, où les transferts vers les vols intérieurs se faisaient dans le même aéroport.

Deux options s'ouvrent à nous. Je suis parmi les 30 000 personnes qui ont signé en une semaine la pétition proposant de rebaptiser l'aéroport. Mais on peut au contraire choisir d'aller jusqu'au bout de l'humour noir et donner aux visiteurs une expérience immersive du trudeauisme. Explorons cette possibilité.

Débarquant de l'avion, notre visiteur pourrait voir s'afficher une citation du jeune Trudeau qui, en 1950, écrivait que les Québécois étaient « en passe de devenir un dégueulasse peuple de maîtres chanteurs ». Le visiteur s'engagerait ensuite dans la **Passerelle des insultes**. Peu après son entrée en politique, M. Trudeau a qualifié de « connerie » le projet des Jean Lesage, Paul Gérin-Lajoie, Daniel Johnson d'obtenir pour le Québec un statut particulier. Ce n'est rien à côté des propos qu'il a réservés pour l'autre grand courant de pensée québécoise, l'indépendantisme. En crescendo : une « maladie de l'esprit », puis « une folie », puis, devant le Congrès américain, « un crime contre l'histoire de l'humanité ».

Dans une alcôve, on pourra noter ce que, premier ministre, il a dit des 450 camionneurs postaux syndiqués (les « gars de Lapalme ») qu'il avait mis au chômage : « Qu'ils mangent donc de la m..de ! »

Revenant au politique et avançant dans le temps, notre visiteur apprendrait que lorsque Robert Bourassa, Brian Mulroney et neuf autres premiers ministres ont tenté de réparer les pots qu'il avait lui-même cassés, il les a traités de « pleutres » et « d'eunuques ».

Le visiteur arriverait ainsi au ***Point Godwin,*** celui où le participant à un débat use de comparaisons avec les nazis. Les pleutres précités ayant proposé de reconnaître, dans un accord surnommé Meech, que le Québec soit reconnu comme distinct, le grand homme a déclaré : « Meech me terrifie... Nous avons des exemples dans l'histoire où un gouvernement devient totalitaire parce qu'il agit en fonction d'une race et envoie les autres dans les camps de concentration. »

Sorti de la passerelle, le passager pourrait s'arrêter au ***Café des poètes emprisonnés.*** Une petite vidéo lui apprendrait que Trudeau fut le seul chef de gouvernement occidental moderne à avoir suspendu les libertés de ses citoyens et autorisé les arrestations nocturnes de 500 opposants politiques, pour simple délit d'opinion. Dont quatre poètes et une chanteuse.

Au ***Guichet des promesses brisées***, on le verrait promettre, en 1980, « du changement » si les Québécois votaient Non à la souveraineté, puis changer la Constitution du Canada, en 1982, pour réduire l'autonomie québécoise. Suivraient les citations des chefs des camps du Non de 1980 (Claude Ryan) et de 1995

(Daniel Johnson) exprimant le « sentiment de trahison » vécu par les Québécois envers lui.

Au ***Carrefour des démocrates piégés,*** on rejouerait, non pas la Nuit des longs couteaux, mais ce qui se passe la veille, en suivant précisément le script raconté par M. Trudeau dans ses mémoires. S'avisant que son adversaire québécois, René Lévesque, était « un grand démocrate », Trudeau lui a proposé de tenir un référendum sur le projet controversé de constitution. En acceptant, écrit Trudeau, Lévesque « bondit sur l'appât ». Or Trudeau voit bien, écrit-il, que « les autres premiers ministres étouffaient de rage » à l'idée d'un référendum. Il conclut que ces réactions « firent comprendre à Lévesque qu'il était tombé dans un piège ». Lévesque confirme : « Il nous avait bien eus. Chacun sa conception de la démocratie. Dans la sienne, il y avait belle lurette que la fin justifiait les moyens. »

Dans le ***Hall des réalisations,*** le visiteur apprendrait que grâce à Trudeau, l'homosexualité a été décriminalisée, l'avortement toléré, la peine de mort abolie. Cela lui permettra de souffler un peu. Mais s'engageant ensuite dans la ***Place des pas perdus***, il verra la carcasse d'une vieille pompe de Petro-Canada, symbole d'une nationalisation ratée de l'énergie pétrolière. Au ***Mur des rêves brisés***, on lirait cette citation de 1969 : « Si j'en venais à la conclusion que nous ne parviendrons pas à créer un pays bilingue, je n'aurais plus aucune raison de travailler à Ottawa ». On y juxtaposerait le graphique de l'assimilation des francophones hors Québec, une diagonale qui pointe vers le bas avant, pendant, et après les efforts considérables et méritoires qu'il a déployés pour doter cette minorité d'écoles et de services. On noterait aussi que, hors Québec, aussi peu de Canadiens connaissent le français maintenant que lors de son entrée en politique.

Notre visiteur pourrait enfin se diriger vers la sortie. On lui rappellerait la citation d'origine, sur le « dégueulasse peuple de maîtres chanteurs ». Pourquoi y revenir ? Parce que c'est ce que le grand homme a fait, en 1992, à l'âge de 71 ans et avec le bénéfice de la sagesse accumulée par l'expérience. « Les choses ont bien changé depuis, écrit-il à cette occasion, mais en pire. »

Dans son taxi, notre visiteur, bien informé sur l'homme auquel on a fait l'honneur d'apposer son nom à notre institution la plus visible, aura toutes les raisons de la perplexité. Aux Québécois qui l'accueilleront, il pourra poser la question qui le taraude. Si Pierre Trudeau a passé sa vie à vous insulter, s'il a jugé bon d'annoncer qu'il vous méprisait encore davantage à sa retraite que pendant sa jeunesse, pourquoi diable célébrez-vous sa mémoire en projetant son nom aux quatre coins du monde ?

1996 : Perdre en supplémentaire

Nous sommes le 21 novembre 1995. Le référendum est derrière nous. M. Parizeau a annoncé sa démission. Nous sommes quelques conseillers de Monsieur, réunis dans le bureau de son chef de cabinet Jean Royer. Nous assistons à l'ouverture de la période supplémentaire : l'annonce télévisée de l'arrivée de Lucien Bouchard comme prochain chef du Parti québécois, prochain premier ministre, prochain leader de la grande coalition souverainiste.

M. Bouchard fait une surprenante déclaration. Je ne peux m'empêcher de réagir : « Nous venons de perdre le référendum. » Un collègue demande : « Le dernier ou le prochain ? » Je réponds : « Le prochain. » Celui de la période supplémentaire.

Supplémentaire, oui. Jacques Parizeau avait marqué les esprits avec son « autoroute de la souveraineté ». Suivant la flambée souverainiste issue de l'humiliant échec de l'Accord du lac Meech en 1990, lorsque le Canada refusa même de nous considérer comme une « société distincte ». Cette année-là, les Québécois étaient plus de 65 % à vouloir un pays. Les Libéraux de Robert Bourassa barrant ce chemin, il fallait emprunter la longue autoroute imaginée par Monsieur. Les Québécois diraient d'abord non, à 56 %, à l'imbuvable concoction constitutionnelle de Charlottetown en 1992. Ils éliraient ensuite en 1993 à Ottawa, à 49 %, un énorme contingent d'indépendantistes. Ils choisiraient dans la troisième étape, en 1994, le gouvernement qui allait préparer le référendum, à 44 %. En dépit de ces rendements décroissants, ils devaient ensuite, en 1995, ouvrir la porte du pays.

Mais n'ayant été, officiellement, que 49,4 % à le faire, nous n'avions pas tout à fait atteint la destination. J'étais de ceux qui pensaient que ce résultat avait mis le Canada en déséquilibre. Et ouvrait la voie à une prometteuse prolongation.

Pour s'y engager, il fallait une qualité maîtresse : le cran. Jacques Parizeau en avait à revendre. Sans lui, il n'y aurait pas eu de référendum en 1995. Mario Dumont fut certes exemplaire, et indispensable, pendant la campagne du Oui. Mais sa position de départ était de ne pas tenir de référendum avant d'avoir assaini les finances de l'État. L'apport de Lucien Bouchard fut évidemment décisif. Mais depuis le résultat décevant de l'élection de 1994 jusqu'à la signature de l'entente tripartite Bloc-PQ-ADQ de juin 1995, son pied était fermement sur le frein, non sur l'accélérateur. C'était aussi le cas de Bernard Landry. Seule la formidable capacité de Parizeau de forcer le jeu, contre les tentatives incessantes de le convaincre du contraire, a permis la tenue de ce référendum.

Le soir du 30 octobre, il nous manquait donc un millimètre pour franchir le pas. Jusque-là, M. Parizeau avait manifesté un sens stratégique en tous points remarquable. J'étais donc complètement renversé de constater qu'il était incapable de se projeter dans l'après-référendum. Cette défaite, il n'arrivait pas à la voir comme transitoire. Il y avait pourtant cent façons de rebondir sur ce match quasi nul. Il faudrait, à nouveau, forcer le jeu. Et rassembler encore un peu plus, pour passer le chiffre magique du 50 %.

Cautériser la plaie

Plus on prend du champ, plus on constate combien tragique fut sa déclaration malheureuse. Pour toutes les raisons qu'on a dites (il suffisait que les Beaucerons et les gens de Québec votent comme les autres francophones pour gagner – aucune de nos simulations de victoire ne s'appuyait sur les ou des votes ethniques). Mais surtout parce que sa déclaration le disqualifiait du rôle essentiel de rassemblement qui devait dominer la supplémentaire. Lui qui avait si bien su rassembler dans l'étape précédente, devenait repoussoir pour l'étape suivante.

L'idée même de l'emmener à annoncer sa démission le lendemain du vote ne devait servir qu'un objectif : cautériser immédiatement la plaie (les appels publics à la démission avaient commencé, des rangs souverainistes, le matin même) pour mieux prendre la mesure du progrès enregistré la veille et pour mieux organiser l'offensive finale.

D'autant que nous avions un capitaine de rechange. Au rayon du rassemblement, on ne trouverait pas mieux. Mais au rayon du volontarisme ? À sa conférence de presse du 21 novembre 1995, M. Bouchard annonçait qu'il allait concentrer ses efforts sur le rétablissement de l'économie et des finances. Normal, nous avions constaté que les craintes concernant l'économie, la dette et le déficit nous avaient volé notre marge de victoire. Mais il s'engagea aussi à ne pas tenir de référendum sans tenir d'abord une élection, qu'il ne comptait pas déclencher dans l'immédiat. (La Loi sur les consultations populaires prévoit qu'on ne peut tenir deux référendums sur le même sujet dans un même mandat.

C'est une loi. Elle s'amende à la majorité simple.) M. Bouchard annonçait qu'il allait prendre son temps.

D'où ma remarque citée plus haut. Je lui expliquai dans un long mémo que nous n'avions qu'un an, 18 mois tout au plus, pour profiter de la fenêtre post-référendaire. Un phénomène rarissime se produisit dans la foulée du vote. Dès décembre 1995, une majorité de Québécois (56 %) se déclaraient désormais prêts à voter Oui, un niveau jamais atteint pendant la campagne, et une majorité souhaitait un référendum-revanche. C'était comme si les Québécois avaient été surpris de se trouver si nombreux à avoir voté Oui en octobre 1995 et que ce vote provoquait un effet d'entraînement.

Des conditions gagnantes

Une condition nouvelle s'ajoutait. Négative pour le fédéral : l'incapacité de Jean Chrétien à « livrer la marchandise » promise aux Québécois pendant la campagne. Début décembre 1995, M. Chrétien ne put offrir aucun changement à la constitution, seulement une motion purement symbolique sur le caractère distinct du Québec, un droit de véto non constitutionnel pour des changements éventuels et un transfert incomplet au Québec de la responsabilité de la main-d'œuvre. C'était loin de « toutes les voies de changement, administratives et constitutionnelles » évoquées par M. Chrétien en campagne.

Mon témoin à charge à ce sujet est Alain Dubuc, alors éditorialiste en chef à La Presse, qui écrivait dès décembre 1995 :

Soyons clairs : si M. Chrétien avait dit, en campagne référendaire, que les perspectives de changement que pourrait offrir le Canada se limiteraient aux trois propositions qu'il a déposées lundi, le Oui l'aurait emporté.

Je me souviendrai toujours d'une rencontre à huis clos avec l'exécutif du Conseil du patronat début 1996 où des patrons hyper fédéralistes se plaignaient du fait qu'on était sur le point de « sortir du Canada » seulement à cause de la popularité de M. Bouchard et de l'impopularité de M. Chrétien. Ils en étaient attristés, mais décidés : « Faites le référendum le plus tôt possible, qu'on sorte de l'incertitude ! » lança un des membres influents du Conseil. Il n'avait aucun doute sur le résultat : ce serait Oui. Mais on passerait à autre chose. (Ghislain Dufour, président du Conseil, était livide.)

À Ottawa, où des experts savent lire la conjoncture, la certitude que le référendum revanche était imminent a alimenté la plus grande offensive pro-canadienne de notre histoire.

À sa décharge, M. Bouchard a bien testé l'idée, au printemps 1996, de déclencher une élection hâtive qui se serait transformée en raz-de-marée (il avait environ 48 % d'intention de vote). L'élection aurait porté sur la récente volonté fédérale de nier le droit du Québec à l'autodétermination. La victoire – certaine – aurait mis la table pour un référendum. Son Conseil des ministres, son caucus et le Bureau national du Parti québécois lui ont indiqué que les troupes étaient épuisées par quatre ans de scrutins ininterrompus. Mais que s'il donnait le signal du départ, ministres députés et militants le suivraient. C'était le moment de forcer le jeu. C'est ce que Parizeau aurait fait. (C'est d'ailleurs ce que Jean Chrétien aurait fait, lui qui a forcé une élection fédérale gagnante en 1993 contre le vœu de ses députés et ministres, puis forcé l'adoption de la loi C-20 dite sur la clarté contre une forte opposition interne.)

En 1997, la volonté souverainiste s'était repliée sous la barre des 50 %. Le Canada, remis en équilibre, a déployé son offensive.

Vote ou intention de vote souverainiste 1980 et 1989-1999

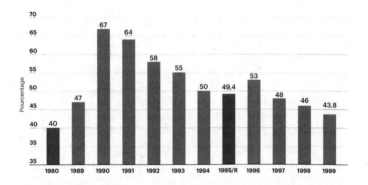

Sources: 1980 et 1995/R, résultats référendaires; 1989, Michel Lepage; 1990 à 1999, Léger & Léger, 92 sondages.

J'ai écouté avec attention la très intéressante entrevue donnée par MM. Bouchard et Dumont au *Devoir* pour les 15 ans du référendum, fin 2020. À les voir ainsi, nostalgiques, chaleureux, souverainistes, je n'ai pu m'empêcher de tirer une conclusion que je sais terrible, mais que l'écoulement du temps rend incontournable.

En se retirant, au lendemain du référendum, Jacques Parizeau leur a donné, à eux deux, la responsabilité de franchir la distance qui restait. La conjoncture leur souriait. Ils étaient, ensemble, plus rassembleurs que l'homme qui les avait conduits jusque-là. C'était leur moment. Leur rendez-vous avec l'histoire. Qu'en ont-ils fait?

Histoire du Canada

Nous étions estomaqués. La phrase prononcée par le premier ministre d'une province amie, telle une flèche empoisonnée, faisait plusieurs fois le tour de nos têtes. La conversation terminée, Lucien Bouchard nous dit, à ses quelques conseillers : « Ne répétez jamais ce que vous venez d'entendre. » Nous étions certains, comme lui, que si ça se savait, la réputation de l'auteur de ces mots ne s'en relèverait pas.

L'enjeu était le même qu'aujourd'hui : le fédéral allait-il augmenter son financement de la santé? Nous étions en février 1999. Le gouvernement de Jean Chrétien avait fait payer aux provinces son propre retour au déficit zéro et voguait désormais vers des surplus. Pas nous. Une coalition s'était formée pour réclamer une augmentation des transferts. Bouchard n'était pas, au début, dans la coalition. Il craignait qu'Ottawa ne s'ingère dans la compétence des provinces en santé en échange d'un financement additionnel.

Les autres provinces lui firent une offre qu'il ne pouvait pas refuser. Si le fédéral créait de nouveaux programmes ou posait de nouvelles conditions, le Québec obtiendrait un droit de retrait avec compensation. L'argent, mais sans fils attachés. Bouchard ne pouvait refuser. Les premiers ministres se parlaient fréquemment. Comme ce jour-là, la veille de la rencontre fédérale-provinciale. Le premier ministre de l'Alberta, le bouillant Ralph Klein, voulait nous parler. Klein était le Régis Labeaume de l'Ouest. Direct, volubile, imagé. Avec l'Ontario, l'Alberta était historiquement l'alliée la plus solide.

Bouchard activa le mode mains libres. Nous, les séparatistes québécois, étions évidemment toujours les derniers informés. La somme qu'Ottawa était prêt à mettre dans la santé semblait plus importante que prévu, rapporta Klein. De combien ? Il disait ne pas le savoir. Mais, en échange du pactole promis, Ottawa souhaitait faire signer un document appelé Union sociale. Loin d'incorporer la revendication du Québec, il donnait une assise juridique à une revendication du Canada : la reconnaissance de son droit de dépenser dans les champs de compétence des provinces. Un permis pour l'ingérence.

Cher Ralph, dit Bouchard, comment réagis-tu à la proposition fédérale ? Et Ralph de lancer : « Show me the money ! » Au diable les pouvoirs, ce que je veux, c'est l'argent ! Il n'y avait dans ces mots pas la moindre inhibition, pas la moindre conscience qu'il pulvérisait ainsi la totalité du rapport de force construit pendant des mois. L'expression avait été rendue célèbre par le film Jerry Maguire, où Tom Cruise joue un agent de sportifs obsédé par le fric plutôt que par le sport.

On estima que Klein allait probablement revenir à la raison, qu'une position aussi dénuée de principe ne pouvait survivre à la lumière du jour. Nous avons fait à Bouchard la promesse de protéger la réputation de l'Albertain jusqu'au tombeau.

Le lendemain, interrogé par les journalistes sur sa stratégie de négociation, Klein tonna dans les micros : « Show me the money ! » Ce qui nous déliait de notre vœu de silence. Mais le reste de la coalition allait-il tenir ? Et faire rentrer Klein dans le rang ? Combien de milliards avait promis Chrétien pour obtenir sa reddition ?

Le président de ce qu'on n'appelait pas encore le Conseil de la fédération était Roy Romanow, de la Saskatchewan. Il convoqua Bouchard à son hôtel, à Ottawa, pour lui annoncer qu'en tant que représentant des provinces, il appuyait la proposition fédérale à... 150 %. Il lui dit qu'il avait parlé aux collègues pour les en convaincre aussi. Le sort en était jeté. Le Québec était largué, isolé.

En 1981, Romanow était ministre de la Justice de la Saskatchewan et avait à ce titre négocié le ralliement des provinces au rapatriement de la Constitution, au détriment du Québec. Comme dans cette nuit de 1981, Romanow fut, en 1999, l'agent de Chrétien dans la maison des provinces. L'instrument de l'isolement du Québec.

N'y aurait-il pas un seul allié d'hier prêt à nous soutenir? Glen Clark, de la Colombie-Britannique, appela Bouchard pour tâter le terrain. Un autre premier ministre l'appuyait-il? Bouchard lui répondit que, pour l'instant, il n'y en avait pas, mais qu'il serait heureux d'avoir son appui. Ce dernier rétorqua qu'il ne pouvait pas, politiquement, être seul à appuyer le Québec. Vous comprenez. Bouchard comprenait très bien. Il dirigeait un gouvernement séparatiste. L'ennemi intérieur.

Le lendemain, les premiers ministres furent conviés au 24, Sussex. Chrétien servit la soupe. Nous étions convaincus qu'il avait fait connaître à l'avance aux autres provinces le montant qu'elles allaient encaisser et que nous-mêmes allions connaître le tarif convenu par nos alliés d'hier pour renoncer à leur virginité provinciale dans la nouvelle Union sociale. Mais nous découvrions, incrédules, que ni pendant le déjeuner ni auparavant Chrétien n'avait donné de chiffres. Il avait obtenu la signature des provinces à l'expansion du pouvoir fédéral de dépenser sans avoir montré le bout de son portefeuille.

L'histoire du Canada bégaie. La récente et sinistre série de négociations a un air de déjà vu. François Legault et compagnie ont appris a posteriori qu'un pilier de leur coalition, l'Ontarien Doug Ford, avait fumé le cigare en août au chalet de Dominic LeBlanc, le ministre homme de main de Justin Trudeau dans l'opération. Le lendemain de la rencontre où Trudeau a annoncé qu'il ne livrerait qu'un sixième de la revendication des provinces, Ford et LeBlanc en ont fumé un autre.

Puis, la vice-première ministre, Chrystia Freeland, a publiquement félicité Ford pour l'aide prodiguée dans le dossier. On comprend mieux les airs de chiens battus et la démobilisation des membres de la coalition lorsqu'on intègre cette donnée centrale : l'Ontario était une taupe d'Ottawa. Le Canada est un casino où la maison gagne à tous les coups.

Charest nous poursuit? Poursuivons-le!

J'ai trouvé ça épatant : la demande reconventionnelle. De tout ce que je retiens de mes études de droit au siècle dernier, c'est le concept le plus jouissif. Il permet à une personne poursuivie au civil de renverser la table et d'arroser son arroseur. Ça m'est revenu lorsque j'ai constaté, comme tous les Québécois médusés, que Jean Charest poursuivait le gouvernement du Québec pour atteinte à sa vie privée. Il réclamait deux millions de dollars : 50 000 $ pour atteinte à sa vie privée et 2 millions de dollars en dommages punitifs.

Il est outré, car, dans l'enquête policière qui tente de prouver qu'il a établi le plus vaste système de corruption politique de notre histoire moderne, il y a eu des fuites. Le public a eu accès à des détails de la vie privée de l'ancien premier ministre. Il en a « ressenti des sentiments de frustration et d'embarras ». Sa requête ne précise pas de quels détails il s'agit. Mais le seul élément de vie privée réellement croustillant nous apprenait que M. Charest effectuait de nombreux voyages à New York en compagnie de son ami et collecteur de fonds Marc Bibeau, et que ce dernier payait généreusement toutes les factures. Puis-je indiquer que mon opinion de lui n'a nullement été amoindrie par ces révélations. Il a fait bien pire.

Reste que le juge lui a donné raison : l'UPAC et l'État québécois ont lamentablement échoué face à leur obligation de protéger les renseignements personnels accumulés dans le cadre d'une enquête. Charest a donc eu droit à un dédommagement de 385 000 $. Tant mieux pour lui.

Poursuivons Jean Charest

J'estime cependant que le gouvernement du Québec devrait déposer sur-le-champ une demande reconventionnelle et poursuivre Jean Charest pour nous avoir mis collectivement dans l'embarras et nous avoir fait ressentir des sentiments de frustration. Puisqu'au civil, la prépondérance de preuve suffit, je suis convaincu que nous avons une excellente cause.

Il sera très facile de faire la démonstration que la réputation du Québec a beaucoup souffert sous son administration. On n'aura qu'à mettre en preuve la fameuse couverture du magazine *Maclean's* affirmant que le Québec était « la province la plus corrompue » et montrant le bonhomme Carnaval portant une mallette pleine à craquer de dollars manifestement mal acquis. Certes, le reportage était outrancier et injuste, mais jamais avant la prise de pouvoir de M. Charest, le bonhomme Carnaval, et nous tous, Québécois, n'avions été mis dans un tel embarras.

La démonstration de l'augmentation de la corruption pendant l'ère Charest ne pose aucun problème : 31 entreprises ont pour ainsi dire avoué s'être prêtées à de la corruption, essentiellement pendant les belles années Charest, en versant collectivement 100 millions de dollars de dédommagement à Québec et aux villes. L'implication du parti dirigé par M. Charest ne fait aucun doute : le PLQ a accepté de rembourser un demi-million de dollars en contributions corporatives illégales récoltées principalement pendant que M. Charest était chef. Le lien entre les deux ? Le rapport de la Commission Charbonneau a fait le travail en concluant à un système de proximité flagrant entre les membres de cabinets libéraux d'une part, les entreprises bénéficiant de juteux contrats publics de l'autre.

Oui mais, comment faire la démonstration que Jean Charest était au courant ? Mieux, qu'il en aurait été le grand manitou ? Il faudra démontrer que, malgré ses dénégations rageuses, il était personnellement responsable de ces dégâts, par ses actions ou omissions. Déposons les témoignages entendus à la commission Bastarache selon lesquels les collecteurs de fonds libéraux guidaient fréquemment une attachée politique du PM dans l'apposition de *post-it* sur les CV de juges potentiels pour indiquer au premier ministre s'il s'agissait de bons libéraux ou de méchants péquistes. Mettons aussi en preuve les affidavits où des chefs d'entreprises racontent sous serment que l'ami et collecteur de fonds de M. Charest, Marc Bibeau, faisait pression pour faire décupler les dons d'une de ces entreprises, possédait des informations privilégiées sur l'attribution des contrats pour une autre et se vantait en tout temps de sa proximité avec le premier ministre. Bibeau, comme Charest, nie tout, c'est entendu.

À moins qu'à la barre, M. Charest puisse démontrer qu'il est intervenu à répétition et en vain pour mettre fin à ces manigances, j'estime que notre dossier est en béton. Par son action ou son inaction, il nous a plongés dans l'embarras.

Combien demander ?

Reste à déterminer le montant de notre demande. Il existe des méthodes pour estimer l'impact positif d'un événement, sportif par exemple, sur l'opinion internationale. Tant de textes positifs dans tant de journaux étrangers équivalent à une campagne de publicité de tant de millions de dollars. Établissons d'abord, sur la décennie pré-Charest, le total des articles qui parlent en bien ou en mal de l'intégrité et de la corruption au Québec. Ce sera notre point de comparaison. Refaisons le même calcul pour les années Charest, 2003 à 2012. La différence de publicité négative nous donnera le montant à réclamer. On est assurément dans les dizaines de millions de dollars.

On ne peut pas penser que M. Charest puisse payer la chose tout seul. D'ailleurs, il pourra plaider qu'il n'est pas seul responsable. Il a eu des alliés, des facilitateurs, des organisateurs, des aveuglés volontaires, des profiteurs (500 nominations politiques, un record!). Peut-être M. Charest voudra-t-il les poursuivre à leur tour pour l'avoir laissé nous plonger dans l'embarras? J'ai une bonne nouvelle pour lui. Il pourra avoir recours, envers ces tiers, à sa propre demande reconventionnelle.

Le jaloux

C'est l'histoire d'un garçon choyé, au berceau, par la fée canadienne. Enfant, lorsqu'on lui demandait son adresse, il répondait tout naturellement : le 24 Sussex. Son père ? Le fondateur du Canada moderne. Le nom qui apparaît sur son certificat de baptême, Trudeau, est celui qui épouse le mieux les contours idéologiques du pays. Le rejeton parle d'ailleurs aisément les deux langues devenues, grâce à son père, officielles. Le bilinguisme est à ce point ancré en lui qu'au début, le jeune adulte parlait le plus souvent les deux langues dans la même phrase, un exploit. Surtout, celui qui a abordé la vie adulte comme prof de théâtre adepte du « *blackface* » ne se serait jamais hissé aux hautes fonctions maintenant les siennes sans l'aura qui entoure son nom de famille.

Bref, Justin a, plus que tout autre Canadien vivant, de bonnes raisons de bénir le pays qui l'a vu naître. Je laisse aux successeurs de Sigmund Freud le soin d'expliquer par quel mécanisme obscur l'enfant béni du Canada a creusé dans sa psyché un vide identitaire tel qu'il entraîne le pays tout entier dans une expérience historiquement inédite dans l'espoir, probablement vain, de connaître un jour la plénitude.

On avait eu un premier signe de l'ampleur du vide lors de l'entrevue qu'il avait donnée, au faîte de sa popularité après son élection en décembre 2015, au *New York Times Magazine*. Invité à définir l'identité canadienne, sa raison d'être, Trudeau-fils déclara : « Il n'y a pas d'identité fondamentale, pas de courant prédominant au Canada[2]. » Seulement des valeurs qu'on peut trouver dans toute société démocratique avancée: « L'ouverture, le respect, l'empathie, la volonté de travailler fort, d'être présent l'un à l'autre, la quête de l'égalité et de la justice. Ces qualités font que nous sommes le premier état postnational. »

Un pays sans nation, donc sans récit national, sans héros ou grands tournants à célébrer. Un bateau ouvrant grandes les voiles de « aimons-nous les uns les autres », mais sans quille pour imprimer une direction. Pas sûr que Pierre Elliott, qui a consacré sa vie à construire une nation canadienne moderne, distincte et crédible, ni britannique, ni états-unienne, ni provinciale, ni surtout québécoise, mais dotée d'un gouvernement central fort, garant de l'intérêt national et des droits des individus, serait d'accord avec la légèreté affichée par son rejeton.

À la veille de la fête nationale du Canada – autre héritage de Trudeau père, le jour ayant été peu souligné avant son règne –, Trudeau fils nous en a révélé un tantinet davantage, en 2017, sur son état de manque identitaire.

Il s'est lancé dans un témoignage éloquent et assez juste sur les immigrants. « Je crois que pouvoir choisir, plutôt que d'être Canadien par défaut, est une sensationnelle affirmation

---

2. Guy Lawon, « Trudeau's Canada, Again », *The New York Times*, 8 décembre 2015, [https://www.nytimes.com/2015/12/13/magazine/trudeaus-canada-again.html].

d'attachement au Canada[3]. » Pas faux. Il a dit aussi : « Chaque fois que je rencontre des gens qui ont fait le choix délibéré, dont les parents ont choisi le Canada, je suis jaloux. »

Jaloux ? C'est un peu fort. Mais il est maître de ses émotions. Voici cependant l'extrait clé : « Vous avez choisi ce pays. C'est davantage votre pays que ce ne l'est pour les autres, car nous, nous le tenons pour acquis. »

Un rubicond conceptuel est franchi ici, dans cette hiérarchie entre les nouveaux arrivants et les natifs. Dans cet univers mental, le citoyen migrant est plus canadien que tous ceux qui l'accueillent et qui ont contribué, eux-mêmes et leurs ancêtres, à construire le pays avec un succès et une compétence tels qu'il est devenu un des plus attrayants au monde.

Lorsqu'on saisit l'ampleur de l'inversion identitaire à l'œuvre dans l'esprit du chef du gouvernement, tout s'éclaire. Jaloux de ne pas être né ailleurs, il a longtemps souhaité être l'autre, arborant les costumes et les symboles de nations qui, elles, affirment sans complexe leurs identités, histoires, valeurs et différences. Il le ferait encore si cette obsession n'avait atteint, lors de son voyage en Inde, un paroxysme décrié là-bas comme ici.

Pendant la crise syrienne, son message sur Twitter invitant tous les réfugiés du monde à venir s'établir chez nous, provoquant une vague de demandes qui a donné naissance à l'absurde chemin

---

3. Amy Minsky, « Justin Trudeau "jealous" of immigrants and families who chose Canada », *Global News*, 30 juin, [https://globalnews.ca/news/3567893/justin-trudeau-jealous-immigrants-ctv-interview/].

Roxham, doit se lire non seulement comme un geste d'empathie, mais comme une occasion saisie de faire entrer chez nous des gens qui, puisqu'ils nous choisissent, sont plus Canadiens que nous. Son refus, depuis cinq ans, de prendre une simple mesure administrative pourtant à sa disposition – la suspension unilatérale de l'Entente sur les tiers pays sûrs – pour mettre fin au spectacle désolant d'une frontière incontrôlée, témoigne de sa satisfaction d'avoir ouvert cette voie rapide.

Aux membres du gouvernement Legault qui prient le grand frère fédéral de lui céder un meilleur contrôle, au moins linguistique, de l'immigration, Justin Trudeau et ses ministres ont pris l'habitude depuis septembre de toujours répondre à côté de la question. Bien sûr qu'on peut aider le Québec à en avoir plus, répètent-ils. On peut penser qu'ils trouvent la blague très bonne. Mais on doit conclure que derrière le mépris déguisé en sarcasme se cache une vraie conviction : avoir davantage d'immigrants est la seule réponse en magasin. Il n'y en a pas d'autres.

Le dernier épisode est évidemment la décision de son gouvernement d'augmenter la cadence de l'immigration à un million par année qui conduira (bien qu'il s'en défende officiellement) à la réalisation du rêve pharaonique de faire passer le Canada de 38 à 100 millions d'habitants d'ici la fin du siècle. Ce qui devrait mécaniquement obliger le Québec à en accueillir 112 000 par an, sous peine de voir son poids politique fondre à moins de 15 % de l'ensemble.

Il faut ajouter à ce désir d'être immigrant l'enthousiasme avec lequel Justin Trudeau lime les fondements identitaires restants du pays. Son père avait toujours refusé la politique de la contrition.

Jamais il ne s'excusait pour des méfaits commis dans l'histoire du pays. La génération actuelle n'est pas redevable des péchés des anciens, pensait-il. Mieux valait créer, ici et maintenant, une «société juste» que de rouvrir les plaies d'hier. Cela se discute. Mais si, comme son fils, on choisit l'autre voie, il faut savoir doser. Or la charge accusatrice déployée depuis son arrivée embrasse la totalité du récit canadien. Du père fondateur génocidaire, John A. Macdonald, à l'affirmation, par Justin, que la totalité des institutions du pays sécrète le racisme systémique, on cherche en vain où et quand le Canada fut une épopée des plus brillants exploits. Doit-on à cette honte d'être soi la décision d'effacer, dans les nouveaux passeports, les images des grands moments et lieux de l'histoire nationale? Et peut-on faire un lien entre cet assaut sur l'histoire du pays et le fait que les citoyens nés au Canada ne soient que 47 % à avoir une «vision très positive» de leur pays, alors que ceux nés ailleurs sont significativement plus enthousiastes, à 58 %[4] ?

Dans un récent essai, l'ancien chroniqueur du *Globe and Mail*, Jeffrey Simpson, exprime une saine inquiétude. «Il est parfaitement approprié de revisiter l'histoire et de mettre en lumière des enjeux qui avaient été occultés. Il est salutaire qu'un pays regarde en face ses faiblesses passées. L'histoire est propagande lorsqu'elle ne met en scène que ses aspects positifs. Mais l'histoire est aussi propagande lorsque l'intérêt porté aux erreurs

---

4. Association for Canadian Studies, «Canada is viewed positively by a vast majority of Canadians amidst these challenging times» (rapport), 3 juillet 2021, [https://acs-metropolis.ca/wp-content/uploads/2022/04/Vast-Majority-of-Canadians-Have-Positive-View-of-Canada-despite-cancel-Canada-movement.pdf].

du passé occulte les réalisations du pays. Lorsque cela arrive, ce qui est le cas aujourd'hui, nous ne sommes plus en présence d'une version complète de l'histoire, mais plutôt des agendas politiques du moment[5]. »

Je ne dis pas que Justin Trudeau est parfaitement conscient de chacun des éléments de la transformation qu'il fait subir au pays. Mais la somme de ses actions pointe dans la même direction. La dévaluation de l'histoire canadienne, pour ne pas dire sa diabolisation, n'est-elle pas une raison de plus de privilégier un remodelage démographique qui fait entrer ici des millions de gens qui ne sont coupables d'aucune des exactions dont nous, les natifs, sommes les héritiers ?

Son legs apparaît sous cette lumière plus facile à comprendre. Il est en train de réussir à faire du Canada un pays ou la majorité des habitants n'auront pas le désavantage – le stigmate ? – d'être nés ici, donc d'être Canadiens par défaut, donc d'avoir encore (surtout nous, coupables de privilège blanc) dans nos comptes en banque des résidus de l'exploitation quatre fois centenaire des premiers habitants et de toutes les minorités (Italiens, Allemands, Chinois, Noirs) qui, à ces époques, nous ont choisi pour leur plus grand malheur.

Grâce à Justin Trudeau, ce complexé, ce jaloux, la majorité des 100 millions de citoyens que comptera le pays aura d'ici la fin du siècle choisi le Canada, cette page blanche sur laquelle

---

5. Jeffrey Simpson, « Decline of the Liberal empire in Canada », *The Globe and Mail*, 29 octobre 2022, [https://www.theglobeandmail.com/opinion/article-liberal-party-decline-justin-trudeau/].

chacun invente son chemin au gré de son bagage, plutôt qu'en s'inscrivant dans le sentier tracé avant eux par ceux qui ont fait le pays. Car c'est entendu, ils l'ont tracé si mal qu'ils méritent de devenir eux-mêmes une minorité, un îlot du passé baignant enfin dans une foule neuve, intacte, vierge de tous nos péchés.

II

Mythes, religions, laïcité

Le premier complot

Mon fils a une théorie. Il a identifié un fléau : le complotisme. Il a trouvé un coupable : le père Noël. Ou plutôt des coupables : tous les adultes du monde, qui font semblant que le père Noël existe. Y a-t-il conspiration plus étendue, à travers la planète et franchissant les âges, que celle-là, demande-t-il ? Comment peut-on ensuite s'étonner de la popularité croissante des théories du complot ?

Il est vrai que chaque enfant d'Occident, après avoir été régulièrement semoncé pour avoir menti, découvre avoir été victime, depuis sa naissance, d'une vaste supercherie. C'est son premier contact avec le mensonge organisé, donc avec le complot.

Les psychoéducateurs nous rassurent. La croyance enfantine au fantastique « correspond à leur développement cognitif », explique entre autres Serge Larivée, de l'Université de Montréal, qui a écrit à ce sujet. Point de traumatisme au moment de la découverte de la vérité, plutôt une progression de l'esprit critique (par où entre-t-il si on n'a pas de cheminée ? Combien y en a-t-il ?) qui débouche sur une révélation. Devenu conscient de la réalité des choses, l'enfant entre à son tour dans la confidence, devient membre de la conspiration.

C'est bien beau. Reste que, dès l'âge de raison, on est informé de l'existence d'un mensonge entretenu par tous, pour notre bien. L'acquisition du scepticisme est certes un élément essentiel dans l'éducation du futur citoyen, mais l'ampleur de ce mensonge ne nous prépare-t-elle pas, aussi, à considérer comme possible l'existence d'autres balivernes, assises pareillement sur la volonté d'un grand nombre d'acteurs de nous enfirouaper ?

La perte de la foi religieuse d'un nombre croissant d'Occidentaux alimente cette tendance. Si l'Église a tort dans le récit qu'elle fait de Dieu, d'Adam et Ève, des pouvoirs miraculeux de Jésus, comment ne pas être abasourdi par l'immensité des moyens mobilisés depuis 2000 ans pour soutenir cette version des choses ?

Puisque des éléments centraux de ce qu'on nous a enseigné enfant – le père Noël, la fée des dents, le petit Jésus – sont le résultat d'une vaste entreprise d'intoxication dont nous nous sommes extraits par la force de notre rationalité et à contre-courant, pourquoi conclure que le mensonge organisé est l'exception, plutôt que la norme ?

Les générations nées depuis l'avènement des émissions de télévision pour enfants, c'est-à-dire les années 1960, subissent à mon avis un choc supplémentaire avec le réel. Pendant au moins 10 000 heures, on leur présente des récits, animés ou non, où les héros font face à une difficulté ou à un personnage méchant, mais réussissent, dans 100 % des cas, à faire triompher le bien sur le mal.

Cette trame était bien entendu présente dans la plupart des contes racontés aux bambins de l'ère prétélévision. (Quoique, dans la première version du *Petit Chaperon rouge*, la fillette s'écartant du chemin de sa mère-grand était dévorée par le loup, fin de l'histoire. Morale : écoute ta mère ou meurs. Et si vous ne connaissez que la version Disney de *La petite sirène*, ne lisez pas le conte d'origine à moins d'avoir le cœur bien accroché.)

Reste que l'optimisme inhérent aux émissions pour enfants ne prépare personne à affronter un obstacle infranchissable, encaisser un échec ou gérer une injustice, ces choses que la vie s'assurera de vous faire connaître à répétition. Le décalage entre l'idéal bombardé dans les jeunes têtes et la réalité brutale de la cour de récréation et des réseaux sociaux ne fournit-il pas le terreau de l'épidémie de dépression qui affecte un nombre de plus en plus grand de nos ados ? On en vient presque à applaudir les jeux vidéo, dans lesquels les joueurs perdent à répétition et doivent reprendre leur tâche en acquérant de nouvelles connaissances pour ne pas sombrer à nouveau. Au moins, là, la difficulté existe, et avec elle la frustration et la motivation de la surmonter.

Remarquez, avant les écrans, il y avait d'autres façons d'apprendre à vivre avec la défaite : les jeux de société et le sport. Une époque révolue, certainement, si on en croit les récents indicateurs de baisse sévère d'activité physique chez les jeunes.

Évidemment, on ne peut faire l'impasse sur les mensonges politiques entourant la guerre du Viêt Nam, le Watergate, l'invasion de l'Irak sous de faux prétextes, la corruption de certains politiciens. Tout cela renforce chez le citoyen moyen le réflexe : « On nous cache quelque chose. »

Et même si Bill Gates n'a pas réussi à mettre de puce dans les vaccins anti-COVID (remarquez, cela aurait été plus simple pour télécharger les mises à jour), reste que l'immense et scandaleux pouvoir des compagnies pharmaceutiques, la connivence avérée avec des chercheurs, les profits faramineux récoltés sur le dos de la crise sont autant de points d'appui pour ne pas leur donner le bénéfice du doute. Certaines compagnies pharma ne sont-elles pas aujourd'hui reconnues coupables d'avoir causé l'épidémie d'opioïdes dans le seul but d'augmenter revenus et profits? Résultat: en mai 2020, pas moins de 60% des Québécois estimaient qu'au sujet de la pandémie, les gouvernements « cachent volontairement de l'information ».

« Pour que le cerveau puisse fonctionner, il a besoin que les événements fassent sens », explique le psychoéducateur Larivée. Et puisqu'on se méfie du mensonge organisé par les puissants, on prend sur soi de construire une explication qui exclut d'emblée la version officielle et nous semble plus satisfaisante.

Le fait que les conspirationnistes aient parfois raison n'arrange rien. La thèse voulant que le virus de la COVID-19 provienne d'une erreur de manipulation dans un laboratoire chinois de Wuhan, naguère moquée comme complotiste, est aujourd'hui admise comme une réelle possibilité. Finalement, on vit tous plus ou moins dans le film *Complot mortel*, de 1997, où un Mel Gibson (dans sa phase pré-antisémite) fervent de théories conspirationnistes est poursuivi par des assassins qui veulent le faire taire. La question centrale étant: parmi ses théories loufoques, une est vraie et met sa vie en danger. Mais laquelle? L'existence du père Noël? Faites vos recherches.

L'affaire Jésus

Ma foi, ma boîte de courriels fut occupée ces derniers temps par des lecteurs désagréablement surpris que je mette sur un même pied père Noël, fée des dents et petit Jésus, et que je taxe l'œuvre de l'Église catholique d'opération d'intoxication deux fois millénaire (dans mon texte « Le premier complot »). Je dois signaler que les courriels reçus attestaient d'une foi sincère dans le message chrétien, faisaient preuve de pédagogie et de tact, d'une maîtrise des sources et d'une réelle qualité d'écriture.

Il m'a donc semblé utile de me mettre au clair sur ces questions en affichant ma conviction davantage qu'en quelques lignes dans une chronique portant sur un autre sujet. Je suis assez vieux pour avoir croisé un grand nombre de chrétiens, y compris deux membres du clergé dans ma famille, qui ont trouvé dans leur foi un ancrage spirituel donnant un sens positif à leur vie et y puisant une inépuisable source de bienveillance auprès de leurs prochains. J'ai croisé aussi bon nombre de Québécois engagés dans leurs Églises et offrant soutien et réconfort aux plus déshérités d'entre eux, ainsi qu'un havre de sérénité et de recueillement pour ceux en quête de plénitude.

Il y a la foi et les bonnes œuvres, lumineuses, indéniables. Il y a l'église, son histoire et l'histoire qu'elle nous conte, où la part d'ombre, à mon avis, l'emporte. Personne ne nie que plusieurs des éléments qu'on nous enseigne comme certains ont été décidés tels, par vote des évêques réunis des siècles après les faits : la date de la naissance du Christ, la virginité de la Vierge, le célibat des prêtres, entre autres. Faire de Marie-Madeleine une prostituée fut une errance corrigée seulement dans l'ère moderne.

Retenir aujourd'hui du message chrétien le « aimez-vous les uns les autres » nécessite de faire l'impasse sur les moyens utilisés pour asseoir sa domination au cours des premiers siècles. La chrétienté est née à une époque de cohabitation pour l'essentiel paisible de religions de toutes sortes, incluant la religion juive. Edward Gibbon fut le premier, dans son monumental et toujours très lisible *Histoire du déclin et de la chute de l'Empire romain*, à relater dans le détail comment, devenue religion d'État sous Constantin, l'Église a procédé à une destruction massive des temples et icônes concurrents, à des répressions sanglantes dans tout le pourtour méditerranéen. Première religion prétendant à l'hégémonie (avant l'Islam), elle incarna l'intolérance religieuse puis s'entredéchira violemment sur des divergences de doctrines obscures, mais meurtrières, bien avant les croisades et l'Inquisition. Il n'y a aucun doute que la chape de plomb imposée à la pensée dans le monde chrétien a retardé de plusieurs siècles la marche du progrès. (Il faut lire dans *Décadence* de Michel Onfray le récit des procès pour hérésie faits à des animaux – oui, oui, des animaux!) Et si les églises catholiques du monde entier sont aujourd'hui secouées par des accusations d'agressions sexuelles envers des mineurs, il serait naïf de penser que ces pratiques sont nées récemment et n'ont pas eu cours sans discontinuer. On n'a encore rien dit de l'homophobie affichée par un clergé qui, selon la vaste enquête de l'auteur gai Frédéric Martel, *Sodoma*, compte un grand nombre d'homosexuels en haut lieu. (Sa démonstration est frappante. Jusqu'aux années 1990, l'accès au clergé pour de jeunes hommes non intéressés par les femmes, notamment dans les campagnes, apparaissait comme un refuge doublé d'une voie royale vers la respectabilité. Vue sous cet angle, l'acceptation généralisée de l'homosexualité serait aujourd'hui une des causes de la pénurie de main-d'œuvre cléricale.) La misogynie est évidemment consubstantielle à l'organisation de l'église et à sa doctrine, et on peine à estimer la misère humaine provoquée par la condamnation de la contraception, de l'avortement, même du condom en pleine épidémie de VIH-SIDA en Afrique et ailleurs. Comment ne pas conclure que, sur le cours de toute son histoire, la chrétienté a fait plus de mal que de bien?

Une question plus délicate encore est celle de l'existence du Christ historique. Le consensus des théologiens est que les évangiles sont des preuves de son existence, même s'il faut pour le croire faire un tri sévère entre ce qui se recoupe et paraît vraisemblable, qu'on garde, et ce qui est contradictoire, invraisemblable et contraire aux faits historiques vérifiables, qu'on écarte. Il faut savoir que ces quatre évangiles furent choisis par des conciles d'évêque pour insertion dans le Nouveau Testament à l'exception de plusieurs autres, qui pointaient le récit dans des directions moins prisées. Nous ne sommes donc pas dans la vérité révélée, mais dans la vérité consciemment choisie. Plusieurs postulent que presque tous ces évangiles sont des dérivés d'un texte d'origine, qu'ils appellent Q, pour l'instant introuvable. C'est plausible.

Hors de cette matrice et de ses variantes, il n'existe aucune trace du périple de Jésus-Christ, de ses prêches et miracles, de sa colère au temple, de son procès, de sa mise à mort et de sa résurrection, dans aucune des nombreuses sources contemporaines. Même Saint Paul, le premier prosélyte d'un Christ désincarné, n'a pas l'air au courant des principaux épisodes et n'en parle jamais. Une seule brève mention de Jésus dans un écrit romain postérieur est présentée en preuve, mais on n'a pas l'original, seulement des copies faites au cours des siècles par des moines qui avaient l'habitude d'enjoliver les récits, à l'avantage de leur héros.

(Fut un temps où l'on expliquait l'absence de preuve de l'existence du Jésus historique ainsi : Satan était retourné dans le temps pour en effacer les preuves !)

Les lecteurs de la Bible reconnaissent aisément que plusieurs récits de l'Ancien Testament sont recyclés dans le Nouveau, les noms des protagonistes ayant changé. C'est encore plus vrai si on prend en compte nombre de récits et de mythes religieux existants à l'époque et qui se redéploient dans le récit christique. Sous cet angle, l'histoire de Jésus serait simplement une habile façon qu'ont eu des auteurs religieux de l'époque de fixer dans une narration facilement accessible (la biographie) un certain nombre de thèmes sacrés. Aucune malveillance n'est présumée dans cette hypothèse, seulement une volonté pédagogique dont l'efficacité fut, à l'évidence, fulgurante. Cette thèse est débattue sans discontinuer depuis le XVIIIe siècle. C'est celle qui me paraît la plus proche de la recherche historique dépassionnée. Mais je comprends à la fois qu'elle provoque un choc synaptique chez tout Occidental élevé dans l'univers chrétien et que, motivés par leur foi, ceux qui tiennent à trouver des traces de l'existence du Jésus historique dans les évangiles ne pourront être convaincus du contraire.

Notons aussi au passage combien les catholiques contemporains font l'impasse sur le Dieu vengeur et manifestement xénophobe de l'Ancien Testament (à voir comment il chasse des populations entières en Palestine pour faire de la place au peuple choisi, on l'accuserait aujourd'hui de crime contre l'humanité). Silence aussi sur le fait que Jésus soutenait la totalité de ces écrits et qu'il ne s'adressait qu'aux juifs (environ 40 000 à l'époque) à qui appartiendrait le royaume des cieux, pas les autres.

Il est admirable que toute la théologie chrétienne moderne se concentre sur la part du message de Jésus qui parle d'amour et de respect, de contrition et de pardon. C'est incontestablement le meilleur des choix possibles, parmi le matériau d'origine. On doit à la vérité d'éclairer l'immensité de délestage effectué en cours de route. Le fait que les chrétiens d'aujourd'hui aient procédé à ce tri, et pour l'essentiel apaisé leur religion, commande le respect. On souhaite le même parcours à l'Islam.

Ce qui nous ramène à la foi elle-même. Les scientifiques nous expliquent que notre cerveau est programmé pour croire à l'existence d'une force divine. Cela nous permettait d'expliquer l'inexplicable – l'éclair, la marée, la mort – et de tirer de ce « savoir » une satisfaction. De plus, nous descendons de ceux qui ont cru, pas des mécréants. Dans la savane, lorsqu'un buisson bougeait au loin sans qu'on sache pourquoi, celui qui présumait qu'une lionne s'y cachait pouvait déguerpir, survivre et se reproduire. Celui qui n'y croyait pas était dévoré, sans progéniture.

Reste ce besoin de sacré. Pour l'auteur de *Puissance du mythe*, Joseph Campbell, les rites et récits des religions et autres pratiques spirituelles sont autant de logiciels différents pour accéder au même programme-source : la béatitude, qu'on associe au sacré ou au divin.

C'est pourquoi, en ces matières, la distinction doit être forte entre d'une part la critique, qui peut être féroce, des religions, de leurs doctrines et de leurs histoires, voire de leur entreprise d'intoxication, et d'autre part le respect pour l'expérience individuelle de la foi, de la recherche de béatitude. Ce que les mécréants comme moi appellent l'émerveillement devant notre stupéfiant univers (qu'Albert Einstein disait, pour cette raison, « divin ») et, à hauteur d'homme, l'humanisme.

Les crimes de Benoît XVI

La chose se passait au Cameroun, pays pour moitié catholique, en 2009. Il s'agissait de la première visite du pape Benoît XVI en Afrique, continent où, depuis maintenant dix ans, le VIH-SIDA était la première cause de décès. L'Organisation mondiale de la santé, les ONG, plusieurs gouvernements et l'archevêque sud-africain anglican Desmond Tutu redoublaient d'efforts pour prévenir la contagion grâce au programme AFC : abstinence, fidélité, condom. Oui, mais qu'en pensent Dieu, et son représentant sur terre, pouvaient alors se demander les quelque 160 millions d'Africains catholiques ?

Historiquement, le Vatican fut toujours opposé à la contraception, et au condom, prônant seulement les deux premiers éléments du triptyque : abstinence et fidélité. Mais maintenant que le nombre de morts en Afrique avait franchi les 30 millions et que l'épidémie se propageait aux femmes (61 % des infectés) et aux enfants (90 % de tous les enfants infectés au monde étaient africains), fallait-il se montrer plus flexible ? Ou, du moins, rester muet sur le condom pour ne pas nuire aux efforts ? Devant cette énorme responsabilité, Benoît XVI allait surprendre. Désagréablement. « On ne peut pas résoudre ce fléau par la distribution des préservatifs : au contraire, ils augmentent le problème » a-t-il dit. Le pape allait gauchement tenter de rectifier le tir, l'année suivante, en affirmant que le condom pouvait être utilisé dans des cas « exceptionnels », par exemple les prostitués mâles pour lesquels ce serait « un premier pas vers la moralisation ». La question n'était pas là.

On ne peut évidemment quantifier le nombre de vies qui auraient pu être sauvées, si le pape s'était rangé du côté de la santé publique, plutôt que de la version la plus rigide du dogme. Une seule chose est certaine : par sa faute, davantage de personnes furent infectées, malades, mortes prématurément, y compris des femmes et des enfants.

L'inflexibilité de Benoît XVI face à des situations où la tolérance et le pardon auraient dû prévaloir s'était peu avant illustrée au sujet de l'avortement. Au Brésil, pays à 61% catholique, une enfant de 9 ans, plusieurs fois violée par son beau-père, avait eu recours à l'avortement. L'archevêque local, ultra-conservateur, réagit en excommuniant les médecins ayant pratiqué l'interruption de grossesse ainsi que la mère de l'enfant, qui avait approuvé l'intervention. Le tollé fut général, mais le Vatican approuva les excommunications au nom du «droit à la vie». Ici encore, on peine à mesurer l'impact de cette insensibilité sur la vie de jeunes catholiques latino-américaines victimes d'agressions, mais sommées par leur église de mener leurs grossesses à terme, même dans les pires conditions.

Depuis son décès, on entend des voix charitables estimer que Benoît XVI a entamé la marche de l'église vers la reconnaissance de sa responsabilité dans les agressions sexuelles extrêmement nombreuses perpétrées par des membres du clergé. Il est vrai qu'il fut le premier, en 2008, à se dire «profondément désolé pour les souffrances que les victimes ont endurées».

Mais le critère d'appréciation qui devrait s'appliquer ici n'est pas de savoir s'il a su commencer à gérer, en 2008, une crise devenue aiguë. Il faut plutôt se demander s'il a tout fait pour limiter le nombre de victimes, dès qu'il en a été mis au courant et dès qu'il a été en situation de pouvoir au sein de l'église. La réponse est un assourdissant « non ». Évêque de Munich entre 1977 et 1982, il a, selon un rapport indépendant, couvert les actions de quatre agresseurs punis par la justice allemande, mais maintenus dans leurs fonctions pastorales par le futur pape, qui ne les a aucunement sanctionnés. Par conséquent, il a personnellement envoyé aux autres agresseurs un grave signal d'impunité et ignoré cette injonction de Jésus (Matthieu 18.6) : « Si quelqu'un fait tomber dans le péché l'un de ces petits qui croient en moi, il vaut mieux qu'on lui attache une grosse pierre au cou et qu'on la jette au fond de la mer. »

Il est devenu ensuite un des personnages les plus puissants au Vatican, officiant pendant 23 ans à titre de préfet de la Congrégation pour la doctrine de la foi et centralisant à son bureau, à compter de 2001, les dossiers d'agression sexuelle. Il ne fait rétrospectivement aucun doute qu'il fut longtemps à ce poste un des principaux rouages de la plus grande opération de camouflage de crimes sexuels de l'ère moderne. Cette action se déployait, on le sait, par le refus de dénoncer les agresseurs – qu'on estime à 4 % des membres du clergé catholique – aux forces policières, à la pratique de muter les agresseurs d'une paroisse à une autre, évidemment sans informer les fidèles.

Pendant des décennies, particulièrement celles où Joseph Ratzinger était aux affaires, la réponse du Vatican fut de nier, minimiser, camoufler. Devant l'ampleur grandissant du scandale et talonné par l'ONU, Ratzinger se mit à sévir tardivement, au tournant de 2010, expulsant près de 400 prêtres en deux ans. Même pape, il a continué à minimiser la responsabilité du Vatican, blâmant de préférence les églises nationales, voire les effets du Concile Vatican II, plutôt que la complicité de la totalité de la hiérarchie. Sa gestion de la crise n'a pas satisfait les enquêteurs de l'ONU qui ont conclu en 2019 que, notamment sous sa gouverne, se déroulait au Vatican une « action apparemment systémique de camouflage (*cover-up*) et d'obstruction à la mise en responsabilité des abuseurs. »

Il est encore impossible de calculer le nombre de victimes contemporaines, mais un récent rapport officiel faisait état de 330 000 victimes en France seulement. Ratzinger devenu Benoît XVI n'est évidemment pas seul en cause, loin s'en faut. Un groupe de survivants avait réclamé en 2013 à la Cour pénale internationale d'intenter contre lui et d'autres responsables catholiques un procès de crime contre l'humanité pour avoir « toléré et permis la dissimulation systématique et généralisée des viols et des crimes sexuels commis contre des enfants dans le monde ». La Cour a décliné. C'est dommage. On aurait pu ainsi aller au fond des choses. En avoir le cœur net.

Mais puisque le moment est venu de faire le bilan de son action à lui, comment ne pas conclure que non seulement un saint homme, mais simplement un homme bon, ou comme le dit notre droit civil, « un bon père de famille », informé que se déroulaient sous sa responsabilité d'innombrables crimes visant des dizaines de milliers d'enfants – ou ne serait-ce qu'un seul –, aurait remué ciel et terre, dès le premier jour, pour que cela cesse. Pas lui. Il s'est plutôt réfugié, selon le mot de Matthias Katsch, représentant des survivants allemands des sévices, derrière un « édifice de mensonges ».

Une bonne semaine pour l'Islam

La seconde semaine de janvier 2021 a été bonne pour les organisations de promotion de l'Islam et pour leurs idées. Un peu moins bonne pour nos concitoyennes musulmanes non pratiquantes. Moins bonne encore pour les partisans de la laïcité.

Le hasard du calendrier a regroupé trois nominations. À Montréal, une ex-porte-parole du Conseil national des musulmans canadiens a été nommée commissaire antiraciste. À Ottawa, l'ancien président de la Fédération canado-arabe est devenu ministre des Transports. À Toronto, une journaliste musulmane voilée animera une émission d'affaires publiques pancanadienne.

Ces nominations attestent de la capacité de notre société à intégrer, y compris dans des postes de grande responsabilité, des personnes qui ont des qualités et un parcours méritoire et qui sont issues d'une minorité religieuse. L'affiliation religieuse, ou l'athéisme, des personnes choisies n'est en rien problématique. Le lien de deux d'entre eux avec des lobbies communautaires et religieux, et l'affichage religieux d'une troisième, appellent toutefois des questions légitimes.

Le Bloc Québécois a été lapidé pour avoir écrit que le nouveau ministre des Transports, Omar Alghabra, avait été lié « au mouvement islamique ». J'aurais lancé des pierres aussi si le Bloc avait écrit « islamiste », donc antidémocratique. Néanmoins, islamique étant un synonyme de musulman et M. Alghabra ayant dirigé un organisme voué à la défense des Canadiens musulmans, ce n'est qu'un constat. Pourquoi faudrait-il que ce soit un tabou ? (Je note toutefois que le ministre a choisi de ne pas mentionner son passage à la Fédération dans ses sites internet principaux, qui détaillent cependant ses autres emplois et fonctions.)

Mais je suis de ceux qui croient que le chef du Bloc aurait dû formuler ses questions détaillées dès le premier jour, plutôt que de rester vague à l'origine, puis de ne préciser ses inquiétudes que par la suite. Car questions il y a, mais seulement pour ceux qui s'intéressent aux faits.

De bonnes questions pour M. Alghabra

Que la Fédération que dirigeait M. Alghabra, représentant non seulement les musulmans (la moitié des Arabes du Canada le sont), mais l'ensemble des minorités arabes, ait des positions propalestiniennes et anti-israéliennes ne surprend personne. Une fois député, M. Alghabra a d'ailleurs refusé de voter avec ses collègues libéraux une motion dénonçant le boycottage d'Israël. La communauté juive est très remontée contre ce boycottage, qu'elle juge antisémite, mais il me semble que chacun a le droit de boycotter ce qu'il veut. (Je me suis exprimé sur ce sujet ici et ici.) La Fédération s'est surtout régulièrement portée à la défense d'un groupe à proprement dit islamiste, le Hamas, qui dirige Gaza de façon dictatoriale et qui est voué à la destruction d'Israël. Le groupe est à bon droit considéré comme terroriste par plusieurs nations, dont le Canada. En entrevue, M. Alghabra a manifesté pour ce groupe une mansuétude qui mérite clarification.

Puis il y a la question de savoir si M. Alghabra était favorable, en 2005, à une proposition du gouvernement ontarien voulant que les conflits familiaux entre musulmans puissent être légalement réglés en fonction des principes de la Charia, la loi islamique. Selon le *Globe and Mail*, le ministre a confirmé avoir donné une entrevue en arabe à ce sujet à l'époque où il déclarait ceci :

« Malheureusement, une majorité des musulmans [canadiens] sont restés muets pendant le processus de cette loi et ont abandonné le champ de bataille à une minorité dissidente [de musulmans] qui s'est exprimée de façon plus forte. Avec pour résultat que le plan a été un échec. Le problème n'était pas la position des autres [non-musulmans] contre les musulmans, mais c'était que nous étions divisés entre nous et désunis dans nos propres rangs[6]. »

On ne peut que conclure de cette lecture que M. Alghabra était favorable à l'utilisation de la Charia pour la médiation familiale en Ontario et est déçu de l'échec du projet. Il affirme pourtant le contraire au *Globe and Mail* : il ne dit pas avoir changé sa position depuis, ce qui serait parfaitement louable. Il affirme ne l'avoir jamais eue, ce qui est problématique.

Mme Manaï et les amalgames

La nouvelle commissaire chargée d'endiguer le racisme à Montréal, Bochra Manaï, fut aussi, pendant un an, porte-parole du Conseil des musulmans du Québec. Elle affirmait cette semaine n'avoir pas su que son organisme souhaitait permettre aux parents musulmans d'exempter leurs enfants des cours de musique

---

6. Clark Campbell, « The Bloc's sneaky slur against a mild-mannered Muslim MP », *The Globe and Mail*, 15 janvier 2021, [https://www.theglobeandmail.com/politics/article-the-blocs-sneaky-slur-against-a-mild-mannered-muslim-mp/].

ou d'éducation physique. Elle avait plus clairement saisi la position de son employeur au sujet la loi québécoise sur la laïcité et s'en était fait un puissant porte-voix.

Une des tâches qui l'attend est la lutte contre les amalgames. En effet, la pensée raciste accuse tout un peuple des travers de certains individus. Nos amis juifs ont été particulièrement servis : Karl Marx et Rotchild étant tous deux juifs, les racistes ont accusé tous les juifs de contrôler le capitalisme et de vouloir, simultanément, le remplacer par le bolchévisme ! L'amalgame anti-musulman est aussi condamnable : certains terroristes étant musulmans, pensent les racistes, ils sont tous dangereux.

Je donne un autre exemple, au hasard. Un terroriste en Nouvelle-Zélande a cité parmi ses modèles un individu de Québec ayant tué six musulmans. Si quelqu'un disait : « Le Québec est devenu une référence pour les suprémacistes extrémistes du monde entier », n'y aurait-il pas là un amalgame odieux entre un seul criminel et tout le Québec ? C'est très exactement ce qu'a fait Mme Manaï dans un discours de 2019 dénonçant la loi sur la laïcité, mettant sous le même chapeau l'auteur d'une tuerie, les suprémacistes, tout le Québec et la volonté majoritaire de séparer concrètement les religions et l'État. N'est-ce pas digne de la médaille d'or de l'amalgame ? Ajoutons que cinq fois cette semaine, on lui a demandé si elle estimait que la loi 21 était raciste. Cinq fois, elle a refusé de répondre.

Naïf, j'ai toujours pensé que la lutte au racisme supposait une capacité d'écoute envers l'autre, de respect, même en cas de désaccord. Force est de constater que Mme Manaï n'a pas montré dans le débat sur la laïcité une once de respect pour des musulmanes et des nord-africaines québécoises qui exprimaient un désaccord. Elle a entre autres écrit :

> Je me souviendrai de toutes ces femmes, pseudo-intellectuelles assurément exotiques, qui se sont lancées dans une guerre islamophobe dont elles seront aussi responsables que les tenants de cette stratégie laïcarde qui a transformé le lien social en option. Non, Djemila [Benhabib], Leila [Lesbet], Rakia [Fourati] et les autres n'ont pas seulement été des instruments utiles, elles sont les vectrices de cette distance, de ce fossé créé entre les Québécois. En se proclamant savantes, représentantes, salvatrices d'un Québec soi-disant aux mains des « soldats islamistes », elles ont participé à précipiter les Québécois dans une chasse aux musulmans[7].

Bref, nous ne sommes pas en présence d'une personne qui estime que des gens peuvent avoir des désaccords avec elle tout en étant respectables.

Un collègue commentateur notait avec justesse que le Conseil municipal de Montréal avait unanimement voté une motion contre la loi 21. L'embauche d'une commissaire qui partage ce rejet tomberait donc sous le sens. Le problème ici est la non-représentativité du Conseil de ville sur cette question. Environ 60 % des Montréalais sont favorables à la loi sur la laïcité.

---

7. Bochra Manaï, « Je me souviendrai », *Huffpost*, 8 avril 2014, [https://www.huffpost.com/archive/qc/entry/je-me-souviendrai_b_5101188].

(En fait, 56% l'auraient voulue encore plus stricte[8].) Voilà des gens dont la parole n'est pas relayée au gouvernement de leur ville. Avis aux futurs candidats.

J'ai pris la peine de lire les autres blogues produits par Mme Manaï ces dernières années sur le site du *Huffington Post*. J'ai été en particulier troublé par sa réflexion sur l'islamophobie. Comme beaucoup de Québécois, je crois à la liberté de religion et à la liberté de critiquer les religions. Notre critique collective du catholicisme a occupé notre dialogue national depuis 50 ans et les scandales de pédophilie éclaboussant le clergé et le Vatican semblent sans fin.

Comme plusieurs critiques du concept d'islamophobie, je souligne qu'il est utilisé, en particulier par les tyrans iraniens et saoudiens, pour étouffer toute critique de l'Islam, jugée blasphématoire.

Je me serais attendue de Mme Manaï qu'elle reconnaisse cette distinction et accepte que l'Islam, comme les autres religions, puisse être (doit être?) soumise à la critique. Mais voici ce que je lis:

> Toutes les définitions de l'islamophobie comme racisme, donc phénomène structurel pouvant être institutionnalisé, montrent que c'est un procédé qui se concrétise dans les relations sociales. Dans le discours public, le terme [islamophobie] est déconstruit par certains acteurs qui le nient parce qu'ils le présentent comme une manipulation

---

8. CROP «Questions de la laïcité et l'immigration» (rapport), novembre 2018, [https://sondage.crop.ca/survey/start/cawi/19-9413-2018-RadioCanada.pdf].

qui nie la possibilité de critiquer l'islam comme religion. Ces propos reviennent à ne pas comprendre le phénomène comme une discrimination collective, mais comme une liberté d'expression individuelle. Ainsi, les détracteurs du terme islamophobie évoquent l'idée qu'il est possible de « critiquer » l'Islam, sans pour autant « détester » les musulmans. Or, cette hostilité qui s'exprime à l'encontre de l'islam comme religion semble directement liée au rejet des musulmans eux-mêmes. L'amalgame se fait pourtant de lui-même.

Bref, dans la vision qu'a Mme Manaï, il est impossible de critiquer l'Islam sans détester les musulmans. Critiquer l'Islam est donc, en soi, de l'islamophobie donc, en soi, du racisme. Pourtant, nous avons critiqué le catholicisme jusqu'à plus soif tout en aimant des catholiques. À moins que nous n'ayons été auto-racistes pendant tout ce temps.

J'ai aussi lu un texte écrit au lendemain de la tuerie de *Charlie Hebdo*[9]. Mme Manaï s'y livre à une critique très sentie des échecs répétés de l'intégration par la France des populations musulmanes et de l'aliénation maintes fois documentée de sa jeunesse. Elle conclut que l'attentat est « l'échec de la France. C'est l'échec de son histoire et de ses Lumières. » Cependant, elle ne dit pas un mot de l'idéologie islamiste répandue et financée par l'Arabie saoudite et l'Iran qui appelle au meurtre de ceux qui dessinent des caricatures du prophète. Elle ne semble pas penser que cette variable est digne de mention ou fait partie du problème.

---

9. Bochra Manaï, « Les désintégré(e)s », *Huffpost*, 17 janvier 2015, [https://www.huffpost.com/archive/qc/entry/les-desintegre-e-s_b_6479836].

Chouette! À la CBC, les journalistes peuvent désormais afficher leurs convictions!

Finalement, la nomination de l'animatrice voilée Ginella Massa à une émission d'heure de grande écoute à la chaîne d'information continue de la CBC est évidemment une grande première pour la liberté: celle d'afficher ses convictions. Jusqu'à maintenant, les présentateurs s'astreignaient à une apparence totale de neutralité. (Apparence, oui, car évidemment, ils ont des convictions.) Ils y voyaient une marque de respect envers les téléspectateurs qui ont des opinions variées et parfois furieusement contradictoires. Bernard Derome et les autres se font une gloire qu'après des décennies à l'antenne, personne ne peut dire s'ils sont de droite ou de gauche, fédéralistes ou souverainistes, croyants ou athées. C'était la norme jusqu'à la semaine dernière. CBC n'aurait pas laissé un présentateur afficher son engagement pour Greenpeace, le pétrole ou encore son appui à un parti politique.

Le multiculturalisme canadien impose une hiérarchie des convictions: religieuse, oui; les autres: non. On comprend donc qu'on pourrait voir demain un présentateur affichant un crucifix ou une kippa. Mais si un athée souhaite faire connaître au public son absence de foi? Mystère.

Chaque personne que Mme Massa va interviewer détiendra immédiatement quelques informations: 1) Elle croit en Dieu. Si ce n'est pas votre cas, sachez qu'elle est en désaccord avec vous; 2) Elle croit, comme les membres de chaque grande religion monothéiste, que son Dieu est le seul vrai Dieu. Si vous en avez un autre, elle est en désaccord avec l'existence même de votre Dieu; 3) Elle ne croit pas que la laïcité requiert des personnes en autorité, du moins en information, un devoir de réserve vestimentaire. Si vous pensez le contraire, elle estime que vous avez tort.

L'affichage d'une conviction par une personne qui devrait être neutre suscite des questions chez son interlocuteur. L'intervieweur qui porte une croix est-il contre l'avortement, comme le clergé catholique, ou est-il un modéré ? Le présentateur à la kippa soutient-il la politique israélienne de colonisation de la Palestine ou fait-il partie de la minorité qui s'y oppose ? Ce sont des questions qui ne devraient même pas traverser la tête d'un participant à une émission de télé nationale, ou d'un manifestant devant un policier. (Ce serait vrai aussi pour l'affichage politique. Le porteur du macaron péquiste serait-il un tenant de la Charte ? D'un référendum rapide ? Était-il pro-Lisée ou pro-Cloutier ?)

La présence télévisuelle de Mme Massa a une autre conséquence. La majorité des musulmanes du pays ne portent pas le hijab. Dans beaucoup de mosquées, dans les quartiers à prédominance musulmane et dans plusieurs familles orthodoxes, elles résistent à une pression ambiante vers le conformisme vestimentaire religieux. La CBC vient de donner aux orthodoxes un argument fort. La télévision d'État dit que c'est bien, le hijab. Que ce signe de soumission à Dieu et de modestie féminine incarne, en fait, le progrès et la modernité. La CBC offre une pub quotidienne à l'Islam voilé. Elle rend un peu plus ardue la vie des musulmanes qui résistent.

L'âme existe, le juge l'a dit!

Pendant des millénaires, philosophes et théologiens ont épuisé les ressources de la rhétorique pour tenter de démontrer l'existence de l'âme humaine. Ils n'ont jamais atteint de certitude. L'absence de l'âme étant inconcevable, sa présence doit être arrachée au néant par la seule puissance de la déduction.

Ces débats n'ont plus lieu d'être. Le jugement rendu en avril 2021 par le juge Marc-André Blanchard, de la Cour supérieure du Québec, pourra être brandi dans tous les débats théologiques à venir. L'âme humaine existe. La preuve : son existence constitue un des fondements du droit canadien.

Le juge devait déterminer si l'on pouvait demander à une personne religieuse salariée de l'État de retirer ses signes religieux pendant ses heures de travail. Au paragraphe [1098], la lumière jaillit. La réponse est non, car « cette violation » atteindrait « l'âme ou l'essence même de cette personne ». Bigre !

Ailleurs dans le jugement, le magistrat est très tatillon sur la qualité de la preuve qui lui est présentée. Par exemple, il trouve peu convaincants les témoignages et les arguments sur l'effet que pourrait avoir sur des enfants la présence de signes religieux représentant, par exemple, la modestie et la soumission des femmes, portées par des figures d'autorité qui ont pour mission de servir d'exemples à la jeunesse. Même si une enseignante porte la burqa, symbole suprême de l'oppression des femmes, les jeunes n'en tireront selon lui aucun enseignement.

Qu'en est-il de la qualité de la preuve sur l'existence de l'âme, nécessaire pour conclure qu'elle serait violée par la Loi sur la laïcité de l'État ? Malheureusement, sur 346 pages, on ne trouve pas le début du commencement d'un indice, d'une trace, voire d'un faisceau de présomptions sur lesquelles il s'appuie pour en décréter l'existence. Il la déclare réelle, lui donne vie et corps, par *fiat*. C'est quand même lui le juge, que diable !

Non content de proclamer son existence, il la connaît suffisamment pour nous dire ce qu'elle n'est pas. Des rustres ont eu l'outrecuidance d'affirmer devant lui que, puisqu'il est interdit aux employés de l'État de porter au travail des signes témoignant de leurs convictions politiques, sociales ou syndicales, l'interdiction devrait s'étendre aussi aux signes de conviction religieuse.

Que nenni ! Certes, admet-il, l'interdiction de ces autres signes viole la liberté d'expression du salarié, mais il ne s'agit pas là d'un droit fondamental qu'il sied de protéger. Pourquoi ? Parce que « cette violation n'atteint pas l'âme ou l'essence même de cette personne ». Vous avez consacré votre existence au féminisme, à l'écologie, à l'indépendance ? Sachez que votre vocation, même si certains de vos proches vous trouvent obsédé par elle, n'a nullement percolé jusqu'à votre âme ou votre essence. Cela n'a même pas laissé d'empreinte, contrairement à la religion, écrit le juge, sur « l'un des fondements mêmes de l'être ». L'enseignante qui s'est convertie à l'islam la semaine dernière, ou qui n'a jamais porté le hijab, mais s'en coiffe spécifiquement pour contester une loi de la CAQ, elle, doit être vue comme fondamentalement imbue, dans son essence spirituelle, par cet objet sacré dont elle est désormais indissociable. Le juge Blanchard le sait, car il détient les clés de l'âme, de l'essence, des fondements des êtres.

Un Dieu intolérant ou miséricordieux?

Des audacieux lui ont dit que, sur le continent qui a inventé le concept même des droits de l'homme, l'Europe, des magistrats aussi studieux que lui avaient tiré des conclusions complètement inverses. Que le port de signes religieux n'est pas un droit fondamental. Les Belges ont même inventé un mot pour interdire l'affichage «convictionnel» dans lequel ils mettent à égalité le macaron syndical ou la croix de Jésus. C'est qu'ils n'ont pas été frappés, comme notre juge, par la révélation de l'existence de l'âme.

Depuis plus d'un siècle en France, chrétiens, juifs et musulmans employés de l'État retirent leurs signes religieux avant d'entrer au travail et les remettent à la sortie. Malgré la vigilance constante de milliers de curés, de rabbins et d'imams, Dieu n'a, en 116 ans, donné aucune indication qu'il était mécontent de cet arrangement. On n'a signalé de sa part aucun refus d'entrée au paradis pour ses ouailles qui se sont pliées à la règle républicaine.

Il semble que Dieu serait moins clément de ce côté-ci de l'Atlantique. L'obligation faite aux croyants québécois de retirer leurs signes entraînerait, écrit le juge, «une conséquence cruelle qui déshumanise les personnes visées». Oui, car elles ne pourraient ainsi agir «en fonction de leur âme et conscience, en l'occurrence leurs croyances». Ici, le juge postule que les croyances de ces salariés les obligent absolument à porter ces signes, sous peine de…

de quoi exactement ? De la réprobation de leur Dieu. En matière de respect de la croyance religieuse, si on ne tient pas pour avéré que Dieu réprouve un comportement, il n'y a pas de dilemme.

Porteur de vérités venant de l'invisible, l'honorable Marc-André Blanchard aurait pu éviter toute cette cruauté déshumanisante en proclamant aussi que Dieu est infiniment bon et infiniment miséricordieux. Qu'il ne tiendra donc nullement rigueur à ses enfants qui acceptent les normes sociales. Le magistrat aurait pu mobiliser saint Paul, qui implorait ainsi les Romains : « Que chacun soit soumis aux autorités supérieures, car il n'y a d'autorité qu'en dépendance de Dieu, [...] si bien qu'en se dressant contre l'autorité, on est contre l'ordre des choses établi par Dieu, et en prenant cette position, on attire sur soi le jugement. » Il avait tout prévu, saint Paul, y compris le jugement.

De la nécessité d'un jugement Blanchard II

Mais le juge prend la direction inverse. Prétendant interpréter la constitution, il impose des vues exactement contraires à celles des constituants les plus récents. En 1998, des personnes à ne jamais inviter à la même soirée, Lucien Bouchard et Jean Chrétien, Pauline Marois et Stéphane Dion, ont modifié la constitution canadienne pour mettre fin aux commissions scolaires catholiques et protestantes du Québec et les remplacer par des structures laïques, les commissions scolaires linguistiques. Des commissions non religieuses.

Notre juge ne capte aucun signal laïc dans cette décision pourtant récente. Brûlant d'une foi ardente dans l'importance du religieux dans la société, il accepte avec enthousiasme la volonté de commissions scolaires anglophones « d'engager et promouvoir des personnes portant des signes religieux parce qu'elles considèrent que cela participe à promouvoir et à refléter la diversité culturelle de la population ».

Le paragraphe suivant mérite d'être cité en entier, car il nous ouvre un univers de plaisirs pour les décennies à venir :

« Sans crainte de se tromper, le Tribunal peut affirmer que le bon sens, qui fait partie de l'attirail judiciaire, permet de conclure que l'absence systématique dans un espace social de personnes auxquelles une autre, partageant les mêmes caractéristiques, peut s'identifier constitue à la fois un obstacle dans la reconnaissance sociale de la valeur de ces caractéristiques, tout autant qu'un facteur de marginalisation pour tout individu qui visa à obtenir cette reconnaissance. »

Bon sang, mais c'est bien sûr ! Le corps enseignant, le personnel de soutien même, de chaque école doit être représentatif des caractéristiques des élèves. Dans ce cas, il ne suffit pas de permettre aux enseignants de porter des signes religieux. Il ne suffit pas de le promouvoir. Car il est certain, comme le soulignait l'an dernier Guy Rocher, que les chrétiens s'affichent beaucoup moins, cette décennie-ci, que les musulmans ou les sikhs. Les élèves catholiques et protestants seront donc en danger de marginalisation, de non-reconnaissance. Et qu'en est-il de la proportion grandissante d'enfants dont les parents sont athées ? On sent tout de suite leur malaise de ne pas se reconnaître parmi le kaléidoscope de signes religieux qui passera devant eux. Je ne vois qu'une solution, pour un jugement Blanchard II : imposer des quotas de signes religieux et athées dans le corps enseignant qui fluctueront avec l'évolution de la pratique religieuse ou athée dans la région où l'école est située. (Évidemment, je déconne !)

Le fait est que, si on retire la foi du jugement Blanchard, tout son édifice juridique s'écroule. La présomption de l'existence de l'âme et des représailles d'un Dieu intolérant, le postulat aveugle que chaque porteur d'un signe religieux y est spirituellement attaché et le refus de reconnaître la profondeur de convictions autres que religieuses sont, tous, des actes de foi du juge. Nous ne sommes pas dans le droit, nous sommes dans le dogme. Face au dogme, il n'y a qu'un remède : la laïcité.

Laïcité et obscurantisme

Moi, j'ai trouvé ça long. Deux ans, avant que les opposants à la loi sur la laïcité mettent un nom, un visage, un récit, sur leurs arguments. C'était écrit : dès que serait identifié un cas dont il pourrait faire une cause célèbre, l'empire de la bien-pensance canadienne allait bondir avec toute la vigueur que confère le complexe de supériorité morale qui habite les scribes torontois, les élus libéraux et néo-démocrates et, désormais ouvertement, des députés conservateurs anglophones. Leurs arguments sont lourds. Il faut combattre et éradiquer cette loi, disent-ils, car elle contredit le cœur même de l'identité canadienne, car elle met en cause la décence, l'égalité, l'inclusion. Elle pue le racisme et la xénophobie. Elle est, pour reprendre le mot du ministre Marc Miller, ami personnel de Justin Trudeau : lâche.

Le temps est venu de défendre sans inhibition la loi québécoise. Elle est féministe, antidiscriminatoire et avant-gardiste. Elle s'inscrit dans un combat pluricentenaire pour les lumières et contre l'obscurantisme. Elle est exemplaire et courageuse.

Une loi féministe. Les grandes religions sont toutes fondamentalement misogynes et opposées à l'égalité entre les hommes et les femmes. La loi sur la laïcité fait en sorte que l'État refusera désormais, pour ses salariés en position d'autorité, de cautionner et de normaliser les symboles de ces religions. Alors que nos politiques publiques sont engagées dans un grand effort d'accès à l'égalité pour les femmes, dans l'emploi, dans les postes de décision, dans le dépôt de plaintes contre leurs agresseurs, dans la promotion de la prise d'audace et de risque en entreprises et en politique, il est inadmissible que les agentes de l'État portent des symboles expressément destinés à signaler la modestie et la soumission des femmes.

Assumer fièrement, par l'interdiction de cet affichage misogyne, que l'État réprouve les concepts de modestie et de soumission pour les femmes est également un service à rendre à toutes les femmes du Québec qui subissent une influence religieuse et familiale rétrograde et qui tentent de s'en extraire.

Une loi antidiscriminatoire. Elle l'est de deux façons. D'abord, elle met toutes les convictions sur un pied d'égalité. Avant elle, il était interdit pour un salarié en autorité d'afficher avec des macarons ou des vêtements ses convictions politiques, sociales, même écologiques, donc ancrées dans la logique et la science, mais permis d'afficher ses convictions religieuses, fondées sur des récits mythiques et des dogmes dont on peut aisément démontrer la fausseté historique et scientifique. La loi met fin à cette discrimination inacceptable. Ensuite, elle établit une égalité dans le temps pour l'affichage religieux. Une pression sociale colossale, et le concile Vatican II au début des années 60, ont conduit les religieux catholiques québécois à ne plus porter leurs cornettes, cols romains et croix ostentatoires dans le service public dans les années 60 et 70. Une immigration plus diversifiée d'une part et la montée des courants rigoristes au sein de l'Islam d'autre part ont conduit à la réintroduction de l'affichage religieux dans l'État québécois depuis 20 ans. La loi sur la laïcité vient rétablir l'égalité devant une norme unique en appliquant, légalement, à tous ce qui avait été jusqu'ici imposé, socialement, aux seuls chrétiens.

Une loi avant-gardiste. Force est de constater que l'expérience québécoise face à la religion est singulière en Amérique du Nord.

Nulle part ailleurs, les religieux n'ont, autant qu'au Québec, freiné l'épanouissement d'un peuple. Interdiction de l'ouverture de librairies et mises à l'index des nouvelles idées, refus d'étendre l'enseignement secondaire hors de leur contrôle (jusqu'en 1964), découragement de l'esprit d'entreprise, sauf agricole, détournement vers le clergé des jeunes les plus brillants de chaque famille, plutôt que vers la science ou l'industrie, appels répétés à la soumission aux puissants, sans compter les sévices sexuels perpétrés par une partie du clergé masculin et, on l'apprend, féminin, sur les Québécois et les Autochtones. Plus rapidement et plus fermement que dans le reste de l'Amérique, les Québécois déclarent individuellement et collectivement une indépendance de plus en plus forte envers le religieux. On le voit dans nos positions plus progressistes et plus précoces sur l'avortement, le mariage homosexuel, la fin de vie et la laïcité, qui forment un continuum. Mais cette montée de la proportion de citoyens qui se détournent de toutes les religions est également visible ailleurs sur le continent et finira par y avoir les mêmes effets qu'au Québec, le précurseur.

Une loi exemplaire. Ses détracteurs disent avec raison qu'un article de la loi vise spécifiquement un type de vêtement d'une seule religion : le niqab et la burqa islamique qu'il est interdit au Québec de porter pour dispenser ou recevoir des services publics. En effet et c'est tant mieux. Une seule religion a imaginé imposer à des femmes une prison ambulante qui en font des exclues permanentes de la cité. À cet affront unique à la dignité des femmes, il fallait une réponse exemplaire. Une douzaine de pays d'Afrique (y compris musulmans) l'ont bien compris et en ont interdit le port dans l'espace public, plusieurs pays européens aussi. En Amérique, le Québec est exemplaire dans ce refus de l'inacceptable sujétion des femmes.

Comment expliquer que les multiculturalistes canadiens en soient venus à défendre l'indéfendable sur ce point? C'est le glissement entre l'acceptation de la différence, indispensable en société, et la valorisation, en soi, de la différence, absurde lorsque cette différence contredit les valeurs mêmes que la société souhaite incarner. Les Québécois, majoritairement, ne tombent pas dans ce panneau.

Une loi courageuse. Le sondeur canadien Allan Gregg m'expliqua un jour que si vous traitez quelqu'un suffisamment souvent, et publiquement, de « pervers » simplement parce qu'il porte des souliers noirs, il finira par ne plus en porter, même si l'accusation est insensée. Le flot d'insultes qui s'abat sur le Québec au sujet de la laïcité, comme de la langue ou de toute affirmation de son identité, aurait fait plier bien des gouvernements. Il fallait donc une vraie dose de courage, d'abord au Parti québécois, ensuite à la CAQ, pour se tenir debout dans la tempête. C'est donc, de loin, l'exact contraire de la lâcheté dont parle Marc Miller.

De Guy Rocher à Jolin-Barrette en passant par Drainville, les tenants de la laïcité ont toujours montré davantage de respect envers leurs opposants qu'ils n'en ont reçu en retour. C'est que nous ne doutons pas de leur bonne foi et de leur conviction d'être du bon côté de l'histoire. N'empêche. Qu'ils le veuillent ou non, ils font le jeu des forces misogynes qui veulent afficher au sein même de l'État des symboles de soumission des femmes, ils prônent une discrimination qui met les convictions religieuses, donc des superstitions, au-dessus de toutes les autres convictions, ils protègent les religions minoritaires, ostentatoires, au détriment des autres, plus respectueuses de la règle civile, ils tournent le dos au nombre croissant de citoyens qui s'éloignent des mythes et des dogmes religieux. Loin de participer aux lumières, à l'égalité, au primat de la science et de la raison, ils nuisent à la marche du progrès.

Il est grand temps de le leur faire savoir.

III

L'avenir au féminin

Le long repos du guerrier

(La question de la montée en puissance des femmes m'a toujours intéressé. C'est pourquoi j'insère ici un texte écrit en 2006.)

Le siècle des femmes est commencé. Deux questions restent en suspens. À quelle vitesse la prise de pouvoir se fera-t-elle en Occident? Et qu'en diront les ayatollahs?

J'ai toujours été fasciné par un propos de la philosophe française Élisabeth Badinter au sujet de la volonté de puissance des femmes. Notant que c'est seulement au cours du dernier siècle, des suffragettes à nos jours, que les femmes ont revendiqué massivement et avec ténacité leurs droits sociaux et politiques, elle s'est demandé pourquoi cela ne s'était pas produit au siècle précédent, ou alors à celui d'avant, ou à l'autre encore. Et elle a supposé qu'il y avait derrière cet éveil un long mouvement de balancier, une subconscience collective. Il y eut un moment où les femmes étaient prêtes à prendre le pouvoir et où le mouvement s'est enclenché.

Ce sont en effet les sujets, pas les puissants, qui décident de la date de la révolution. C'est vrai aussi pour les Québécois. Longtemps sous la coupe du pouvoir économique et politique anglophone, c'est en 1960 qu'ils ont collectivement dit: « Ça suffit! » Ils auraient pu le faire en 1920, ont même tenté de le faire en 1936, si le mouvement n'avait pas été détourné par Maurice Duplessis. Mais il a fallu la Révolution tranquille, avec les Lesage, Lévesque, Gérin-Lajoie et Kierans (entourés et aiguillonnés, donnons tout le crédit, par les conseillers Claude Morin, Michel Bélanger, Jacques Parizeau), pour que le Québec prenne le pouvoir. Notez: que des hommes.

En 2006, la montée des femmes s'approche du point de bascule, le moment où la somme des petits changements précédents modifie suffisamment l'ensemble pour que le réel change de direction. Comme la dernière poussée d'un rocher que l'on hisse au sommet d'une montagne. L'instant d'après, tout déboule. Je ne suis pas le seul à le dire. Voyez cette citation : « Le moment des femmes est venu. Non pas pour les femmes, mais pour l'harmonie de la vie tout simplement et pour le bonheur des hommes et des femmes. » Son auteure : Ségolène Royal, candidate à la présidentielle française.

L'affaire n'est pas que politique. Que dans des bureaux d'avocats, des universités américaines, les hommes aux tempes grises appliquent en douce un quota minimum d'embauche ou d'inscription de jeunes hommes, pour contenir l'écrasante majorité montante de diplômés féminins, est le signe du combat d'arrière-garde masculin qui commence dans les lieux intermédiaires du pouvoir. Les taux de décrochage des jeunes hommes, de suicide même, la propension de l'industrie publicitaire – toujours à l'affût des tendances – à dénigrer les hommes dans les publicités, la multiplication sur les grands écrans ces temps-ci de superhéros féminins, autant de signes de puissance féminine, de déclin masculin. (Subliminalement, toutes les pubs de Viagra sont des signaux que la virilité a besoin de béquilles. Rien de tel pour la force féminine.)

Une éventuelle et inévitable féminisation du pouvoir occidental aura un impact immédiat sur une des principales lignes de fracture mondiale. Le monde musulman, qui frémit à la vue de caricatures de Mahomet – qui, pour nous, ne vont pas à la cheville du piquant des dessins de Chapleau même lorsqu'il est très fatigué – réagira bien mal à un Occident dirigé par des femmes dévoilées, désinhibées, ambitieuses, puissantes, déterminées.

Le vrai *clash* des civilisations commencera-t-il là, avec l'irruption du pouvoir occidental féminin, condition aggravante pour les mollahs et les partisans d'Oussama ? Y aura-t-il plutôt un réveil des femmes musulmanes, déplaçant la ligne de fracture vers l'intérieur des sociétés où règne l'islam, provoquant une salutaire crise interne débouchant sur une réforme et une modernisation ?

Qui peut le dire ? Les femmes ont décidé de prendre le pouvoir. Elles sont sur le point de le prendre. Ce sera fascinant, assurément. Pour nous, les hommes, commence le long repos du guerrier. Notre réveil sonnera, c'est sûr. Rendez-vous dans quelques siècles.

Regarde les hommes tomber

(Le mot-clic #MoiAussi date d'octobre 2017, au moment où éclatait l'affaire Harvey Weinstein, le producteur de films agresseur sexuel en série. Ce n'est pas pour me vanter (enfin, un peu quand même), mais j'ai écrit le texte qui suit six ans auparavant, en mai 2011. Il fait donc référence à des événements alors récents, mais à mon avis significatifs et précurseurs.)

Nous sommes entrés dans le siècle des femmes.

Ceux qui ont 10 ans aujourd'hui (comme mon fiston) et qui vivront cent ans, comme la moyenne des Occidentaux, assisteront à l'inexorable montée en puissance des femmes, entamée dans les universités, en cours dans les professions, bientôt à l'affiche dans un lieu de pouvoir près de chez vous.

Ce mouvement n'est cependant pas linéaire. La chute de l'empire du pouvoir masculin non plus, forcément. Il y a des accélérations, des plateaux, des régressions.

Il y a aussi des moments où se lézarde rapidement une colonne du pouvoir masculin. C'est ce que nous vivons en ce moment.

La chute d'un des hommes les plus puissants du monde, Dominique Straus-Kahn (DSK), pour cause d'agression sexuelle présumée, donc d'incapacité (présumée) de contrôler ses montées de testostérone, est en quelque sorte la pointe d'un iceberg remarquablement visible.

Elle arrive après que l'Italie se soit déconsidérée face au monde et face à son propre électorat féminin par les parties de « bunga bunga » du jusqu'alors symbole combiné du pouvoir et du machisme italien désinhibé.

À New York, en 2009, le gouverneur Eliot Spitzer, étoile montante des démocrates – véritable DSK américain – est aussi tombé pour cause de fréquentation sexuelle rétribuée et extraconjugale. À l'autre bout du pays-continent, l'ex-gouverneur Arnold Schwarzenegger vient de tomber de son piédestal pour avoir eu un enfant illégitime avec une employée domestique, au nez de son épouse. On la trouvait déjà exemplaire de vivre avec le Terminator. On l'applaudit aujourd'hui de lui claquer la porte au nez.

« *Man up!* »

Entre les deux, il y a eu, l'an dernier, le gouverneur de Caroline qui s'envoyait en l'air en Argentine, prétextant des promenades en montagne, plusieurs collègues gouverneurs également entachés, et, dans le merveilleux monde du sport, l'admirable Tiger Woods démontrant qu'il confinait aux seuls terrains de golf ses talents de contrôle de soi.

On ne peut vivre ces scandales à répétition sans que l'idée même du pouvoir masculin soit atteinte par la corrosion.

L'ancienne gouverneur du Michigan, la démocrate Jennifer Granholm, a lancé sur Twitter ce reproche qui sent le ras-le-bol :

Un autre gouverneur mâle qui admet avoir trompé sa femme. Peut-être avons-nous besoin de plus de femmes gouverneurs.

Il y en a six, dont trois élues en novembre dernier. (Le record était 10, en 2010.) Toute une nouvelle génération de femmes politiques est entrée en scène depuis 2008.

Les observateurs – du moins les masculins – avaient été très frappés par le langage utilisé par plusieurs candidates républicaines du Tea Party contre leurs adversaires masculins, républicains ou démocrates.

« *Man up!* » leur disaient-elles. Traduction libre : « ayez de l'épine dorsale » ou autre synonyme qui vous est venu à l'esprit.

Récupération du langage viril, donc internalisation de l'idéologie patriarcale ? C'est ce qu'on aurait dit dans les années 1970. Moi, j'y lis aujourd'hui l'expression que les hommes ne sont pas à la hauteur de la tâche. Et que si une femme dit « *Man up* » – ce qu'elle n'aurait jamais osé dire il y a dix ans –, elle sous-entend qu'elle est plus puissante que l'homme, plus courageuse, plus en contrôle.

C'est un signe qu'on s'approche du point de bascule. Les idées étant toujours en avance sur les faits, le langage reflétant toujours les idées, le déclin masculin est intégré dans la façon de s'adresser aux hommes – et à des hommes de pouvoir – lors de débats publics.

La publicité qui a fait de l'homme la mauviette dont il est permis de se moquer n'en était que l'étape précédente.

Des victimes qui mordent

L'autre élément transversal qui relie ces anecdotes est la juste et croissante intolérance envers tout ce qui est agression sexuelle envers les femmes ou manque de respect envers elles.

En France, l'empathie pour la victime présumée de DSK n'a réussi à s'imposer au discours public qu'au jour trois ou quatre de la crise. C'est qu'on était à l'épicentre du séisme politique. On a vu au jour trois la ministre espagnole de l'Économie insister sur la victime, reléguant au second plan, pour la forme, la possibilité de l'innocence de DSK.

Au Québec, l'épisode vécu en début d'année autour de la décision du dramaturge Wajdi Mouawad de faire jouer Bertrand Cantat dans une pièce de Sophocle est à lire avec cette lunette.

Cantat fut reconnu coupable et emprisonné pour avoir causé la mort de sa compagne. En d'autres temps, sa venue aurait fait débat.

Début 2011, ce fut un déchaînement. Coupable de brutalité et d'homicide envers une femme, Cantat n'avait désormais plus droit à aucune réintégration publique.

Le Québec est aux avant-postes du pouvoir féminin. Cantat paie pour sa propre faute, mais j'ai l'impression qu'il paie aussi, en retard, pour tous ceux qui n'ont pas suffisamment payé et qu'il paie, d'avance, pour ceux qui s'en prendront, demain, à d'autres femmes.

Nous sommes donc à un moment de l'histoire où :

Des femmes affichent avec force leur refus d'être victimes et déterminent ainsi l'opinion dominante. C'est déjà l'expression d'une montée en puissance.

Des hommes font à répétition la démonstration qu'ils n'ont pas la fibre morale voulue pour diriger des sociétés, encore moins des sociétés où les femmes ne sont plus des victimes.

Regarde les hommes tomber était le titre d'un film très dur mettant en scène Jean-Louis Trintignant, le père de la victime de Cantat.

Qui jouera dans *Regarde les femmes monter*? Beaucoup, beaucoup de monde. Ce sera un très long métrage.

8 mars : Être féministe aujourd'hui

(Mon coup de gueule de féministe, en 2016)

Elles n'aiment pas le terme. Les ministres actuelle et précédente de la condition féminine sous le gouvernement Couillard, Lise Thériault et Stéphanie Vallée, lui trouvent un relent de soufre. C'est un mot qui finit par «isme», féminisme. Ça sonne syndicalisme ou indépendantisme.

Ce serait trop simple de leur dire que le Petit Robert le définit ainsi : «Attitude de ceux qui souhaitent que les droits des femmes soient les mêmes que ceux des hommes.»

Trop simple, car il est vrai qu'il y a une charge revendicatrice, dérangeante, dans le féminisme. Une force indispensable pour faire reculer le statu quo.

En 2016, ne pas être féministe lorsqu'on est en position de responsabilité, c'est accepter que la traite des femmes se déroule sous nos yeux, que nos mineures soient recrutées par des proxénètes, souvent violents, à la porte des Centres jeunesse et des écoles secondaires, et ne pas prendre tous les moyens pour que cesse cette exploitation éhontée. Pire, c'est de couper les vivres à ceux qui tentent d'enrayer ce fléau, ce qu'ont précisément fait les deux femmes qui refusent aujourd'hui de se dire féministes.

En 2016, ne pas agir en féministe, c'est accepter la montée de la violence conjugale, sa normalisation chez de jeunes adultes (18 000 cas rapportés par an), c'est ne pas agir contre les dérives de l'hypersexualisation, c'est refuser de doter les écoles secondaires de personnel spécialisé, des sexologues, pour l'urgente réintroduction des cours d'éducation sexuelle.

En 2016, ne pas agir en féministe, c'est fragiliser par des compressions absurdes des réseaux massivement féminins, comme ceux de maisons d'accueil pour handicapés, c'est rationner les services à domicile, pousser à bout de ressources les mères d'enfants autistes (40 % sont en détresse psychologique, 68 % en grave situation financière).

En 2016, aller en sens inverse du féminisme, c'est avoir délibérément décidé de désassurer, dans tout le panier de services de santé, un traitement médicalement reconnu, un seul, celui de la procréation assistée. On aurait voulu viser les mères les plus désespérées, on n'aurait pas fait mieux.

En 2016, ne rien comprendre au féminisme, c'est ne pas s'inquiéter de la montée de l'obscurantisme anti-femmes chez les musulmans radicaux, ne pas être atterrés que le gouvernement canadien actuel salue comme une grande victoire le droit au port du symbole absolu de sujétion de la femme, le niqab, lors de cérémonies officielles.

Qu'on soit inculte au point de ne pas savoir ce qu'est le féminisme n'aurait guère de conséquences, si on avait une réelle volonté de se battre pour l'atteinte de l'égalité, autrement que de simplement crier « *let's go*, vas-y » aux professionnelles diplômées qui travaillent autant que leurs pairs, mais gagnent 20 % de moins.

La pensée magique ne sera d'aucun secours pour rehausser la présence de femmes en politique, qui stagne depuis bientôt 20 ans, à l'Assemblée nationale, entre 25 et 30 %. Savez-vous pourquoi la proportion de femmes siégeant aux CA des sociétés d'État du Québec est passée de 27 % en 2006 à 50 % depuis 2012 ? Parce qu'on a dit « *let's go* » ? Non. Parce que l'État québécois s'était donné en 2006 un objectif contraignant. Il est temps de contraindre aussi les partis politiques à augmenter la proportion de leurs candidates féminines, comme l'ont fait plusieurs autres démocraties.

Être féministe en 2016, c'est s'indigner devant l'exploitation sexuelle, devant des politiques régressives qui s'abattent surtout sur des femmes. C'est vouloir encore changer les choses, déranger, forcer le jeu.

La drogue des lâches

Je ne décolère pas. J'ai d'abord lu les témoignages recueillis par ma collègue Josée Blanchette[10] sur l'utilisation du GHB, la drogue du viol, dans les bars. Puis, j'ai entendu d'autres témoignages. Je connaissais le phénomène. C'est son ampleur qui me sidère. « Je ne connais aucune fille qui ne s'est pas fait violer ou agresser, raconte une des victimes. Même chose pour le GHB. Toutes les filles l'ont vécu ou connaissent quelqu'un de proche à qui c'est arrivé. » Elles avancent un chiffre : « C'est 90 % de filles qui sont touchées. C'est pas un débat ! » Ce serait 5 % que ce serait déjà intolérable.

Mes coups de sonde confirment. C., 30 ans : « Pour avoir moi-même été droguée au GHB plusieurs fois (et parce que toutes mes amies l'ont été aussi), on sait que c'est un problème depuis une décennie. Je suis passée proche de me faire agresser une couple de fois, mais j'ai toujours eu l'avantage de traîner avec des gars, donc je suis un peu moins accessible et mieux protégée. Plusieurs amies se sont fait violer. »

V., 50 ans : « Perso, je connais deux filles qui se sont fait droguer, sans viol ou agression. Une qui s'est ramassée à l'hosto, l'autre qui s'est retrouvée à quelques coins de rue de chez elle, complètement perdue. » G., 25 ans, rapporte ne connaître personne qui s'en dise victime, même si les rumeurs abondent. Impossible, donc, de quantifier correctement le phénomène. Sa seule existence est scandaleuse.

---

10. Josée Blanchette, « SHOOTER ! », *Le Devoir*, 17 mars 2023, [https://www.ledevoir.com/opinion/chroniques/785693/chronique-shooter].

Que faire? « Je ne pense pas que si tu écris une chronique là-dessus, les gars vont dire: "Hé, dans *Le Devoir*, M. Lisée a dit que c'était pas correct, alors on s'abstient"! » C'est mon fils de 21 ans qui me parle ainsi. Comme quoi, chez nous, l'irrévérence est héréditaire. Mais il a raison. Il faut frapper extrêmement fort. Utiliser tous les leviers disponibles pour venir au secours de nos jeunes femmes et rendre ce comportement criminel, comment dire?, imbuvable.

On me rapporte que des vidéos très bien faites sur le consentement sont montrées dans les écoles. Mais face aux racailles, aucune explication logique ne tiendra. Les messages de prévention doivent se rendre à leur niveau: en bas de la ceinture. Je testerais les slogans suivants, qui devraient être affichés là où ils ne peuvent y échapper: au-dessus des urinoirs. « Le GHB, la drogue des lâches. » Je déclinerais: « Le GHB, la drogue préférée des *loosers* »; « Le GHB, pour ceux qui n'ont pas de couilles. »

Une seconde série porterait sur les conséquences de son utilisation. Pas les conséquences sur les filles... ils s'en balancent, de toute évidence. Mais sur eux. Gros plan sur un de ces jeunes mecs qui se remet d'une bonne gifle. Écrit en haut: « J'avais enfin une blonde, elle m'a claqué. » En bas: « Elle a su pour le GHB. Les filles se disent tout. »

Il y aurait aussi celle-ci, mettant en vedette un prisonnier bien baraqué et tatoué, à l'air salace, regardant droit devant. En haut, on lirait: « Avec le GHB, tu triches pour cinq minutes de sexe. » En bas: « Ensuite, tu es ma *bitch* pour cinq ans en dedans! »

Versant intimidation, il y aurait aussi: « Grâce au GHB, ta photo ici! », écrit au-dessus des photos d'arrestation – face, profil – d'accusés d'utilisation de la drogue du viol. La case du milieu laisserait place à un miroir.

La sensibilisation dans les écoles secondaires, cégeps et universités pourrait commencer par un visionnement de *Promising Young Woman*, où la protagoniste piège un à un les soûleurs et empoisonneurs de femmes, pour mieux les châtier. Ça leur donnera une bonne frousse (et des trucs aux filles). Il faut s'adresser aux autres jeunes hommes, les non-lâches, dont la réputation est une victime collatérale de ces comportements criminels, autrement plus graves pour les filles, évidemment. Mais leur colère doit servir de levier pour isoler, ostraciser, neutraliser les violeurs.

M., 24 ans, raconte : « Souvent, les hommes crient "pas tous les hommes!" quand on parle de culture du viol. Ils ont raison. Toutefois, le nombre d'hommes dangereux et d'hommes qui ferment les yeux devant les comportements de leurs amis est assez élevé pour que, pour ma propre sécurité, je doive me méfier et agir comme si c'était bel et bien "tous les hommes". »

Voilà comment les violeurs au GHB (et les autres) pourrissent la vie de toute la jeune faune qui aimerait flirter en paix et ne pas se tenir constamment sur ses gardes dans ces lieux où, par définition, on cherche l'insouciance et le plaisir.

D'ailleurs, ces publicités devraient être sociofinancées par un nouveau groupe, celui des gars insultés qu'on les prenne pour des lâches. Je propose : les Gars en Hostie contre les Barbares (bandits? bâtards? baveux?), les GHB contre le GHB.

Le ministre de la Sécurité publique devrait toutes affaires cessantes prendre ce sujet à bras-le-corps. En faire une question nationale. Pour commencer : obliger les bars à s'équiper de caméras de sécurité dernier cri. Notre génie de l'intelligence artificielle, Yoshua Bengio, devrait produire un algorithme permettant à ces caméras de repérer tout mouvement suspect de versement de substance dans un verre, prendre le cliché et le projeter sur les écrans du bar ! Et puis, ajoute C., « me semble que les bars pourraient être mieux outillés pour nous aider, pis c'est très vrai que le staff est souvent soûl, donc ça rend ça compliqué. »

Mon fil Twitter a-t-il senti ma colère à ce sujet ? Il m'affiche un texte sur une loi au Nigeria. Les violeurs y sont chirurgicalement castrés, et toute personne qui viole un enfant fait face à la peine de mort. Doit-on faire de même ici ? Je ne le propose pas. Je me contenterais de cinq ans de castration chimique pour un premier délit. Je suis parlable pour 25 ans en cas de récidive.

Ce qui nous permettrait de poser cette dernière affiche, au-dessus des urinoirs de bars : « Le GHB ? Si la castration vous intéresse ! »

Justice pour les femmes toxiques

C'est un mouvement qui, pour l'instant, n'a pas obtenu de mot-clic. Pas de *#balancetonporc* ou de *#MoiAussi*. Mais cela ne saurait tarder, car le nombre de cas suffit à faire tendance. Notre gouverneure générale, Julie Payette, dut quitter ses fonctions après qu'une enquête interne eut révélé qu'une centaine de témoignages faisaient état du « climat de terreur » que l'ex-astronaute faisait régner à Rideau Hall. Marie-Ève Proulx dut renoncer à son poste de ministre de la CAQ après que dix de ses employés eurent claqué la porte, pour cause de « gestion toxique » du personnel. La députée Marie Montpetit fut exclue du caucus libéral après que sa cheffe fut mise au courant de plaintes de harcèlement qui, a dit Mme Anglade, ne lui donnait d'autre choix que de larguer celle qui était son amie. Pascale Nadeau, la brillante animatrice au visage d'ange, a disparu de nos écrans à la suite de plaintes sur un comportement trop brusque, particulièrement envers ses jeunes collaborateurs.

Payette, Montpetit et Nadeau affirment n'avoir rien à se reprocher et crient à l'injustice. Proulx admet avoir « des torts, mais pas tous les torts ». Au moins, Proulx et Payette ont pu donner leurs versions des faits pendant l'enquête interne (Payette) ou une médiation (Proulx). Mais Montpetit et Nadeau ont été déchues sans jamais pouvoir connaître la nature des allégations. Pour Montpetit, aucun processus juridique ou parajuridique n'est en cours. Mme Anglade l'a éconduite sans même lui permettre de donner, en privé, sa version des faits. Sa cause n'a pas été entendue, mais sa sentence est tombée.

Il y a là un problème majeur de justice naturelle, une iniquité procédurale qui ne peut être tolérée. La protection de la confidentialité du plaignant ne peut justifier l'incapacité de l'accusée à se défendre. Bigre, même la plus célèbre de nos esclaves noires, Marie-Josèphe Angélique, exécutée en 1734 pour avoir provoqué un grand incendie dans le Montréal de l'époque, a eu le droit de confronter devant témoins chacun de ses accusateurs et de porter sa cause en appel.

Le fait est qu'à l'heure actuelle, les criminels et les agresseurs sexuels voient leurs droits mieux protégés par la procédure juridique que les personnes soupçonnées de harcèlement psychologique au travail. Puisque ces causes deviendront, c'est l'évidence, de plus en plus nombreuses, un coup de barre majeur s'impose et doit venir du législateur.

Une injustice historique

Je veux cependant attirer l'attention sur une injustice plus grande encore. Depuis des millénaires, des hommes de pouvoir ont pu déployer leur intransigeance, leur arbitraire, leur mauvais caractère sans coup férir. Engueulades, colères, coups et blessures, renvois injustifiés, discriminations caractérisées, sans parler bien sûr de l'exploitation sexuelle imposée aux subalternes, y compris dans l'Église. J'ai été informé, de mon vivant, que le lancer de cendrier était encore pratiqué par au moins un patron de presse.

Bref, les hommes toxiques ont eu des millénaires pour sévir. Pourquoi faut-il qu'au moment même où des femmes accèdent à des postes de pouvoir, on leur interdise ces coups de sang ? Je ne dis pas que ces comportements sont, ou ont jamais été, acceptables. Je ne fais que constater une iniquité de traitement. On peut arguer que la montée d'une juste intolérance envers ces climats de travail est justement consubstantielle à une féminisation du pouvoir, donc à une façon d'être plus apaisée, moins assaisonnée de testostérone. Je suis prêt à admettre que, à nombre égal, la proportion de patronnes toxiques soit plus faible que celle des patrons toxiques. N'empêche. Ceux-ci ont eu leur moment d'impunité. Celles-là, non.

Rétrospectivement, on en est réduits à ne pouvoir compter que sur les doigts d'une main les femmes toxiques qui ont eu droit à l'impunité. On en trouve trois en Grande-Bretagne. Elizabeth I, qui a régné de 1558 à 1603, terrorisait sa cour et son personnel, cassant le doigt d'une de ses dames de compagnie, sortant son couteau pour menacer ses serviteurs. La reine Victoria, au pouvoir de 1837 à 1901, était connue pour ses colères épiques. Son mari le Prince Albert, craignant le conflit, se contentait de lui passer des notes sous la porte de ses appartements. Margaret Thatcher, première ministre de 1979 à 1990, imposait son autorité à ses ministres (tous des mâles) en les engueulant sans retenue. Résister à une de ses tirades était une marque de bravoure. François Mitterrand disait d'elle qu'elle avait « les yeux de Staline, la voix de Marylin Monroe ». Une blague de l'époque résume l'ambiance : préparant le repas qui serait servi à une rencontre de cabinet, Mme Thatcher affirme vouloir du steak. « Et pour les légumes ? » demande le chef cuisinier. « Les ministres, répond-elle, mangeront aussi du steak. »

Les colères d'Indira Ghandi, première ministre de l'Inde de 1980 à 1984 étaient également célèbres. Dirigeant elle aussi d'une main de fer un conseil des ministres masculin, on la disait « le seul homme » du groupe. Pour contrôler les naissances, pendant une période noire de suspension des libertés, son gouvernement organisa la stérilisation forcée de six millions d'hommes.

Mais on ne trouve de trace de comportement toxique ni chez Golda Meir, première ministre d'Israël de 1969 à 1974. Ni chez Benhazir Bhutto, présidente du Pakistan de 1993 à 1996. Corrompue, oui. Colérique, non. Micheline Bachelet, au Chili, et Angela Merkel, en Allemagne : la placidité faite femmes. Et je puis témoigner de l'infinie patience de Pauline Marois.

Même la Grande Catherine, tsarine de toutes les Russies, fut une despote éclairée pendant 34 ans. Sa décision de faire assassiner un rival pouvant aspirer au trône était un calcul, courant dans les monarchies, pas un mouvement d'humeur. Et c'est à tort que les jaloux ont fait, en France, une réputation sanguinaire à la reine Margot, qui était au contraire une fine diplomate.

Tout cela pour dire que, côté règne de terreur, les femmes de pouvoir n'ont nullement abusé de leurs positions au cours des âges. Maintenant que leur nombre s'accroît de façon exponentielle, il eût été normal qu'on observe un rattrapage. Mais les irascibles n'auront pas cette opportunité.

Il eût fallu découpler dans le temps la généralisation de la prise de pouvoir par les femmes d'une part et la pacification des rapports de travail de l'autre. Un écart d'un siècle ou deux, il me semble, aurait été un minimum. Je sais, il n'y a pas de remède à cette injustice historique. Mais il fallait que ce soit dit. C'est fait.

La pub antiféministe du 8 mars

Au moment de souligner la Journée internationale des droits des femmes, le 8 mars 2022, comment pouvions-nous ne pas songer à la régression qui s'est déroulée sous nos yeux depuis le départ des forces américaines d'Afghanistan en septembre? On reprochera ce qu'on voudra à l'action des alliés, dont le Canada, mais notre présence aura au moins donné aux Afghanes deux décennies de liberté. Depuis, la chape de plomb islamiste leur interdit de sortir seules, de diriger des entreprises, de marcher la chevelure au vent. Dans la République islamique voisine d'Iran, l'année écoulée fut celle de la bravade. Régulièrement, les réseaux sociaux nous montrent des Iraniennes enlevant leur voile au risque d'être arrêtées par les gardiens de la pudibonderie obscurantiste locale. Sur les réseaux, les mots-clics *#ForcedHijab*, dénonciateur, et *#FreeFromHijab*, libérateur, ont pris de l'ampleur, ainsi que celui *#LetUsTalk*, qui vise aussi les musulmanes d'Occident.

Qu'auraient pensé ces femmes en voyant la publicité officielle diffusée par le ministère canadien Femmes et Égalité des genres? On y voit cinq femmes accompagnées du slogan «L'inspiration au féminin», dont une porte le voile islamique. Notez: pas n'importe quel voile. Pas celui, coloré, que portent des militantes et d'où sortent des mèches rebelles qui attestent, justement, d'une touche d'impertinence. Non. Le voile plus strict, avec le bandeau qui fait en sorte que pas un cheveu ne dépasse. Celui que préfèrent les imams rigoristes.

Bref, le ministère canadien spécialisé dans les droits des femmes, le jour où l'on célèbre les combats féminins planétaires, affirme qu'une femme voilée au cube représente «L'inspiration au féminin ». Invitée par *Le Devoir* à commenter cette pub, la professeure et militante féministe Nadia El-Mabrouk, d'origine tunisienne, lance avec colère : « À l'heure où les Afghanes se voient retirer tous leurs droits et sont condamnées à circuler sous un voile noir, cette propagande pro-voile est indécente. »

Une Canadienne qui incarne l'inspiration au féminin est Yasmine Mohammed. Forcée de porter le hijab à 9 ans, puis mariée de force à 20 ans, elle devait désormais porter le niqab. Elle a quitté son mari lorsqu'il a voulu infliger à leur fille une mutilation génitale. Cela s'est déroulé non pas à Bagdad, mais à Vancouver. Elle anime désormais le site Free Hearts, Free Minds[11], qui vient en aide aux femmes qui tentent de quitter une pratique islamique contrainte, dans le monde et au pays. « Quitter l'islam, écrit-elle, est passible de mort dans 12 pays musulmans. En plus de la répression de l'État, les apostasiées dans le monde musulman risquent l'isolement social, la violence, l'emprisonnement, la torture, le reniement et le meurtre. » Mohammed a écrit le livre *Unveiled. How Western Liberals Empower Radical Islam*, qui décrit sa propre expérience, fait la promotion des féministes oubliées, des femmes d'origines diverses, mais surtout musulmanes, qui se sont libérées du patriarcat religieux et qui témoignent de leur parcours.

---

11. Free hearts Free minds, « About us : Our stories », s.d., [https://www.freeheartsfreeminds.com/about.html].

Le voile contraint

En mars 2021, un Montréalais a été condamné pour avoir battu ses quatre filles, qui refusaient de porter le voile. Il menaçait de les tuer si elles n'obéissaient pas[12]. Un écho de l'assassinat de trois jeunes Montréalaises (et de leur belle-mère) en 2009 par leurs parents d'origine afghane, les Shafia, mécontents des comportements de leurs filles. Dans le continuum qui va de ces cas extrêmes, certes, mais locaux et contemporains, jusqu'aux femmes parfaitement libres et autonomes qui choisissent de porter fièrement le voile sans la moindre contrainte, il y a tout un espace difficile à jauger.

Le Dr Sherif Emil, directeur du service de chirurgie pédiatrique à l'Hôpital de Montréal pour enfants, a ouvert une petite fenêtre sur cette réalité en décembre. Il fut pris à partie pour avoir protesté dans un journal professionnel contre l'utilisation par celui-ci d'une photo montrant une enfant portant un hijab. « N'utilisez pas un instrument d'oppression comme symbole de diversité », a-t-il écrit, avant de subir une pluie d'insultes et de menaces.

Contrit, il a ensuite expliqué avoir voulu relayer le vécu d'une collègue médecin qui a été forcée à porter le hijab dès l'enfance et qui lui a décrit « comment cela a provoqué chez elle une souffrance psychologique qui a duré jusqu'à l'âge adulte[13] ». Depuis le début de cette controverse, le Dr Emil dit avoir reçu un nombre

---

12. Michael Nguyen, « Menaces de mort pour le port du voile », *Journal de Montréal*, 3 mars 2021, [https://www.journaldemontreal.com/2021/03/03/coupable-davoir-menace-de-tuer-ses-filles-si-elles-enlevaient-leur-voile].
13. Dr Sherif Emil, « CMAJ letter regarding the hijab: apologies and lessons », *Canadian Healthcare Network*, 23 décembre 2021, [https://www.canadian-healthcarenetwork.ca/cmaj-letter-regarding-hijab-apologies-and-lessons].

incalculable de témoignages de femmes lui confiant leur histoire. Toutes ces Canadiennes, écrit-il, « ne peuvent s'exprimer publiquement, car elles craignent des représailles personnelles ou professionnelles ». Ce simple fait, ajoute-t-il, « devrait en troubler plusieurs ».

L'image d'une enfant en hijab a d'ailleurs été employée par la Commission canadienne des droits de la personne en 2018. Le droit des enfants de ne pas se faire imposer de tels signes ne semble pas avoir été considéré par la Commission dans ce choix ni les récits de femmes musulmanes affirmant avoir mal vécu cette imposition.

Puisque cette dynamique du voile contraint existe au Québec et au Canada, que penser de la propension du gouvernement et des entreprises – et à l'hiver 2022, de la Fédération canadienne des municipalités – à choisir l'image de la femme voilée comme symbole par excellence de la diversité ? Ce choix renforce le discours patriarcal musulman en stéréotypant la bonne musulmane en musulmane voilée et en marginalisant la musulmane voulant se libérer de cette consigne religieuse.

Un choix discriminatoire

Il discrimine aussi les autres fois religieuses. Le tiers des Canadiens qui sont non croyants peuvent se reconnaître parmi les autres personnes représentées, la femme voilée étant rarement seule. Mais les deux tiers des Canadiens (et Canadiennes) affirmant un attachement religieux doivent constater que la seule religion en vitrine n'est ni celle de Jésus, de Yahvé ou du gourou suprême sikh, mais celle d'Allah. Qu'a-t-il fait pour obtenir une telle préséance ?

Dans un échange de courriels avec la responsable des médias au ministère canadien des droits des Femmes, j'ai voulu savoir si l'opportunité d'utiliser une femme voilée pour le 8 mars, l'année de la régression afghane, avait pesé sur la décision. On m'a poliment répondu que la politique était de représenter le plus fidèlement possible dans ces pubs la diversité canadienne. Motus, donc, sur l'Afghanistan ou l'Iran. J'ai ensuite voulu savoir sur quelles données se fondait le ministère pour déterminer qu'une femme sur cinq devait être représentée avec un hijab. La réponse a le mérite de la franchise : « *data was not used to inform the selection process* » (des données n'ont pas été utilisées pour alimenter le processus de sélection).

Comment conclure ? J'ai demandé à Yasmine Mohammed sa réaction à la publicité antiféministe canadienne du 8 mars. Voici sa réponse : « Je suis si fatiguée, Jean-François. Pour moi, c'est tellement personnel. Je ne sais pas quoi dire. Cela me brise le cœur. »

Hommes blancs médiocres

Édith Cresson fut nommée, en 1991, première femme à accéder à la fonction de première ministre de la République. Elle fut renvoyée pour incompétence caractérisée. Un jalon venait d'être franchi dans la quête de l'égalité des sexes. Compte tenu du nombre d'hommes blancs médiocres ayant occupé cette fonction auparavant, n'était-il pas temps qu'une femme blanche médiocre puisse également y sévir?

Les réjouissances doivent être assombries, cependant, pour cause de brièveté de mandat: 10 mois et 10 jours. Un record battu cette année par la première ministre britannique Liz Truss, dont l'incurie n'a pu se déployer que pendant 45 jours. Dans l'échelle du progrès de l'égalité, on peut donc noter que la médiocrité atteint désormais le sommet, peu importe le sexe (manque encore la couleur de peau et l'orientation sexuelle). Mais puisque l'incompétent Boris Johnson a, lui, mal gouverné le pays pendant trois ans, le biais systémique en faveur des hommes blancs médiocres est toujours actif, du moins pour ce qui concerne la durée.

On doit remercier la professeure de sciences politiques à l'Université Laval, Sule Tomkinson, d'avoir introduit l'expression «homme blanc médiocre» dans notre conversation nationale cette semaine. N'allez pas dire que les intellectuels n'ont pas d'influence sur la cité. Le thème est en vogue dans les milieux féministes depuis la parution il y a deux ans du livre *Mediocre. The Dangerous Legacy of White Male America*, de Ijeoma Oluo. La thèse se défend aisément. Le nombre d'idiots mâles et pâles qui ont peuplé les gouvernements, déclenché des guerres absurdes, vendu des produits dangereux, refusé des progrès élémentaires, provoqué faillites, oppressions et destructions est proprement incalculable. À l'inverse, une statistique s'impose : faire émerger nos élites à partir de 100 % de la population, donc incluant femmes et minorités, plutôt que de moins de 50 % garantit mathématiquement une plus grande qualité intellectuelle aux sommets.

Certes, des hommes blancs géniaux se sont imposés. George Washington, Thomas Jefferson, les Roosevelt, pour rester aux É.-U. Mais, au hasard, pas Donald Trump. De même, des hommes blancs non médiocres ont aboli l'esclavage, institué le suffrage universel, reconnu le droit de vote des femmes, entre autres progrès humains. Mais je m'égare.

Nous sommes dans le siècle de la montée en puissance des femmes et j'ai toujours été favorable aux politiques qui assurent une accélération de la tendance. Voilà ce à quoi servent les programmes d'accès à l'égalité en emploi : à accélérer le processus. Si les femmes occupent aujourd'hui la moitié des sièges aux conseils d'administration de l'État québécois, c'est qu'en 2006, le premier ministre Jean Charest a inscrit cet objectif dans la loi et l'objectif fut dépassé en cinq ans[14], une préférence à l'embauche ayant été donnée aux femmes, à compétence égale.

Était-ce vraiment le cas, demande-t-on ? Comment se fait-il qu'en cinq ans, on ait découvert qu'existait un bassin de femmes assez compétentes pour occuper ces fonctions ? Quelques médiocres

---

14. Secrétariat aux emplois supérieurs, « Politique concernant la parité entre les femmes et les hommes au sein des conseils d'administration des sociétés d'État », s.d., [https://emplois-superieurs.gouv.qc.ca/Secretariat/Index/4?msclkid=468f65b7b98d11ec99856ecc858f6c9a].

ne se sont-elles pas faufilées dans le lot? Ma réponse: je n'en ai pas le moindre doute. Mais compte tenu du nombre d'hommes blancs médiocres désignés à ces postes précédemment, voilà un coût de transition tout à fait raisonnable. Et puisqu'il nous force à choisir des hommes dans un bassin moitié moins grand, nous avons la certitude que moins d'hommes médiocres seront choisis qu'auparavant. Bref, en moyenne, le niveau monte.

Évidemment, toute bonne idée poussée à son extrême devient folle. Nous y sommes lorsque les généreuses Chaires de recherche du Canada sont désormais assujetties à des critères tels qu'en sont désormais exclus des candidats qui ont le tort de s'auto-identifier comme hommes blancs. C'était le cas pour une chaire en histoire de l'Université Laval, qui ne sera d'ailleurs occupée par personne, car aucun candidat non blanc de qualité ne s'est manifesté. L'historien, auteur et prof de cégep Frédéric Bastien a déposé une plainte devant la Commission des droits de la personne du Québec et du Canada contre l'Université Laval et le Programme des chaires pour discrimination, car il n'a même pas eu le droit d'y poser sa candidature[15]. Sa plainte serait irrecevable si le programme avait privilégié, même à 80 %, l'embauche de non-Blancs dans le but d'atteindre une juste représentation d'ensemble. Mais à 100 %, la coupe est, disons, pleine.

La professeure Sule Tomkinson, précitée, a réagi à cette plainte par ce *tweet*: «Je vous souhaite à tous de commencer votre

---

15. Marco Fortier et Anne-Marie Provost, «L'exclusion des hommes blancs d'appels de candidatures fait l'objet de plaintes», *Le Devoir*, 26 novembre 2022, [https://www.ledevoir.com/societe/772347/appels-de-candidatures-l-exclusion-des-hommes-blancs-d-appels-de-candidatures-fait-l-objet-de-plaintes].

semaine avec l'état d'esprit d'un homme blanc médiocre qui est convaincu qu'il mérite une chaire de recherche du Canada alors qu'il n'a publié que quelques livres non évalués par des pairs. » Mme Tomkinson est une enseignante primée, dont, apprend-on, « les pratiques en matière d'enseignement sont axées sur l'ouverture ». M. Bastien et plusieurs internautes ont jugé que l'accusation d'homme blanc médiocre semblait un tantinet éloignée de la définition généralement acceptée de l'ouverture. La professeure a fourni la non-excuse classique – elle est « désolée » que Bastien se soit « senti visé[16] » – et son message était, au moment où ces lignes étaient écrites, toujours sur son fil. Est venue à sa rescousse une autre enseignante, en géographie, de l'Université Laval, Adèle Garnier. Elle a enrichi le débat en écrivant que Bastien et ses soutiens étaient « méchants », « jaloux », « vieux » et « moches ». Le *tweet* a été retiré, mais pas avant qu'une des personnes visées, Mathieu Bock-Côté, ne réplique qu'il n'était, lui, ni jaloux ni vieux.

Ayant œuvré dans le milieu universitaire pendant une dizaine d'années (2003-2012), je puis attester qu'il est désormais impossible pour un homme blanc médiocre d'obtenir une chaire de recherche, tant les exigences universitaires sont devenues lourdes. Mais on est forcé de constater que, même en 2022, des femmes blanches enseignant à notre belle jeunesse dans une université québécoise se permettent d'étaler publiquement des arguments indubitablement médiocres.

---

16. Élisabeth Fleury, «"Homme blanc médiocre": Sule Tomkinson se dit "désolée" et s'explique», *Le Soleil*, 30 novembre 2022, [https://www.lesoleil.com/2022/11/30/homme-blanc-mediocre-sule-tomkinson-se-dit-desolee-et-sexplique-d024965824c1f 8e4354aaa06e9267c30/?nor=true].

L'enfer patriarcal de la CAQ

Je retiens de mes lectures féministes publiées autour du 8 mars 2023 que la Coalition avenir Québec (CAQ) défend une vision fondée sur la famille patriarcale, préférablement blanche, qu'elle se distingue par son mépris envers les bas salariés, le travail de soin et dont l'action « féministe » ne sert que les femmes occupant déjà des lieux de pouvoir.

Progressiste et féministe, je me suis demandé comment je n'avais pas moi-même constaté et dénoncé cette dérive ? Que faire ? Opérer un changement nécessite principalement deux ingrédients : prendre conscience de ce qui cloche, pour s'en détacher, et décrire comment un autre itinéraire est possible, pour le faire advenir. J'ai donc imaginé ce qu'aurait fait un gouvernement pro-femmes élu en 2018.

Simone de Beauvoir nous a appris qu'il n'y avait pas de libération de la femme sans indépendance économique. Mon gouvernement rêvé aurait donc agi avec force pour augmenter de façon plus importante qu'ailleurs les revenus des catégories d'emploi massivement féminines, notamment dans les soins. Les préposées aux bénéficiaires, où l'on trouve beaucoup de salariées issues des minorités visibles, auraient obtenu des hausses de 23 %.

On aurait conclu avec les infirmières un accord reconnu comme « historique » par leur syndicat en rehaussant jusqu'à 18 % les primes de soir et de nuit, étendant leurs responsabilités médicales et leur offrant d'autogérer leurs horaires. Pendant une pandémie, on leur aurait offert des primes de 12 000 $ à 18 000 $. On ferait aussi la guerre aux agences privées, comme le demandent les quatre principaux syndicats québécois, désormais tous, dans ce monde idéal, dirigés par des femmes.

Ce gouvernement rêvé n'oublierait pas les éducatrices en garderie, augmentant jusqu'à 18 % leur salaire. Il aurait surtout tourné le dos aux garderies privées en privilégiant partout les CPE. Au primaire et au secondaire, où l'on trouve une majorité de femmes enseignantes, il aurait rehaussé le salaire d'entrée de près de 15 % et aurait mobilisé les éducatrices scolaires pour leur prêter main-forte. Pour mener ces négociations ouvertement biaisées en faveur des femmes, ce gouvernement nommerait au Conseil du trésor une femme, oui, mais connue surtout pour ne pas se laisser intimider par les machos.

Hors du cadre de l'État, il aurait dès son arrivée annulé les hausses de tarifs de garderie du gouvernement patriarcal libéral et aurait haussé les allocations familiales, en bas de l'échelle, de 17 %. Les proches aidants – massivement des femmes – bénéficieraient aussi d'un soutien financier doublé. L'absurde décision antérieure de ne plus rembourser la procréation assistée serait annulée.

Sachant que parmi les personnes les plus pauvres, on trouve beaucoup de femmes, il aurait mené une politique économique permettant en quatre ans à 90 000 personnes de quitter l'aide sociale pour intégrer le marché du travail, soit le quart des prestataires aptes au travail.

Ce gouvernement déploierait un effort colossal – disons, un demi-milliard de dollars – contre les tares que sont les féminicides, la culture du viol et la masculinité toxique. Il réunirait un panel des meilleures femmes parlementaires et appliquerait ses recommandations unanimes pour mieux recevoir les plaintes, accompagner les plaignantes, créer un tribunal spécial en matière de violence conjugale. Il aurait attribué 100 % de la somme demandée par la Fédération des maisons d'hébergement pour femmes.

Il aurait lancé une campagne de publicité contre la violence envers les femmes, du jamais vu. Il aurait fait en sorte que le ministre de la Sécurité publique – chasse gardée masculine – soit une femme et nomme une femme directrice de la Sûreté du Québec. Elle introduirait, pour protéger les victimes, des « bracelets anti-rapprochement » pour empêcher les accusés d'intimider celles-ci.

Les budgets de lutte contre le proxénétisme et la traite des femmes, réduits par le gouvernement précédent, seraient rehaussés de 20 millions de dollars par an. De nouvelles escouades seraient créées et une campagne de sensibilisation des adolescentes sur les réseaux sociaux deviendrait virale, cumulant (on peut rêver!) 14 millions de vues.

Ce gouvernement serait très attentif aux notions patriarcales véhiculées dans l'éducation et dans l'État par des forces misogynes, notamment les religions monothéistes. Il évacuerait des classes les cours présentant comme anodins les signes religieux et ferait en sorte que des employés de l'État en autorité ne portent aucun signe de mouvements ou de religions qui tiennent les femmes pour inégales, modestes ou soumises.

La personne dirigeant ce parti imposerait que la moitié de ses candidats soient des candidates, quoi qu'en disent ses militants attachés aux archaïsmes patriarcaux. Il désignerait pour une partielle cruciale une infirmière syndicaliste noire, gigantesque doigt d'honneur aux partisans du statu quo. Il nommerait aussi une Autochtone ministre, une première.

Chers lecteurs, vous sachant très allumés, je sais que vous avez dès le début compris que je résumais ici les actions prises par le gouvernement Legault, dont je suis généralement extrêmement critique. La réalité est que, sauf pour l'intermède Couillard, depuis un demi-siècle, nos gouvernements se passent le relais pour améliorer concrètement la condition des femmes.

La CAQ figure en bonne place dans cette marche du progrès, d'autant qu'elle n'était nullement prédisposée à s'y investir à ce point. On peut et doit être plus exigeants encore. Mais je ne sais quelle cause on sert en déclarant qu'il y a reculs quand il y a progrès. En insultant ceux et celles, députés et ministres, qui ont depuis cinq ans concrètement rendu service aux femmes pauvres, sous-payées, violentées. Moi, je les applaudis et les encourage à faire mieux encore.

IV

La marée woke et la digue québécoise

Au nom des hommes et des femmes

J'ose sortir du placard. Je suis un homme. Voilà, c'est dit. Advienne que pourra. Je suis conscient que mon genre n'est pas valorisé par les temps qui courent. Pire, le fait d'être un homme ou une femme ne se déclarant pas d'une orientation autre qu'attirée par le sexe opposé ne fait pas recette. La tendance est au fluide, au non binaire, au trans, au non genré. (Oui, je vais parler des Gémeaux. Soyez patients, je me réchauffe.)

Remarquez, je ne dis pas que je suis cis ou cisgenre. Pour les retardataires, ce sont les mots qu'on nous propose pour qualifier notre condition d'hommes et femmes dont l'identité de genre correspond au genre assigné à la naissance. Il y a aussi «personne avec un vagin» et «personne avec un pénis». Ce qui permet d'inclure dans cette novlangue les hommes menstrués et enceints, dont l'existence affirmée justifierait qu'on oblitère de notre vocabulaire les dénominations désormais archaïques d'homme et de femme. Ne sont-ils pas précisément des hommes trans et des femmes trans?

N'ayant jamais été consulté au sujet de ces changements, je n'y adhère pas. Suis-je réfractaire au changement? Vous me savez indépendantiste, écologiste, social-démocrate, férocement opposé au capitalisme prédateur et aux inégalités de condition sociale, de sexe ou de race. J'ai plusieurs fois fait le défilé de la fierté gaie, plaidé et voté pour la reconnaissance de l'état civil des trans, passé ma vie à vouloir changer le réel. Pourtant, je n'adhère pas en soi à chaque changement qu'on nous propose. Ce n'est pas parce que c'est nouveau (exemple: les cryptos) que c'est du progrès.

Donc, on vient de nous annoncer qu'il n'y aura plus, aux Gémeaux, de prix de la meilleure actrice et du meilleur acteur[17]. Les prix des meilleurs chanteurs et chanteuses ont déjà disparu aux États-Unis. La contagion guette le prochain gala de l'ADISQ. Depuis cette annonce, j'entends plusieurs voix affirmer: « Pourquoi pas ? » On ne distingue pas par genre les réalisateurs, les preneurs de son, les scénaristes. Dans cette logique, les prix féminins et masculins seraient un reliquat du passé qu'il faudrait désormais limer.

La vraie raison est ailleurs. On supprime ces catégories parce qu'une partie de la population ne s'y reconnaît pas, soutient-on. Il y a au Québec, nous apprend Statistique Canada, une écrasante majorité de la population qui, dans le secret du recensement, ose encore se déclarer « homme » ou « femme ». Du 0,23 % restant, 0,14 % des répondants sont des trans qui se déclarent soit homme, soit femme[18]. C'est d'ailleurs le but de l'exercice trans : changer de catégorie. Il ne reste que 0,09 % de la population à se déclarer non binaire. Est-on d'ailleurs certain qu'une chanteuse queer refuserait d'être sacrée meilleure chanteuse de l'année ?

Bref, les catégories masculine et féminine disparaîtront dans l'éventualité où serait mise en nomination une personne issue de cette micropopulation. Si on tient à l'inclusion, pourquoi

---

17. Mathieu Paquette – La presse canadienne, « Place à des catégories non genrées aux Gémeaux », *Le Devoir*, 20 décembre 2022, [https://www.ledevoir.com/culture/ecrans/775205/place-a-des-categories-d-interpretation-non-genrees-aux-gemeaux].
18. Statistique Canada, « Le Canada est le premier pays à produire des données sur les personnes transgenre et les personnes non binaires à l'aide du recensement » (rapport), 27 avril 2022, [https://www150.statcan.gc.ca/n1/daily-quotidien/220427/dq220427b-fra.htm].

ne pas ouvrir une catégorie « meilleur premier rôle non binaire » et attendre le jour où il y aura suffisamment de candidats pour déclarer qui gagne ?

Je pose une autre question : « Pourquoi ? » Oui, pourquoi nous enlève-t-on le plaisir que procurent les prix féminins et masculins ? Pourquoi réduit-on de 50 % les chances de victoire des nommés ? Pourquoi retire-t-on du domaine public un des lieux où l'égalité des hommes et des femmes était établie, certaine, célébrée à chaque remise de prix ?

On donne davantage de place aux acteurs et aux chanteurs qu'aux cinéastes et aux monteurs, car ce sont eux, et elles, qu'on regarde et qu'on écoute, qui incarnent le drame et la comédie, qui portent l'émotion. C'est devant elles, et eux, qu'on passe des heures dans des salles obscures et devant le petit écran, qu'on se masse dans les festivals et les salles de concert. Ce sont leurs voix qui nous accompagnent dans nos salons et nos cuisines, en voiture et pendant le jogging.

Nous les savons portés par des équipes immenses et acceptons de patienter (soyons honnêtes) pendant que des prix sont donnés aux accessoiristes et aux magiciens des effets spéciaux. Mais ce sont ces hommes et ces femmes, compagnons et compagnes de nos vies quotidiennes, qui nous intéressent vraiment, pas leurs équipes. (À part Dolan et Villeneuve, évidemment.)

Mais, rétorquera-t-on, on a toujours mis les animateurs et animatrices dans la même case. Vrai, mais ils sont peu nombreux et jouent tous, en définitive, le même rôle. Ils ne vendent pas de rêve, ne nous emportent pas dans d'autres mondes.

Alors oui, c'est scandaleux, qu'on nous coupe notre plaisir en deux. Sur ma lancée, j'ose aussi affirmer que la célébration des chanteuses et des actrices, des chanteurs et des acteurs, est aussi un hommage à la condition de femme et d'homme, au talent, à la sensibilité, à la personnalité et à la beauté. Ces nominations, ce concours de présence sur les planches, à l'écran et en musique, sont des révérences faites à l'existence et à la différence de chacun des sexes. À la femme la plus extraordinairement femme et à l'homme le plus extraordinairement homme cette année-là, dans ce champ d'expression là.

On dit du communisme que c'est un humanisme qui a mal tourné. Une bonne intention, égalitaire, devenue cauchemardesque. La bonne intention d'inclusivité qui motive certains des changements qu'on nous impose doit-elle nous conduire à des adaptations qui répondent à ces besoins nouveaux ? La réponse est oui.

Mais la volonté de « non genrer » toute la société, même dans l'expression artistique, où s'incarne comme nulle part ailleurs la sensualité différenciée des sexes, la complémentarité des angles et des courbes, le choc de la virilité et de la féminité dans toutes ses nuances, n'est rien d'autre qu'une négation d'un aspect essentiel de la condition humaine. Un aller simple vers le déni du réel, vers une terrible homogénéisation, une volonté de limer les différences d'une des plus grandes expressions de la diversité qui soient : l'existence d'hommes et de femmes.

Harry Potter et la prisonnière d'Azka-Woke

Je tiens à prendre date, ici, maintenant, officiellement, et affirmer que je me sens personnellement privé d'un plaisir que je pouvais raisonnablement espérer parce que 1) les forces de l'intransigeance intellectuelle étendent leur empreinte et que 2) des institutions existant pour servir le public n'ont ni le jugement, ni la colonne vertébrale nécessaires pour résister aux assauts de l'absurde.

Je parle de l'absence de l'écrivaine J.K. Rowling de l'émission spéciale de près de deux heures de HBO sur les vingt ans du premier film de la série Harry Potter. Contrairement aux autres manifestations récentes de la Culture de l'annulation, que je dénonce régulièrement en tant que spectateur engagé, ce nouvel épisode m'atteint plus que tout autre. Parce que J.K. et Harry font partie de ma vie depuis trente ans. À la maison, pour mes enfants, la lecture de chaque nouveau livre de la série était un événement – on l'achetait le jour de leur sortie – et il était interdit aux plus jeunes de voir les films sans avoir lu les livres.

J'estime que J.K. Rowling est personnellement responsable du fait que mes enfants, comme des centaines de millions d'autres dans le monde, sont devenus des lecteurs d'habitude. J'estime que je lui dois des heures de plaisir et de découverte commune avec mes bambins, de débat, d'épouvante et de fous rires.

Dans une lettre ouverte que je lui adressais en 2007, je la remerciais pour avoir inculqué à toute une jeunesse le goût de se perdre dans une grande aventure, une saga complexe comme la vie, d'en discuter, d'échafauder des hypothèses, de débattre ensuite pour savoir si le film était ou non meilleur que le livre.

D'avoir surtout communiqué des valeurs, bonnes pour une vie entière. Ses personnages sont jeunes, un peu fantasques, mais loyaux, persévérants, débrouillards, altruistes. Leur rapport à l'autorité est complexe. Ils respectent le vieux sage, qui leur transmet – eh oui! – connaissances et compétences, mais apprennent que l'autorité peut se tromper et qu'il existe de justes rébellions. Il y a un important développement sur le racisme, aussi, sur la cohabitation des différences, sur la force de l'amour.

Personne n'a fait davantage que J.K. Rowling depuis Gutenberg pour faire vivre le goût de la lecture. Parmi les vingt romans les plus vendus de tous les temps, ses ouvrages occupent sept places. Elle devrait, pour ce seul exploit, recevoir un prix Nobel de littérature.

Pourtant, elle n'apparaît que furtivement, via des images d'archives, dans la célébration télévisuelle de son œuvre. Elle a été invitée, affirme HBO. Elle a décliné, a-t-elle fait savoir. C'est un pas de danse de relations publiques pour cacher l'éléphant trans dans la pièce: la controverse que sa présence aurait provoquée dans cette fête qui n'existe que grâce à son imagination. Car, voyez-vous, Rowling a eu le tort, depuis quelques années, d'avoir exprimé son désaccord, non avec les droits des personnes trans, qu'elle appuie, mais avec certaines de leurs revendications. Leur proposition voulant qu'on ne doive plus dire « des femmes », mais « des personnes menstruées ». Qu'on permette à des femmes trans encore dotées de pénis d'aller dans des toilettes pour femmes (Rowling a avoué avoir été victime d'agression sexuelle, d'où sa réticence) ou qu'elles participent à des équipes sportives féminines, malgré une carrure et un degré de testostérone que peu de femmes nées femmes peuvent atteindre. Que la distinction entre sexe et genre disparaisse complètement. Elle a publié ici un essai nuancé et informé[19] qui vaut la peine d'être lu.

Ce sont des débats. On trouve des arguments forts dans chaque camp. Mais pour une partie des activistes trans, toute réticence face à un élément de leur cahier de revendication constitue, non un désaccord fâcheux entre gens raisonnables, mais une trahison, de la transphobie, un affront insupportable à leur dignité. Et cela justifie d'envoyer à l'auteure déviante suffisamment de menaces de mort pour qu'elle puisse en tapisser sa maison, dont l'adresse est publiée par les manifestants qui viennent l'enquiquiner à demeure, comme en novembre dernier. (Un internaute leur a suggéré d'aller plutôt occuper le quai 9 ¾ de la gare de King's Cross.) Le réflexe outrancier s'est exporté aux États-Unis, où la vingtaine d'équipes de sportifs jouant au Quidditch, jeu inventé par Rowling pour l'univers de Potter, ont annoncé le mois dernier qu'elles changeraient le nom du jeu pour se dissocier d'elle. (Il y a un tournoi international de Quidditch depuis plusieurs années, et des équipes dans une quarantaine de pays. On compte environ 20 000 joueurs dans le monde.)

De tout temps, on a retrouvé cette intransigeance maximaliste à la marge de mouvements de réforme. Pour certains dans le mouvement ouvrier, ceux qui étaient contre la révolution étaient des suppôts du capital. Pour certains fédéralistes, on aurait dû prendre les chefs indépendantistes, en soi. Pour certains indépendantistes,

---

19. Joanne Rowling, «J.K. Rowling Writes about Her Reasons for Speaking out on Sex and Gender Issues», 10 juin 2020, [https://www.jkrowling.com/opinions/j-k-rowling-writes-about-her-reasons-for-speaking-out-on-sex-and-gender-issues/].

des élus francophones à Ottawa étaient des « collabos ». Pour certains militants antiracistes, soulever des doutes sur le concept de racisme systémique est, en soi, une expression de racisme. La seule sage réponse est d'ignorer ces dérives et d'appuyer la cause ouvrière, fédéraliste, indépendantiste, antiraciste et trans pour leur valeur intrinsèque.

Le problème est qu'au Royaume-Uni, pays qui nous a pourtant donné la première démocratie moderne, l'*habeas corpus* et le *fair play*, une position intransigeante développée par des porte-parole autoproclamés d'une population trans estimée, au total, à moins de 0,6 % des humains est devenue un courant de pensée quasi dominant. Les principaux acteurs de la série Potter – Daniel Radcliffe (Harry), Emma Watson (Hermione), Rupert Grint (Ron) – ont dénoncé les propos de celle qui en a fait des stars internationales. Ils auraient pu exprimer leur désaccord tout en défendant le droit de Rowling de défendre un point de vue différent, mais respectable. Ils ont plutôt succombé à l'air ambiant de la rectitude. Leur présence aux côtés de Rowling dans le spécial d'HBO, même à deux mètres de distance, aurait donc fait l'événement, relancé la controverse.

Mon avis ? Eux – Radcliffe, Watson, Grint – auraient dû, avec les producteurs de HBO, faire front. Déclarer que cette réunion ne pouvait avoir lieu qu'en présence de la personne sans laquelle elle n'aurait pas raison d'être. Que les désaccords entre gens raisonnables sur des questions clivantes ne doivent en aucun cas oblitérer la camaraderie et la reconnaissance. Si les principes et le courage n'étaient pas suffisants pour susciter chez eux un sursaut de bon sens, un autre réflexe aurait pu jouer, en dernier ressort. Le fait que les films aient enrichi personnellement Grint

(Ron) de 60 millions de dollars américains, Watson (Hermione) de 70 millions, Radcliffe (Harry) de 110 millions, et fait réaliser à WarnerMedia (propriétaire de HBO) un profit net, jusqu'ici, de plus d'un milliard de dollars aurait dû éveiller, au moins, le réflexe primaire qu'on nomme crûment « la reconnaissance du ventre ».

Peut-on imaginer que Shakespeare ou Picasso vivants, on organise un hommage de leur œuvre en leur absence, pour cause de propos controversés ? Et Dieu sait que, dans le cas de Picasso, la matière ne manque pas.

La normalisation de l'intransigeance dans le monde anglo-saxon (et son exportation chez nous) fait donc en sorte qu'au lieu de célébrer joyeusement l'auteure d'une œuvre marquante du monde moderne, tous ceux qui lui sont reconnaissants doivent au contraire vivre un regret, une frustration, dans mon cas une froide colère. Voilà pourquoi, par les présentes, je dépose projet.

* * *

La publication de la version courte de ce texte a provoqué beaucoup de réactions, globalement positives, mais, évidemment, quelques condamnations pour transphobie.

Sur l'impact positif dans la vie des jeunes de l'œuvre de Rowling, je retiens ces messages qui m'ont été envoyés sur ma boîte personnelle et que je reproduis sans y indiquer le nom des auteurs.

> Je suis entièrement d'accord avec vous. J'ai été témoin comme responsable de l'animation dans une bibliothèque publique de la frénésie pour les romans de J.K. Rowling. Des enfants

qui ne lisaient pas se sont mis à la lecture de romans d'une qualité d'écriture exceptionnelle. Des parents m'avouaient avoir hâte que les enfants se couchent pour mettre enfin la main sur le roman. Je n'ai jamais vu un tel engouement de lecture partagé entre les enfants et les parents.

*

Moi aussi, cette mise à l'écart de notre société d'une auteure qu'on devrait célébrer me scandalise et me chagrine.

*

Je veux vous raconter une petite histoire relativement à votre article dans le journal de samedi portant sur Harry Potter.

Je suis le grand-père de jumeaux, une fille et un garçon. La petite fille était une étoile filante et dominait vraiment son petit frère. Première de classe, elle excellait dans tous les sports. Lui, débonnaire, la tuque tout croche, le manteau mal boutonné, les livres tombant du sac, semblait heureux dans l'ombre de sa sœur. Aucunement intéressé par les sports, son père grand sportif lui portait peu d'intérêt.

En troisième secondaire, il avait de la difficulté à lire. Son passe-temps favori était la TV. Comme grand-père, je l'aimais beaucoup, mais j'étais un peu découragé.

Un jour j'ai décidé de m'en occuper. J'ai commencé à lire avec lui. Tranquillement tous les jours, je me rendais chez lui et je lisais avec lui des livres d'enfants. Il faisait rapidement des progrès. Un jour, j'ai commencé à lire Harry Potter avec lui. Ce fut une explosion. Il se mit à lire avec avidité tous les livres d'Harry Potter. Ils les connaissaient par cœur et le plus grand plaisir que je pouvais lui faire était de regarder les films d'Harry avec lui. Il m'expliquait tout.

Devant ce grand intérêt pour la lecture, je l'amenais à la librairie toutes les semaines. Il choisissait les livres qu'il voulait. Sans ami, les livres étaient devenus pour lui des amis. Il termina son primaire sans grand éclat. Il commença son secondaire à l'école Saint-Sacrement de Terrebonne, école privée très réputée. Ce fut une explosion. Sans ami au primaire, il devint personnalité de l'année en secondaire 1 et ainsi de suite jusqu'à la fin de son secondaire.

Il devint président en secondaire 5 de tous les élèves et rafla presque tous les prix. Dans une remise de prix pour personnalité de secondaire 4, on a même dit qu'il avait changé l'école à son image. Il est aujourd'hui en deuxième année de médecine.

Je vous dis tout cela parce que son intérêt pour la lecture a été éveillé par les livres d'Harry Potter. Tous ces livres ont nourri son imagination et on fait exploser sa personnalité. Comme vous, je pense que tous les jeunes dès 10 ans devraient se mettre à lire des livres de J.K. Rowling. En tous les cas, je pense que ces livres ont sauvé mon petit-fils. Mme Rowling est un génie. Et les petits acteurs qu'elle a rendus millionnaires devraient se souvenir qu'il ne serait [sic] probablement pas grand-chose sans elle.

Merci.

Les adieux de la CBC à l'objectivité

Vous êtes employé, cadre, d'une grande entreprise. Vous êtes professionnel, respectez les lois et les codes d'éthique. Si vous chérissez des opinions non conformes aux vents dominants, vous les gardez pour vous. Mais vous voici placé devant une décision difficile. Votre entreprise vient d'envoyer à tous ses salariés un courriel les invitant à la suivre, à l'heure du lunch, pour exprimer leur soutien à une cause noble, mais politiquement chargée : la réconciliation avec les Autochtones. Votre patronne y sera. Vous présenter à la marche, arborer un chandail orange, symbole de la journée, vous mettre même dans le champ de vision de la patronne serait judicieux dans le jeu de l'accumulation de bons points en vue de promotions futures. Vous absenter risquerait, au contraire, de figurer à votre colonne « débit ». Qu'a-t-il contre les Autochtones, celui-là, pourrait-on se demander en haut lieu ?

C'est le dilemme qu'a imposé fin septembre à ses subalternes du siège social d'Ottawa la présidente de la CBC/Radio-Canada, Catherine Tait[20]. L'invitation était également adressée aux membres des services de l'information. Ils pensaient jusque-là que, s'ils devaient être présents lors de mouvements sociaux, ce serait pour prendre en note les slogans scandés, pas pour les concevoir et les entonner. Plusieurs s'en sont plaints à des collègues journalistes d'autres médias, sous le couvert de l'anonymat.

---

20. Annabelle Caillou, « Une invitation à marcher crée un malaise chez CBC/Radio-Canada Ottawa-Gatineau », *Le Devoir*, 30 septembre 2022, [https://www.ledevoir.com/culture/medias/760173/medias-radio-canada-invite-ses-employes-a-participer-a-une-marche-pour-la-reconciliation].

Ces journalistes n'ont peut-être pas suivi avec suffisamment d'attention le repositionnement opéré par leurs patrons depuis deux ans[21]. Au lendemain de l'assassinat de George Floyd, le rédacteur en chef des nouvelles au réseau anglais, Brodie Fenlon, a signalé qu'il y aurait un avant et un après. « Nous avons entendu les reproches, qui ne sont pas nouveaux, selon lesquels notre interprétation des normes et pratiques journalistiques de la CBC est si rigide qu'elle peut museler au sein de l'organisation des voix importantes et des expériences vécues. Nos définitions de l'objectivité, de l'équilibre, de l'équité et de l'impartialité – et notre insistance pour que les journalistes n'expriment pas d'opinions personnelles sur les sujets que nous couvrons – vont-elles à l'encontre de nos objectifs d'inclusion et d'appartenance à la communauté et au pays que nous servons[22] ? »

Il faut démêler deux impératifs. Que les salles de nouvelles et les directions soient composées d'un personnel qui reflète approximativement la composition de la population est une chose nécessaire. Cela modifie le point de vue, l'angle d'approche, l'ordre des priorités dans la couverture, les rapproche de la diversité et de la complexité du réel. Bravo. Mais qu'on invoque le droit des journalistes d'exprimer des opinions ou d'aborder les enjeux

---

21. Stéphane Baillargeon, « Pause de commentaires salvatrice ou sacrilège ? », *Le Devoir*, 17 juin 2021, [https://www.ledevoir.com/culture/medias/611571/medias-pause-de-commentaires-salvatrice-ou-sacrilege].
22. Brodie Fenlon, « On George Floyd's death, journalism and inclusive newsroom », *CBC News*, 8 juin 2020, [https://www.cbc.ca/news/editorsblog/george-floyd-editor-note-1.5603018].

à partir de leur vécu[23] pour déroger à la recherche d'objectivité et de neutralité n'est rien moins qu'une insulte à la mission journalistique. Insulte aussi au droit des auditeurs et téléspectateurs de forger leur propre opinion à partir des faits exposés.

Les dégâts sont évidemment déjà visibles. La suspension de l'excellente Wendy Mesley[24], coupable d'avoir prononcé, dans une rencontre de travail, le titre du livre de Pierre Vallières, *Nègres blancs d'Amérique*, n'en fut que le premier signe. La décision de la direction de la CBC de s'excuser que des journalistes de la radio francophone aient commis le même forfait en est le plus récent.

En voici un autre: pendant le blocage des camionneurs, à Ottawa, une journaliste de la CBC, Omayra Issa, a écrit ce *tweet*: «*White rage on full display. As always, it undermines safety, lives, institutions, ideals.*» (La rage blanche s'affiche en grand. Comme toujours, elle porte atteinte à la sécurité, aux vies, aux institutions, aux idéaux.)

Réduire à la «rage blanche» une manifestation anti-mesures sanitaires, où sévissaient, à la marge, des personnes racistes, équivaut à définir comme «anarchiste» une manifestation sur le climat parce que des Black Block s'y sont infiltrés. C'est un peu comme si un journaliste de Radio-Canada, couvrant une manif

---

23. Stéphane Baillargeon et Étienne Paré, «Diversité et inclusion: malaise au sein de CBC/Radio-Canada», *Le Devoir,* 9 juillet 2022, [https://www.ledevoir.com/culture/medias/731844/medias-diversite-et-inclusion-malaise-au-sein-de-cbc-radio-canada].
24. Étienne Paré, «Le mot en n et les deux solitudes», *Le Devoir,* 5 juillet 2022, [https://www.ledevoir.com/culture/medias/730044/medias-le-mot-en-n-et-les-deux-solitudes].

d'appui à Dawson, écrivait sur Twitter : « Le privilège anglo en pleine action. » Combien de minutes aurait-il fallu avant qu'il soit sanctionné ?

Une citoyenne, Isabelle Laporte, a porté plainte, en français, à la CBC. La maison lui a répondu, en anglais, au nom du rédacteur en chef, Fenlon[25]. Cela commençait bien : « Il est important que les journalistes se gardent d'exprimer des opinions au sujet de questions controversées. » Puis, ça a dérapé : « Omayra est aussi, cependant, une reporter qui reçoit régulièrement des messages haineux à cause de sa couleur de peau, donc sa réalité constitue une expérience de vie et un point de vue qui sont importants, même si davantage de contexte aurait dû être offert. » Elle a d'ailleurs retiré son *tweet*, pour « éviter plus de confusion ». En clair : parce qu'elle est noire et l'objet d'insultes, elle peut qualifier une manifestation de « rage blanche ». Elle est donc libre de récidiver, pour peu qu'elle étoffe un peu mieux son propos.

Ce n'est pas tout. Mme Laporte notait dans sa plainte qu'une accusation de rage blanche envers des manifestants était, de façon inhérente puisque liée à la couleur de leur peau, raciste. Elle a eu droit à un sévère rappel à l'ordre de la CBC sur le dogme désormais en vigueur en ces lieux : « Un reporter Noir qui dénonce le racisme d'un groupe de personnes blanches n'est pas du racisme. » (Notez qu'à la CBC, les mots Noirs et Autochtones ont droit

---

25. Isabelle Laporte, (gazouillis), 25 septembre 2022, [https://twitter.com/ilaporte/status/1574061034092077057?s=20&t=4dd0_H6iiaiaiJ4uNZpbtg].

à des majuscules, mais pas le mot blanc[26]. Avertissement : ce n'est pas du racisme, c'est parce qu'il n'y a pas « d'histoire blanche ou de culture blanche ». Au service français de Radio-Canada, comme au *Devoir*, on pratique plutôt l'égalité des majuscules.)

Face à ce qui ne peut être considéré que comme une grave dérive, il faut souligner à quel point les collègues du secteur français de Radio-Canada résistent. Même les têtes d'affiche osent s'opposer, à visage découvert, à ce qu'ils estiment à bon droit être une trahison de leur devoir d'information[27]. Parmi les résistants, on compte plusieurs journalistes issus de la diversité québécoise.

Au Canada anglais, l'auteur et éditeur Jonathan Kay est en quelque sorte devenu le pourfendeur en chef des progrès du wokisme institutionnel. Il écrivait récemment sur son fil : « Les Canadiens français sont les adultes dans la pièce pendant que la CBC se transforme en journal étudiant. »

---

26. Kashmala Fida Mohatarem, « Black with a capital "B" : Why it took news outlets so long to make a change that matters to so many », *CBC News*, 20 juillet 2020, [https://www.cbc.ca/news/canada/capitalizing-black-style-1.5626669].
27. Collectif, « Il faut désavouer la décision du CRTC », *La Presse*, 4 juillet 2022, [https://www.lapresse.ca/debats/opinions/2022-07-04/mot-en-n-a-radio-canada/il-faut-desavouer-la-decision-du-crtc.php].

Et maintenant : l'endoctrinement

Les fonctionnaires fédéraux ont-ils droit à la liberté de conscience ? Pour peu qu'ils soient respectueux des normes et des lois et de leurs collègues de travail, ont-ils droit à leurs propres opinions sur l'histoire de leur pays et sur l'état des relations raciales ? La réponse est désormais non. Il existe une doctrine d'État que les fonctionnaires doivent apprendre et internaliser, quelles que soient leurs expériences de vie ou leurs visions du monde.

Un document fédéral officiel obtenu par le *Toronto Sun* grâce à la Loi sur l'accès à l'information est à la fois fascinant et scandaleux[28]. Il s'agit du *Parcours d'apprentissage dans le cadre de la lutte contre le racisme*. La chose irait de soi si l'apprentissage en question portait sur les pratiques discriminatoires à éviter, les bienfaits des politiques d'accès à l'égalité, les normes, les recours et les sanctions. Mais le document s'attaque aux opinions qu'on peut avoir – et qu'on ne doit pas avoir – sur les causes, l'histoire et la définition du racisme. Les participants sont appelés à « apprendre, désapprendre et réapprendre ».

Par exemple, peut-être avez-vous la conviction que le Canada fut fondé sur une volonté de créer un pays distinct de l'expérience états-unienne, mettant en équilibre les intérêts de plusieurs anciennes colonies, dont le Québec francophone, et voulant maintenir un lien fort avec la couronne britannique ? Peut-être pensez-vous que, parmi les graves imperfections du pays,

---

28. Brian Lilley, « Feds' anti-racism training deals with political agendas, nothing else », *Toronto Sun*, 8 avril 2021, [https://torontosun.com/opinion/columnists/lilley-feds-anti-racism-training-deals-with-political-agendas-nothing-else].

il y eut la mauvaise part faite aux Autochtones et des pratiques répréhensibles envers des minorités de couleur?

Si vous jugiez que, contrairement à l'impact structurel de l'esclavage dans l'histoire états-unienne, ces événements malheureux ne constituaient pas l'essence même de l'existence du Canada, l'État canadien vous rabroue officiellement. Vous êtes porteurs d'un «mythe» et de «déformation des faits historiques» qu'il faut désapprendre. La réalité, présentée comme un «fait» qui n'est pas ouvert au débat, est que le racisme est au cœur de l'expérience canadienne, un de ses fondements. L'existence même du Canada est une agression.

Trudeauiste bon teint, peut-être oserez-vous faire valoir que le multiculturalisme est une politique officielle depuis un demi-siècle et que le Canada est en passe de s'affranchir de son passé honteux? Vous avez tort. Je cite:

> Chaque institution était et est toujours utilisée pour prouver que la race existe et pour promouvoir l'idée que la race blanche est au sommet de la hiérarchie des races et que toutes les autres lui sont inférieures.

Chaque institution était, et est toujours, en 2021, raciste. Et si vous tiquiez devant le concept de racisme systémique, cramponnez-vous, car la doctrine officielle a franchi un nouveau cap. Le document décrit ainsi la situation actuelle du racisme canadien: «Un groupe a le pouvoir de pratiquer une discrimination systématique au moyen des politiques et pratiques institutionnelles.» Oui, on est passés de systémique à systématique.

La doctrine vous rabroue doublement si vous osez procéder à des comparaisons avec les États-Unis sur le nombre des victimes ou sur l'intensité du dommage causé. Le document est explicite : « Le racisme est tout aussi grave au Canada. » Fin de la discussion. C'est un dogme.

Il y est aussi question d'esclavage, et le document prend bien soin d'indiquer que ce fléau fut répandu au Canada, y compris en Nouvelle-France, ce qui est vrai. Les fonctionnaires qui l'ignoraient peut-être sont aussi informés que les Autochtones furent victimes de l'esclavage. Mais le document omet de signaler que les nations autochtones pratiquaient l'esclavage entre elles avant l'arrivée des Européens, et après, et qu'elles ont participé à la traite des Noirs sur le continent. Je souhaite bonne chance au fonctionnaire qui oserait soulever ce fait historique lors d'une formation.

Puisque le racisme est défini étroitement, comme l'oppression d'une race par une autre, et jamais d'une ethnie par une autre, il n'est nulle part question du fait que les Britanniques, des Blancs, ont voulu déporter d'autres Blancs, des Acadiens, ou que les Canadiens français furent pendant deux siècles victimes de discrimination. Le colonialisme est un élément fondateur du pays (c'est incontestable), mais pas la Conquête (c'est loufoque). Notons que l'antisémitisme est aussi passé sous silence, un angle mort problématique dans la culture *woke*.

On y parle évidemment du privilège blanc, qui peut être personnel, institutionnel ou structurel, intentionnel ou non. Tous les fonctionnaires blancs doivent donc apprendre qu'ils sont, par défaut, coupables de racisme. C'est dans leur nature. Le caractère univoque et culpabilisateur de la formation est à couper le souffle.

Prenons un instant pour réfléchir à l'existence même de ce document officiel.

Nous avions entendu Justin Trudeau déclarer à plusieurs reprises qu'il avait, lui, la conviction que toutes les institutions canadiennes étaient coupables de racisme systémique. Il est rare que le premier ministre d'un pays accable ainsi la totalité des institutions qu'il a pour charge de diriger, de représenter et, au besoin, de réformer.

Mais bon, c'était son avis personnel. Que ces notions soient débattues dans les universités, dans les panels, à la radio ou dans les journaux est une chose. Mais il ne s'agit plus désormais d'opinions discutables parmi d'autres. Les fonctionnaires fédéraux sont désormais contraints de participer à des formations où on leur dit que cette vision du monde est la bonne, que c'est la ligne juste, et que s'ils pensent autrement, ils doivent désapprendre, pour mieux apprendre. Il s'agit ni plus ni moins que d'endoctrinement.

On voudrait savoir qui a décidé que la théorie critique de la race était devenue doctrine d'État ? À quel moment et dans quel forum ? Qui a acquiescé à cela ? Et surtout, comment infirmer cette décision absurde qui est une atteinte frontale à la liberté de conscience ?

Pourquoi le Québec n'est-il pas un *safe space* pour les *wokes*?

Pour certains d'entre vous, des précisions de vocabulaire sont nécessaires. D'abord, il faut que vous sachiez qui sont les *wokes*. Du mot anglais éveillé, *woke* signifie que vous êtes désormais renseignés et attentifs à la condition des minorités, raciales ou de genre, et que vous faites de leur combat votre combat, ce qui est en soi une très bonne chose. Le terme suggère que nous étions tous collectivement aveugles et sourds, ou plutôt endormis, face à ces causes et que nous vivons un éveil des consciences ce qui, lorsqu'on observe l'extraordinaire progression des droits civiques, des femmes, des gays depuis les années soixante jusqu'à l'apparition du mot *woke* est, en soi, un gigantesque déni de l'histoire.

Un *safe space*, maintenant, signifie un endroit où les *wokes* et les personnes opprimées sont entre eux, notamment dans les universités, donc n'ont pas à subir des opinions qui sont contraires à leurs valeurs et qui pourraient les blesser, ni même la présence d'hommes ou de personnes blanches. C'est, disons, la ségrégation positive!

Évidemment, toute bonne chose, poussée à l'excès, devenant caricature, une frange radicale, aussi appelée les Guerriers de la justice sociale, ne se contente pas de faire la promotion des droits des minorités et des opprimés, mais a développé un système de pensée qui rejette comme une trahison inacceptable toute déviation ou toute mise en question des théories même les plus excessives en la matière.

Pourquoi affirmer que le Québec résiste davantage qu'ailleurs à ce phénomène ? Examinons trois cas.

La liste de lecture de François Legault

En novembre 2020, dans le cadre d'une campagne de promotion de la lecture, l'Association des libraires du Québec publie régulièrement sur les réseaux sociaux les listes de lecture de personnalités. Il le fait pour celle du premier ministre François Legault, où l'on retrouve un ouvrage de Mathieu Bock-Côté. Assaillie de critiques, l'Association retire sa publication. Oui, car pour certains, puisque François Legault et un de ses auteurs favoris, Bock-Côté, refusent le concept dominant chez les *woke* de racisme systémique, ils sont nécessairement racistes et leur simple présence sur un site de libraires ou une liste de lecture est une atteinte à la nouvelle bienséance idéologique.

Mais ce retrait de la publication provoque un tollé dans l'opinion publique, les accusations de censure fusent. L'Association se ravise et remet la liste de lecture du premier ministre en ligne.

Dans une lettre publiée dans les jours suivants, les outrés affirment que la présence de MM. Legault et Bock-Côté, « contribue à la normalisation des discours haineux contre les personnes racisées ». Vous savez peut-être que le premier ministre a plusieurs fois dénoncé le racisme, mis sur pied un comité chargé de lui recommander un plan d'action et désigné un ministre responsable de la lutte au racisme. Il récuse cependant le concept de racisme systémique. On peut être en désaccord avec lui, mais les *wokes* en tirent la conclusion que le refus d'adhérer au concept constitue, non une façon différente de lutter contre le racisme, mais,

une banalisation du racisme qui donne lieu à des violences envers nos camarades racisé·e·s. Ces violences affectent l'ensemble de la société et nourrissent un climat général hostile et violent.

Bref, on est loin du serein débat entre points de vue opposés, mais respectables. Les opinions de M. Legault ne sont pas seulement incorrectes ou, comme on dit en ces milieux, problématiques. Elles conduisent, selon cette lecture, à la violence. On en est là.

L'extraordinaire ressac provoqué par cette affaire montre combien l'opinion publique québécoise, y compris l'opinion de beaucoup de ses influenceurs progressistes, est réfractaire à ce type de discours. J'en viens à mon second cas de figure.

Le mot interdit à l'université d'Ottawa

Toujours à l'automne 2020, une professeure de l'Université d'Ottawa, Verushka Lieutenant-Duval a voulu donner un cours sur la réappropriation des insultes par les personnes visées, qui en détournent le sens pour en faire un signe d'affirmation. Elle a donné l'exemple du mot *queer*, hier dérogatoire, devenu expression de fierté. Puis elle a nommé le mot *nègre*, repris par des Noirs entre eux comme expression d'amitié. Elle fut brièvement suspendue, dénoncée et harcelée.

En octobre 2020, la maison Léger a demandé aux Canadiens de choisir entre deux affirmations : protéger à tout prix la liberté des expressions à l'université, ou limiter la liberté et proscrire certains mots, sans égard au contexte qui peut offenser certains groupes.

Partout au Canada, on n'a guère trouvé plus de 25 % de citoyens d'accord pour proscrire des mots offensants, 75 % étant d'opinion inverse. Mais c'est au Québec que les anti-corps anti-*wokes* sont les plus enracinés. Seulement 14 % des Québécois étaient favorables aux restrictions, 86 % affirmant qu'il fallait protéger à tout prix la liberté d'expression.

Ce qui n'empêche pas les guerriers de la rectitude de faire des progrès. Une commission scolaire anglophone de Montréal a fait gommer dans un recueil le mot problématique figurant dans le titre du livre de Pierre Vallières : *Nègres blancs d'Amérique*.

Reste qu'au Québec, la levée de boucliers favorable à la libre circulation des idées offre une remarquable robustesse. Des plumes respectables, mais qui montraient des signes de rectitude politique ont envoyé le signal qu'il y avait une limite. À *La Presse*, l'éditorialiste François Cardinal et le chroniqueur Yves Boisvert, qui s'opposent notamment à la loi sur la laïcité et font la promotion du concept de racisme systémique, ont exprimé avec force leur refus de cautionner l'inquisition des mots et des idées.

Au sujet des excommunications prononcées envers ceux qui ne pensent pas comme eux : Cardinal a notamment écrit ceci, qu'il s'agit d'un travers qui radicalise les dénonciations et les revendications, qui clive et mine le débat public, et qui finit par éloigner ceux qui sont habituellement des alliés naturels de cette quête de justice sociale. Les nouveaux progressistes font ainsi fuir les progressistes modérés, les tenants d'une plus grande égalité hommes-femmes, les partisans de l'ouverture et d'un vivre-ensemble harmonieux.

Je note dans ces prises de conscience nécessaires celle du militant, avocat et chroniqueur Frédéric Bérard. Dans un billet dans le quotidien Métro, il avoue : « J'ai cru, pendant un certain temps, être un *woke*. Du fait, bien entendu, de mes allégeances naturelles dites de gauche ou progressistes. Particulièrement celles afférentes aux luttes antiracistes ». Mais, il fut, raconte-t-il, « franchement écœuré, par le sort réservé à la professeure de l'Université d'Ottawa par un groupuscule de censeurs patentés ». Il rapporte ensuite qu'un de ses amis, aussi *woke* que lui, pensait-il, et qui avait eu le tort de se ranger du côté de la professeure, fut assailli de messages vengeurs. Il conclut : « les *wokes* finiront bien, à coups de ridicules manœuvres, à s'effacer d'eux-mêmes. »

Je partage son vœu, mais il ne se réalisera pas de sitôt. D'abord parce que l'enracinement de cette idéologie dans nos institutions d'enseignement est considérable. Ensuite parce que, dans la jeunesse revendicatrice, le jusqu'au-bout-isme est irrésistible et que celui-ci a le don de faire réagir les mononcles et les matantes, ce qui fait partie du jeu.

Le troisième cas de figure est antérieur et aussi parlant, sinon plus, que ceux déjà évoqués. Permettez-moi de le décrire en détail.

Le *blackface* de Justin Trudeau

Une tuile politique qui s'abat sur un chef pendant une campagne électorale est comme un oignon. Au centre du légume, on trouve le problème réel. Puis viennent s'ajouter plusieurs couches de pelure qui, comme des parasites, donnent au légume beaucoup plus de volume qu'il ne devrait en avoir.

Quel est le problème réel ? Le jeune Justin, fantasque, fanfaron, débouleur d'escaliers et amuseur public, s'est peint en noir pour une soirée des Mille et une nuits. Jeune ? Il avait 29 ans, mais Justin a longtemps prolongé son adolescence. Bon, on apprend qu'il était la seule personne costumée à cette soirée, où les dames étaient en robe longue, les hommes en smoking.

Lorsque la photo est diffusée par les médias, Justin se présente au micro pour s'excuser d'avoir mis du « maquillage ». Le premier soir, il ne parle pas de « *blackface* ».

Pourquoi ? Parce qu'à ce point du récit, Trudeau dit ce qu'il pense et il ne pense pas que c'est du « *blackface* ». Pourquoi ? Parce qu'au sens propre, quelqu'un fait du « *blackface* » lorsqu'il se grime en noir pour donner volontairement une image stéréotypée et méprisante des Noirs. C'est ainsi une manifestation ignoble et raciste de supériorité de Blancs envers les Noirs.

Ce n'est pas ce que faisait Justin en se noircissant la peau pour faire un Aladin un peu-plus-noir que nature.

Trois des Noirs les plus connus et influents au Québec, Dany Laferrière, Boucar Diouf et Maka Kotto, ont immédiatement vu qu'il ne s'agissait pas de «*blackface*». Pourquoi? Parce qu'ils vivent dans la République du bon sens : le Québec. J'y reviendrai.

Sur le continent anglo-américain, par contre, la notion de «*blackface*» a été étendue à toute personne non noire portant du maquillage noir, quel que soit le contexte ou l'intention. C'est un interdit généralisé qui, dépassant les bornes du bon sens, est devenu un diktat de la rectitude politique contre lequel il est risqué de s'opposer.

Songez que chez nos voisins du sud, une animatrice de droite, Megan Kelly, a été virée pour avoir dit qu'elle trouvait acceptable qu'un enfant blanc qui personnifie une personnalité noire à l'Halloween, comme Beyonce, par exemple, porte du maquillage noir. Elle a émis dans la journée des excuses (auxquelles elle ne croyait nullement). Mais la chaîne NBC lui a montré la porte. Comme son contrat n'était pas terminé, la chaîne a dû lui verser 90 millions de dollars canadiens!

Mais revenons à Justin. Il aurait pu prendre la décision de plaider non coupable. Mais dès le premier soir, en réponse à une question, il a cédé, affirmant que son grimage était «raciste». Pourquoi? Parce qu'il sait que, en anglo-Canada et chez un certain nombre de ses militants et électeurs de couleur, il ne pouvait gagner ce débat. Les lignes de l'acceptable et de l'inacceptable politique canadien ne permettent pas la nuance ou le débat sur cette question.

Après la sortie de Trudeau, le leader du NPD, Jagmeet Singh a saisi l'occasion, non pour dénoncer Trudeau, mais pour s'adresser à tous ceux qui sont victimes de discrimination pour leur dire combien ces images étaient blessantes et que, malgré l'énorme déception qu'ils devaient ressentir, ils ne devraient pas renoncer au Canada. Le sous-texte était parfait: sans appeler à voter pour lui et pour son parti, Singh incarnait celui vers lequel les victimes du Trudeau-Aladin devaient maintenant reporter leurs espoirs, donc leurs votes.

Bref, s'il y avait un Canadien de couleur qui pensait que ce grimage ne devait pas être vu comme une insulte, l'intervention de Singh avait pour impact de les détromper sur ce point. Il leur disait: c'est grave, prenez-le personnel! Singh y croit-il? Je ne sais pas.

Revenons aux pelures. Le premier soir, l'alors chef conservateur Andrew Scheer a choisi ses mots, affirmant que Trudeau avait bien posé un acte de « *blackface* ». Scheer y croit-il? J'en doute. Mais ça lui permet de dire que le blackface est « raciste ». Il insère donc le mot « raciste » dans la même phrase que le nom de son adversaire Trudeau. Technique identique de la part d'Elizabeth May, du Parti vert du Canada, qui gazouille: « Je suis profondément choqué par le racisme que l'on voit sur la photographie de Justin Trudeau ».

Dès le jour deux, Trudeau est donc contraint à faire un pas de plus et à affirmer que son maquillage d'Aladin était du « *blackface* » et qu'il avait donc commis un affront à toutes les victimes de discrimination. Il fait le bon calcul politique canadien, la contrition maximale, sincère ou pas, est la seule façon de se sortir de son faux pas.

Évidemment, le cas de Trudeau est compliqué par la sortie, au jour deux, d'une vidéo où on le voit, en 1992-1993, encore une fois grimé en noir, faisant des gestes simiesques et ayant même rembourré son entrejambe. Si, là, il ne se moquait pas des Noirs, je mange mon chapeau. Il s'agissait, là, de *blackface* raciste.

Au jour trois, Justin ayant récupéré le message de Jagmeet sur le tort causé par ces images à toutes les victimes de discrimination au Canada, le chef néodémocrate devait innover pour rester sur la crête de la tempête de la rectitude. Aux journalistes qui lui ont demandé s'il estimait que Trudeau était raciste, le leader du NPD a répondu: «Je ne sais pas.»

Évidemment qu'il le sait. Trudeau n'est pas raciste, le jeune Trudeau était un sans-génie, tout simplement. Mais Singh avait deux raisons de ne pas admettre que Trudeau n'était pas raciste. D'abord, le NPD a en son sein des militants antiracistes virulents, qui pensent que Trudeau l'est. Si Singh avait déclaré Trudeau « non raciste », il aurait provoqué un débat interne au NPD et aurait mécontenté sa frange la plus dure.

Ensuite, Singh avait intérêt à maintenir la surenchère pour maximiser le nombre d'électeurs meurtris – ou maintenant convaincus qu'ils étaient meurtris – vers son parti.

Quel impact électoral réel?

Après une semaine de crise, les sondeurs canadiens nous ont éclairés sur l'impact réel de l'affaire sur les intentions de vote.

Examinons la réaction des minorités visibles, qui forment près du quart de l'électorat, d'abord pour noter qu'ils étaient moins choqués que les chefs politiques canadiens. Selon Abacus,

35 % des membres des minorités visibles ont affirmé que les photos ne « les ont pas dérangés ». Un autre 45 % ont indiqué qu'ils n'ont pas aimé les photos, mais acceptent les excuses du premier ministre. Donc il en restait 20 % « vraiment offensés » et ayant désormais une plus mauvaise opinion de Trudeau.

Deux choses à retenir : *primo*, l'immense majorité des membres des minorités visibles, soit 80 %, n'en font pas tout un plat. *Secundo*, si un sur cinq se sent offensé, c'est moins que chez les Blancs. Oui, oui. Un non-Blanc sur cinq est offensé, mais un Blanc sur quatre l'est !

L'épicentre du bon sens : le Québec

Au jour un de la controverse, le chef du Bloc, Yves-François Blanchet, a donné le ton. « Justin Trudeau a tous les défauts du monde, a-t-il déclaré. Ce n'est certainement pas un grand premier ministre. Il ne se qualifie peut-être même pas pour le terme compétent, mais Justin Trudeau n'est pas un raciste. »

Le lendemain, le premier ministre François Legault, l'alors chef intérimaire du PQ Pascal Bérubé et plusieurs députés ont pris une position modérée, acceptant les excuses et déclarant que le premier ministre n'était pas raciste. Des libéraux membres de minorités visibles, dont Marwah Rizqy, ont passé l'éponge. Québec Solidaire, chez qui on retrouve beaucoup de militants très véhéments sur la question, a mis la pédale beaucoup plus douce que le NPD : « Le *blackface*, le *brownface*, est considéré comme un geste raciste, a indiqué la députée solidaire Ruba Ghazal. M. Trudeau, lui, n'est pas raciste. »

Y a-t-il, là, calcul politique ? Que décoder dans ces pelures ?

Rien n'aurait davantage plu aux leaders souverainistes que de taper aussi fort que possible sur leur adversaire, Justin Trudeau. D'autant que Trudeau a déclaré « impensable » la loi québécoise sur la laïcité et qu'on le sent prêt à bondir pour l'invalider.

Mais ils ont d'instinct compris que s'ils affirmaient, eux, le contraire de ce qu'ils pensaient, en déclarant Trudeau « raciste », ils ne seraient pas suivis par leur propre base, par l'électorat. D'abord que la culture politique québécoise est beaucoup moins contaminée que la canadienne sur l'exagération dogmatique entourant le *blackface*. Dans l'ensemble, et dans chaque cas, les Québécois sont plus réfractaires que d'autres à ces excès, plus prompts que d'autres à défendre le droit au débat. Est-ce parce qu'ils gardent un souvenir encore vif de la chape de plomb intellectuelle et morale qu'a longtemps fait subir le catholicisme ?

Le contraste est donc patent. Le réalisme politique canadien poussait Singh, Sheer et même Trudeau à en rajouter. Le réalisme politique québécois poussait Blanchet, Legault et même QS à rester crédibles. Ils l'ont fait avant que Laferrière, Diouf, Kotto et la Ligue des Noirs du Québec n'interviennent dans le débat pour relativiser l'affront de Trudeau, verser une dose de bon sens dans le débat et offrir une couverture aux leaders politiques.

Nous sommes, ici, dans la République du bon sens.

Plaidoyer pour une robustesse respectueuse

J'ai lu beaucoup de programmes politiques dans ma vie et j'ai aidé à en rédiger quelques-uns. Cependant, je n'y avais jamais trouvé de phrase comme celle-ci : « Nous sommes "d'accord d'être en désaccord" : nos adversaires ne sont pas nos ennemis. »

Il ne m'était pas arrivé, non plus, de tomber sur une variation de l'affirmation suivante :

> Nous revendiquons le droit d'offusquer, de déplaire, de choquer, de penser autrement et nous reconnaissons à tous le droit de nous offusquer, de nous déplaire, de nous choquer et de penser autrement, sans jamais toutefois tolérer le propos haineux ou l'incitation à la haine[29].

Ces extraits sont tirés du texte publié à l'automne 2022 par le Bloc québécois et qui est destiné à devenir le credo du parti. Ils sont remarquables, car en d'autres temps, il aurait été incongru de faire état de ces positions de bon sens. Mais puisque nous sommes en 2023, dans un monde de polarisation toxique du débat public, ces choses qui devraient aller sans les dire vont décidément mieux en les disant.

Je choisis d'y lire un double appel qui ne semble paradoxal qu'à première vue. On peut offusquer et choquer, nous dit le Bloc, sans considérer que la personne qu'on offusque soit un ennemi.

---

29. Conseil général du Bloc Québécois, « Proposition principale » (programme), 2022, [https://www.blocquebecois.org/wp-content/uploads/2022/11/propositionprincipale2022.pdf].

Il s'agit donc de savoir débattre et de formuler des opinions qui peuvent sembler radicales, mais en respectant son adversaire et en souhaitant que, si ce dernier nous choque, il ne nous respecte pas moins. Il s'agit là de l'équation de base du débat politique – et judiciaire – dont nous semblons nous écarter dans les deux sens.

D'abord en estimant insupportable d'être offensé par une opinion contraire. De ce refus de vivre parmi les aspérités inhérentes au débat sont nées les expressions « micro-agression » et « *safe space* ». Ensuite, en déclarant que la personne qui ose s'écarter de la vision qu'on juge juste est nécessairement, personnellement, infréquentable.

Les principales innovations argumentaires du siècle visent justement à ne pas engager la discussion sur le plan des idées elles-mêmes. Si vous êtes critiqué par un homme, dites que c'est de la mecsplication. Par une femme ? Une féminazie. Par un Blanc ? Un suprémaciste. Par un Noir ou un Autochtone ? Un raciste anti-Blanc. Un jeune ? Un *woke*.

Si on vous présente un argument comparatif pour relativiser votre position, dites que c'est du « *whataboutism* » (vous tentez de comparer ce qui ne doit pas l'être). Si on critique un aspect d'une cause que vous soutenez, dites que c'est du « *dog whistle* » (vous utilisez un argument partiel qui semble raisonnable, mais ce n'est qu'un trompe-l'œil qui renvoie à votre vraie conviction, haineuse). Si on veut remettre en contexte ou apporter une nuance à un argument que vous soutenez, dites que c'est du « *gaslighting* » (une référence à un film de George Cukor où un mari voulait rendre son épouse folle en jouant notamment sur la luminosité des lampes à gaz).

La boîte à outils du refus du débat déborde. La certitude d'avoir absolument raison est en vogue, comme la promptitude à mettre l'adversaire au pilori. Deux postures prises aussi de front par les auteurs bloquistes. Ils revendiquent « le droit de nous tromper, de revoir nos positions, de changer d'idée ». Comme c'est rafraîchissant ! Ils s'opposent ensuite spécifiquement à « la censure, à la culture de l'annulation, à l'intimidation, à l'humiliation et aux tribunaux populaires qui se substituent au système de justice, notamment sur les réseaux sociaux et sous le couvert de l'anonymat ».

C'est le bon combat : le respect de l'autre, l'attachement aux principes de bénéfice du doute et de cohabitation, civile, de points de vue divergents. Il faut apprendre (réapprendre ?) à défendre des points de vue irréconciliables – sur l'avortement, la peine de mort, les soins de fin de vie – sans maudire son contradicteur pour treize générations.

C'est crucial, car le bénéfice du doute est le lubrifiant indispensable de la civilité et du savoir-vivre. Présumer que son interlocuteur est bien intentionné et interpréter ses paroles ambiguës, jusqu'à mieux informé, comme probablement anodines ou simplement maladroites, offre aux interactions un pare-chocs qui minimise le conflit. Considérer au contraire son interlocuteur comme nécessairement malveillant, prendre chaque remarque au pied de la lettre ou, pire, traquer l'occasion de se dire offensé produit un climat anxiogène d'affrontement général qui peut rendre intolérable la vie en société.

Le Québec n'y échappe pas. Au débat des chefs, Gabriel Nadeau-Dubois a suggéré au conservateur Éric Duhaime de se présenter au Texas, et ce dernier a riposté en lançant Cuba au visage du député solidaire. À l'Assemblée, Nadeau-Dubois et François Legault se sont traités de « Duplessis » et de « *woke* ». Malgré ces contre-exemples, assez rares, le Québec semble mieux résister que le reste de l'Amérique du Nord à la spirale de la polarisation. Nous avons collectivement un réflexe de refus de la censure, des mots bannis. Nous refusons l'exclusion lorsqu'elle frappe les membres des minorités, oui, mais aussi lorsqu'elle ostracise les hommes blancs.

C'est sans doute que nous venons d'une tradition de recherche du consensus, issue de notre condition de peuple minoritaire. L'ancien recteur de l'Université McGill Bernard Shapiro aimait dire que si les Québécois réussissaient si bien à s'entendre sur toutes sortes de sujets dans leurs forums, leurs grappes industrielles, leurs sommets économiques, c'est que tous les enjeux semblaient dérisoires en comparaison avec le débat existentiel qui les occupait depuis un demi-siècle : l'indépendance du Québec.

Autrement dit, parce que fédéralistes et indépendantistes avaient survécu, sans violence, à deux référendums qui mettaient en cause leur identité même, ils avaient acquis dans ces affrontements les outils de la civilité et pouvaient s'entendre sur tous les autres sujets, par définition moins épineux.

Dans les années 1960, face à la révolte étudiante, aux hippies qui se plaignaient de la vacuité d'une société de consommation que leurs aînés avaient pourtant construite sur les décombres du dernier conflit mondial, il arrivait d'entendre des Français plus âgés lâcher ce commentaire : « Ça leur prendrait une bonne guerre ! » Les jeunes apprendraient ainsi, pensaient-ils, la réelle dureté de la vie.

On ne souhaite de guerre à personne, c'est entendu. Mais pour suivre la sage logique de Bernard Shapiro sur l'expérience québécoise, on pourrait conclure que pour se remuscler la civilité dans le débat, « ça leur prendrait un bon référendum ».

Prêts pour l'inégalité ?

Demandez au citoyen moyen de définir l'expression *racisme systémique*. Comprenant le mot *racisme*, il vous parlera d'inégalité : des gens sont discriminés à cause de la couleur de leur peau. Comprenant le mot *systémique*, il vous dira qu'il doit s'agir des rouages d'un système qui produit de l'inégalité.

S'il avait raison, ce citoyen moyen, il suffirait de bien diagnostiquer quel article de loi, quel règlement ou protocole, quel aspect de la formation ou de l'organisation du travail produit un effet aussi détestable et le réparer.

Mais il a tort. Car la définition juridique du racisme systémique, bénie par la Cour suprême et appliquée par notre Commission des droits, n'est pas un appel à l'égalité de traitement. C'est au contraire un appel, assumé, à l'inégalité.

Le rapport Viens

Prenez le rapport du juge Viens sur la condition des Autochtones au Québec. Contrairement à ce que vous pensez tous, chers lecteurs, il ne conclut nulle part que les institutions québécoises sont coupables de racisme systémique. Il fait exprès de choisir l'expression « discrimination systémique », à la charge symbolique beaucoup moins lourde. C'est déjà grave. La discrimination et le racisme sont cousins, pas synonymes. Le juge Viens dénonce avec raison l'absence de services envers des populations autochtones et réclame que ces lacunes soient corrigées. Il a bien vu, avant même le mépris raciste et probablement criminel dont fut victime

Joyce Echaquan, que des pratiques racistes avaient lieu dans des établissements de santé.

Mais pour ce qui est du système, son diagnostic est nuancé. En « dépit de certains efforts d'adaptation et d'une volonté manifeste de favoriser l'égalité des chances », écrit-il, cela ne suffit pas. « Si les problèmes ne sont pas toujours érigés en système, une certitude se dégage : les structures et les processus en place font montre d'une absence de sensibilité évidente aux réalités sociales, géographiques et culturelles des peuples autochtones. »

Le Rapport Viens est un appel à l'inégalité. Il propose des cliniques autochtones distinctes chaque fois que c'est possible. Il veut que les pratiques autochtones de guérison, de disposition du fœtus et du placenta, soient acceptées et intégrées dans les hôpitaux du service public. Il souhaite créer dans les hôpitaux des espaces culturellement sécuritaires spécifiques aux Autochtones. Il propose que les règles limitant le nombre de visiteurs pour les malades soient élargies pour les patients autochtones. Osons le mot : il réclame des accommodements.

Vous me savez réfractaire aux accommodements religieux. Pourtant, je suis favorable à ces propositions, puisqu'elles concernent des nations avec lesquelles nous partageons un territoire. Mais soyons rigoureux. Ce qui nous est demandé ici n'est pas de traiter également les citoyens de races différentes. Il nous est demandé, au nom de l'équité, de construire un système inégalitaire. D'ériger, en quelque sorte, un racisme systémique positif permanent.

François Legault affirme que sa réticence à céder aux pressions multiples pour qu'il s'agenouille devant le concept de racisme systémique tient au caractère non fédérateur, divisif, du concept. Cette raison serait en soi suffisante. Si on veut échouer dans une nécessaire opération de large adhésion des Québécois à des mesures de lutte contre le racisme, la première chose à faire est d'adopter un concept qui braque, accuse, culpabilise.

Racisme systémique, laïcité et inégalité

Mais cette raison ne doit pas être la seule. La définition juridique du racisme systémique pose problème. Elle suppose que l'on constate une discrimination d'un groupe minoritaire qui soit le résultat 1) de préjugés peut-être inconscients et 2) des «politiques et pratiques généralement adoptées sans tenir compte des caractéristiques des membres du groupe visé». Il n'est donc pas question de corriger la discrimination en établissant une égalité de traitement. Il faut au contraire que les politiques et pratiques soient ajustées en fonction du groupe visé. Et s'il y a plusieurs groupes, il doit y avoir plusieurs ajustements. La discrimination dont sont victimes les Québécois d'origine maghrébine n'a rien à voir avec celle subie par les Autochtones.

On a noté que les membres des minorités sont sous-représentés parmi les cadres de la ville de Montréal. Notons que les blancs défavorisés de l'Est de Montréal y sont aussi sous-représentés. Mais, puisqu'ils ne sont pas une minorité protégée par les Chartes, ils n'ont pas accès au redressement offert par le concept de racisme systémique. Tant pis pour eux.

Je me permets un détour pour noter que la loi 21 sur la laïcité de l'État serait évidemment dans la mire du concept légal de racisme systémique. Il suppose en effet que lorsque l'on constate une discrimination visant une minorité et qu'une loi a un impact sur cette minorité, on déclenche l'alarme. Ce qui fait que lorsque l'État québécois a retiré des droits acquis aux catholiques et protestants dans la gestion de leurs écoles et de leurs hôpitaux, il ne s'exposait à aucun blâme, car il agissait contre des religions majoritaires. Mais si son pas de plus visant l'interdiction de signes religieux en classe s'applique de façon disproportionnée à une minorité religieuse plus attachée à ces symboles religieux, cela devient *ipso facto* du racisme systémique. Fin de la parenthèse.

Valérie Plante a souscrit aux recommandations d'un récent rapport sur la question. Elle doit donc atteindre des cibles contraignantes pour correctement représenter cinq groupes : minorités visibles, ethnoculturelles (ni anglos ni francos), autochtones, femmes et personnes en situation de handicap. (Je m'étonne de l'absence des LGBTQ.) Elle n'a pas le droit d'y arriver « en moyenne ». Non. Elle doit y arriver distinctement dans la ville-centre et dans chaque arrondissement et autant chez les employés que chez les professionnels et les cadres.

Rien ne dit qu'ensuite, des sous-groupes ne s'ajoutent à sa tâche. Les Noirs issus des Caraïbes ont des caractéristiques différentes de ceux venus d'Afrique ou des États-Unis. Et comment oser mettre dans une même catégorie Indiens et Pakistanais ? Je n'invente pas cette revendication, elle existe déjà.

Cela signifie qu'il faut assurer aux membres des minorités, non l'égalité des chances, mais l'égalité de résultats. C'est une garantie qu'on n'offre pas aux Québécois venant de milieux défavorisés ou aux membres des minorités invisibles, comme un Belge ou un

Roumain francophone. Pour contrer une injustice, on en érige donc une autre. C'est fâcheux. On doit pouvoir trouver mieux.

Comme moi, vous détestez le racisme. Comme moi, vous souhaitez des actions fortes. Mais soyez francs. Si vous étiez François Legault, mettriez-vous votre doigt dans l'engrenage du racisme systémique ?

Les mauvais génies de l'égalité

Les nouvelles sont un peu moches pour les jeunes universitaires en histoire de la région de Québec. S'ils souhaitaient parfaire leur parcours, en maîtrise ou au doctorat, avec l'appui d'un enseignant de pointe et des budgets qu'offre une Chaire du Canada, l'occasion leur a filé entre les mains à 16 heures le lundi 8 novembre 2021. À ce moment, aucun candidat acceptable n'avait postulé pour diriger à l'Université Laval des chaires d'histoire de l'Amérique latine, d'histoire romaine, d'histoire du Canada-Québec et d'histoire de l'art du Québec et du Canada. Comme je l'ai indiqué plus tôt (« Hommes blancs médiocres »), les hommes blancs non handicapés ne pouvaient pas aspirer à occuper la direction de ces chaires. Il n'est pas interdit de penser que ces chaires auraient trouvé preneurs si seule la compétence, et non le genre ou la couleur de peau, avait été considérée. Au total, cette année, Laval a droit à trois de ces Chaires, tous champs d'études confondus. Toutes les facultés montent des projets et tentent de trouver des porteurs non blancs pour atteindre la cible et figurer, en juin, parmi les trois finalistes. Beaucoup tombent au combat dès la première étape.

Pour comprendre comment l'Université Laval se trouve dans ce pétrin, il faut procéder à une vérification statistique simple. Pour avoir droit à la manne fédérale, les universités doivent atteindre des seuils stricts en matière de diversité. Pour les femmes et les personnes handicapées, leur proportion est répartie équitablement dans le pays. Mais la cible que l'université doit atteindre en termes de « minorités racisées » est de 22 %. C'est la moyenne canadienne. Quelle est la proportion de ces minorités à Québec ?

Statistique Canada est précis: 6,5 %[30]. (Et c'est précisément la proportion présente dans le corps professoral à Laval[31].) Et quelle est-elle à Toronto? 51,5 %![32]

Bref, les universités torontoises peuvent combler leurs Chaires du Canada en n'affichant que la moitié de la diversité présente sur leur territoire et n'ont qu'à se pencher pour trouver, localement, des professeurs répondant au portrait-robot. Laval (ou Rimouski, Sherbrooke ou Chicoutimi) doivent recruter loin, très loin, et s'adonner à une grande séduction. Pour bien savourer la situation, supposons qu'un apôtre de l'accès à l'égalité ait déterminé qu'historiquement les Canadiens français avaient souffert de discrimination en études supérieures. J'invente, je sais, mais on jase, là. Pour redresser ce tort, il sommerait toutes les universités du pays à embaucher leur juste part de profs canadiens-français, soit 23 %, la moyenne canadienne, sous peine de perdre leur financement. On gages-tu que l'Université Laval n'aurait aucune peine à recruter, mais que la chose serait pénible à Toronto et à Edmonton? Et que cette mesure aurait

---

30. Statistique Canada, «Minorités visibles (minorité visible), les deux sexes, âge (total), Canada, Ontario et subdivisions de recensement (municipalités) avec une population de 5 000 ou plus, Recensement de 2016 – Données-échantillons (25 %)» (tableau), 1 novembre 2017, [https://www12.statcan.gc.ca/census-recensement/2016/dp-pd/hlt-fst/imm/Tableau.cfm?Lang=F&T=44&geo=35&vismin=2&age=1&sex=1&SP=9].
31. Université Laval, «Plan d'action – Équité, diversité et inclusion» (rapport), 13 décembre 2017, [https://www.services-recherche.ulaval.ca/system/files/Documents/Financement/Chaires%20CRC/EDI/plan-action-edi-crc.pdf]
32. Statistique Canada, «Minorités visibles (minorité visible), les deux sexes, âge (total), Canada, Ontario et subdivisions de recensement (municipalités) avec une population de 5 000 ou plus, Recensement de 2016 – Données-échantillons (25 %)» (tableau), *op.cit.*

un temps de vie équivalent à celui d'un promeneur de trottinette sur la Métropolitaine?

Voilà des subtilités qui ont échappé à ceux qui ont pris la décision de mettre nos universités dans cet entonnoir. Qui sont-ils? Les membres de la Commission canadienne des droits de la personne. Répondant à des plaintes d'universitaires mécontents de la sous-représentation des minorités dans le programme des Chaires du Canada, la Commission a accepté d'emblée qu'il était juste et bon que les titulaires de ces chaires soient, dans un délai assez court, représentatifs de l'arc-en-ciel des différences qu'on retrouve, en moyenne, dans la société canadienne. La Cour fédérale a estampillé ces accords et leur a donné force de loi. J'ai eu beau chercher, je n'ai pas trouvé de trace montrant que des démographes, des pédagogues, des spécialistes de la science universitaire de pointe aient été consultés avant que ces décisions ne soient prises. Et surtout pas des élus réunis en commission parlementaire. De plainte en plainte – car cela n'avançait pas assez vite au goût de certains, dont le célèbre plaignant Amir Attaran, de l'Université d'Ottawa –, la Commission a conclu que les retardataires seraient privés de financement, point à la ligne.

On voit un peu partout une mobilisation forte pour accélérer la présence de membres des minorités en emploi, dans des postes de décision et de grande visibilité. J'applaudis. Il est indéfendable qu'on trouve encore trop peu de minorités visibles dans les corps policiers, chez Hydro-Québec et à la SAQ dans la région montréalaise, où la peau de 34 % de nos concitoyens n'a pas la pigmentation qui dominait jadis en Normandie. Mais à Rimouski, où ils sont moins de 2 %?

La question est: jusqu'où doit-on aller, comment et à quelle vitesse? Les pédagogues nous enseignent, par exemple, que la sous-représentation masculine au primaire et au préscolaire est un déterminant de la sous-performance des garçons, en manque de modèles. Utilisons la méthode des Chaires et retirons en 10 ans le financement des garderies et des écoles primaires qui ne comptent pas 50% d'éducateurs et de professeurs mâles! C'est raide, mais c'est pour la bonne cause. N'êtes-vous pas scandalisés par les taux d'échecs et de décrochage (31%[33]) des garçons?

Penchons-nous avec la même méthode déterminée sur l'industrie de la construction. La paie est excellente, l'emploi abondant, mais on n'y trouve pas 3% de femmes[34] et cela ne progresse qu'à pas de tortue. Annonçons que, d'ici 2029, les seuls entrepreneurs pouvant postuler pour des travaux publics devront démontrer que la moitié de leurs travailleurs sont des travailleuses!

Si ces propositions vous semblent excessives, ou du moins précipitées, le cas des chaires est, à mon avis, pire encore. Car lorsqu'on réfléchit à la pyramide des compétences, n'est-il pas curieux que le lieu où l'on exige désormais une représentation stricte soit sur la pointe, là où il s'agit de faire franchir, par les meilleurs cerveaux, les frontières actuelles de la connaissance humaine? Ne serait-ce pas là, où l'on doit trouver des remèdes au réchauffement planétaire et au cancer du sein, le lieu précis où le critère

---

33. Francis Vailles, «Bonnes et mauvaises nouvelles sur le décrochage», *La Presse*, 24 janvier 2020, [https://www.lapresse.ca/actualites/education/2020-01-24-bonnes-et-mauvaises-nouvelles-sur-le-decrochage].
34. Commission de la construction du Québec, «Portrait statistique des femmes dans l'industrie» (rapport), 19 janvier 2022, [https://www.ccq.org/fr-CA/Nouvelles/2022/femmes-construction-portrait-statistique-2020].

de recrutement devrait n'être que l'excellence? Les chercheurs ont trouvé une façon pour éliminer les biais dans la distribution de subventions de recherche. Ils déposent leurs dossiers «à l'aveugle», c'est-à-dire sans inscrire leur nom ou celui de leur institution. Les candidats pour ces chaires ne devraient-ils pas être aussi choisis à l'aveugle? Et tant mieux si l'excellence est incarnée par une Autochtone handicapée?

Constatant, dans les filières universitaires, une sous-représentation d'étudiants venant de certains milieux, n'est-ce pas là qu'il faut multiplier les passerelles pour les attirer? Sachant que le Québec fait déjà mieux que le reste de l'Amérique pour tous les revenus modestes, avec les droits de scolarité les plus réduits et les prêts-bourses les plus généreux.

Nous sommes donc aux prises avec des apprentis sorciers de l'égalité. Ils nuisent à la fois à la science, à l'éducation et à la cause qu'ils estiment servir.

Les accros

Le tollé est assourdissant. Il vient de chaque recoin de la province. Du cœur de la métropole jusqu'au village le plus éloigné. Le boulanger est aux abois. L'usine est en panique. L'hôpital et l'école sont en manque. Les économistes clament que «les entreprises font face à une pénurie sévère et qui s'aggrave». Il s'agit de «la plus grande menace économique[35]» qui puisse nous guetter. La Chambre de commerce connaît le remède: «Il faut "booster" l'immigration!»

Vous connaissez cette rengaine? Elle n'est pas d'ici. Ces cris d'alarme viennent tous de l'Ontario, l'endroit en Occident où l'immigration est la plus importante. Depuis 2016, hors pandémie, nos voisins ont accueilli chaque année 175 000 immigrants[36]. Puisque la population québécoise équivaut à 60% de l'ontarienne, il nous faudrait pour suivre le rythme recevoir plus de 100 000 immigrants par an.

Mais là n'est pas mon propos. J'ai plutôt une question. Pourquoi les 1 250 000 immigrants arrivés en Ontario depuis 2011 n'ont-ils pas pourvu tous les postes de boulanger, de soudeur, d'infirmière et de professeur vacants? C'est quand même bizarre. Combien

---

35. Hassan Yussuf et Mark Wiseman, «Canada's labour shortage is the country's greatest economic threat», *The Globe and Mail,* 19 juillet 2022, [https://www.theglobeandmail.com/business/commentary/article-canadas-labour-shortage-is-the-countrys-greatest-economic-threat/].
36. Gouvernement de l'Ontario, «Ontario Demographic Quarterly: highlights of fourth quarter» (rapport), mis à jour le 5 avril 2023, [https://www.ontario.ca/page/ontario-demographic-quarterly-highlights-fourth-quarter].

en faudrait-il pour résoudre cette satanée pénurie ? Le double ? Le triple ?

Une gigantesque fumisterie

Présenter l'immigration comme un remède à la pénurie de main-d'œuvre est une gigantesque fumisterie. L'économiste Pierre Fortin dit la chose plus poliment que moi dans le rapport qu'il a produit pour le gouvernement québécois au printemps : « L'idée [...] que l'immigration peut résoudre les pénuries parce qu'elle accroît la population en âge de travailler n'est rien d'autre qu'un gros sophisme de composition ; cette idée est basée sur une logique incomplète qui "oublie" de tenir compte que l'immigration finit par faire augmenter la demande de main-d'œuvre et non seulement l'offre de main-d'œuvre ; et elle est aussi contredite par une analyse statistique fine du comportement des régions du Canada de 2015 à 2021 et par certains exemples concrets des dernières années[37]. »

Fortin a procédé, pour ce rapport, à une nouvelle revue de la littérature scientifique. L'immigration lutte-t-elle efficacement contre le vieillissement ? « Cet espoir est contredit par la littérature de recherche, qui a clairement démontré que l'effet de l'immigration sur le rapport de dépendance des personnes âgées est très

---

37. Pierre Fortin, « La politique d'immigration fédérale expansive : conséquences pour le Canada et pour le Québec – Étude soumise au Ministère de l'Immigration, de la Francisation et de l'Intégration du Québec » (étude), 6 mai 2022, [https://cdn-contenu.quebec.ca/cdn-contenu/adm/min/immigration/publications-adm/rapport/RapportMIFI_mai2022_PierreFortin.pdf?1655150114].

petit.» L'âge moyen des immigrants est trop élevé pour inverser la tendance. L'immigration nous enrichit-elle, économiquement? Elle fait grossir l'économie en soi, mais, écrit Fortin, «il n'existe aucune preuve scientifique que la croissance du niveau de vie des Canadiens réagirait positivement (ou négativement) à une expansion accélérée de l'immigration et de la population; ce résultat est confirmé par les synthèses disponibles de la littérature de recherche et par une analyse statistique simple effectuée pour la présente étude».

Une surenchère électorale

Puisque tel est l'état de la science, pourquoi sommes-nous encore aux prises avec une surenchère électorale à ce sujet? François Legault et Éric Duhaime en veulent 50 000 par an, affirmant qu'il s'agit là de la capacité d'intégration du Québec, une affirmation qui s'appuie sur exactement zéro étude[38] (comme, d'ailleurs, leur certitude de la nécessité d'un troisième lien[39]). Dominique Anglade en veut 70 000 par an la première année, puis autant que les entreprises en région en voudront. Québec solidaire et le Conseil du patronat – même combat! – en veulent 80 000 par an.

---

38. Alexandre Duval, «Immigration: Québec incapable de fournir des études sur sa capabité d'accueil», *Radio-Canada,* 9 juin 2022, [https://ici.radio-canada.ca/nouvelle/1889568/ministere-immigration-quebec-incapable-de-fournir-etudes-capacite-daccueil-seuils-50000].
39. Louis Gagné, «Catherine Dorion compare le 3e lien à «une ligne de coke»», *Radio-Canada,* 15 novembre 2018, [https://ici.radio-canada.ca/nouvelle/1136060/deputee-quebec-solidaire-catherine-dorion-compare-troisieme-lien-ligne-de-coke].

Il n'y a évidemment aucun doute que l'entreprise, individuelle, souhaite son boulanger et son soudeur. Aucun doute que le patronat est exaspéré par le nouveau pouvoir de négociation des salariés : la pénurie de main-d'œuvre oblige les employeurs à les traiter, et à les payer, convenablement. Pour certains, l'adaptation est difficile.

Mais comment expliquer l'incapacité de comprendre que les immigrants créent autant d'offres que de demandes d'emploi, que c'est un cycle dont on ne peut sortir ? Et puisqu'il est, malgré tous les obstacles administratifs, tout de même plus rapide de faire entrer des immigrants que de construire les hôpitaux, les écoles et les logements supplémentaires dont ils ont besoin, le genre d'avenir démographique qu'on nous propose fragilisera nécessairement nos systèmes de santé et d'éducation et creusera la pénurie de logements.

La meilleure explication nous est soufflée par une excellente communicatrice de Québec, Catherine Dorion. « Dans le fond, a-t-elle dit à un autre sujet, c'est un peu comme une ligne de *coke*, le monde se dit : "Ah, tiens ! Je vais prendre ça, je vais être moins saoul, je vais avoir de l'énergie." Sauf qu'une heure après, qu'est-ce qui arrive ? Il te faut une autre ligne de *coke*[40]. »

La députée solidaire parlait du troisième lien et de l'ajout d'une autoroute supplémentaire devant soulager les bouchons de circulation. Au début, ça marche. Comme une ligne de *coke*. Mais peu après, les automobilistes, attirés par la nouvelle voie, sont encore plus nombreux qu'avant. Ils ont besoin d'une nouvelle dose. Exactement comme pour les seuils d'immigration.

---

40. *Id.*

Ceux qui veulent avoir une idée de ce que donnerait dans 10 ans l'application des programmes d'immigration des partis (autres que celui du PQ, qui veut revenir aux 35 000 par an de l'ère pré-Charest) n'ont qu'à faire un petit tour en Ontario. Ils verront que rien n'est réglé – ou plutôt que les choses sont aussi, sinon plus, déréglées qu'ici, surtout en habitation et en logement. Et qu'on y entend les mêmes balivernes sur la nécessité de prendre une dose encore plus forte d'immigration.

Finalement, j'y pense. J'ai intitulé cette chronique « Les accros ». Peut-être aurais-je dû l'appeler « Les *pushers* ».

L'étrange racisme non systémique des Québécois

Neuf. C'est le pourcentage de Québécois qui croient que certaines races sont supérieures aux autres. En 2021, Angus Reid Institute et l'Université de la Colombie-Britannique leur a posé, ainsi qu'aux autres Canadiens, cette question directe : « En toute honnêteté, pensez-vous que toutes les races sont égales du point de vue de leurs caractéristiques naturelles, ou pensez-vous que certaines races sont naturellement supérieures aux autres[41] ? »

Neuf pour cent, c'est beaucoup trop, certes. Mais comparons avec l'Ontario, la Saskatchewan ou le Manitoba, où cette proportion est de 14 %. Ailleurs au Canada, le sommet est de 19 % à l'Île-du-Prince-Édouard (peut-être en raison de la taille de l'échantillon), et la proportion la plus faible à Terre-Neuve-et-Labrador, à 8 %.

Il est intéressant de noter que 13 % des Autochtones canadiens croient à l'inégalité des races, de même que 18 % des non-Caucasiens/non-Autochtones, soit deux fois plus qu'au Québec.

---

41. Angus Reid, « Diversity and Racism in Canada : Competing views deeply divide country along gender, generational lines » (rapport), 21 juin 2021, [https://angusreid.org/diversity-racism-canada/].

Figure 1
Non, le Québec n'est pas plus raciste
« En toute honnêteté, pensez-vous que toutes les races sont égales du point de vue de leurs caractéristiques naturelles, ou pensez-vous que certaines races sont naturellement supérieures aux autres ? »

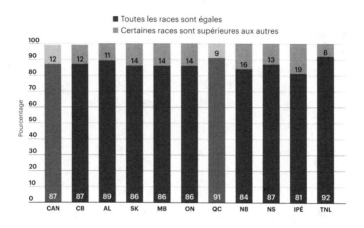

Source : «*Diversity and Racism in Canada: Competing views deeply divide country along gender, generational lines*», Angus Reid, 21 juin 2021.

La religion, et non l'Islam

Figure 2
Pensez-vous que certaines races sont supérieures ?
« En toute honnêteté, pensez-vous que toutes les races sont égales du point de vue de leurs caractéristiques naturelles, ou pensez-vous que certaines races sont naturellement supérieures aux autres ? »

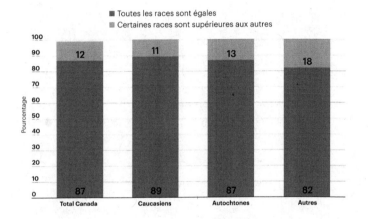

Source : «*Diversity and Racism in Canada: Competing views deeply divide country along gender, generational lines*», Angus Reid, 21 juin 2021.

Comment peut-on concilier ce résultat avec l'existence de la loi 21 sur la laïcité de l'État et le consensus apparent hors Québec, selon lequel les habitants de cette province sont intrinsèquement intolérants ? La réponse, comme l'a expliqué Justin Trudeau dernièrement, est dans la relation qu'entretiennent les Québécois avec la religion, en particulier avec l'emprise misogyne que la religion catholique leur a imposée jusqu'aux années soixante et qu'ils retrouvent, plus récemment, dans le comportement de l'islam envers les femmes[42].

C'est pourquoi ce même sondage Angus Reid a révélé ce que tous les autres sondages vous diront : une proportion beaucoup plus importante des Québécois ont une opinion négative des religions dans leur ensemble et de l'islam en particulier.

Toujours selon Angus Reid, alors que 25 % de l'ensemble des Canadiens disent se sentir « distants » des musulmans, ce sentiment atteint 37 % au Québec. Il s'agit toujours d'une minorité (63 % ont une opinion favorable), mais la différence est significative.

L'appui à la loi 21, qui interdit le port de tout signe religieux pour les fonctionnaires en position d'autorité, oscille autour de 65 %[43]. Il n'y a tout simplement pas assez de Québécois qui n'aiment pas les musulmans pour expliquer un chiffre aussi élevé. À l'évidence, d'autres variables sont en jeu, et le racisme n'en fait pas partie.

---

42. Raphaël Pirro, « Affaire Alghawaby : Trudeau fait une longue mise au point en abordant l'histoire du Québec », *Journal de Montréal*, 1er février 2023, [https://www.journaldemontreal.com/2023/02/01/affaire-elghawaby-trudeau-fait-une-longue-mise-au-point-en-abordant-lhistoire-du-quebec].
43. Léger, « Débat des chefs : Place de la langue française et enjeu de la loi 96 et 21 au Canada » (rapport), 15 septembre 2021, [https://legermarketing.wpenginepowered.com/wp-content/uploads/2021/09/Rapport-FINAL-debat-des-chefs_11679-251.pdf].

Moins de préjugés, moins de crimes haineux, moins de discrimination

En fait, les sondeurs canadiens notent régulièrement que les Québécois sont plus tolérants que les autres Canadiens, à bien des égards. La firme Ekos a constaté en 2019 que 30 % des Québécois croyaient qu'il y avait trop de membres de minorités visibles parmi les immigrants. C'est affreux. Mais ce chiffre est de 46 % en Ontario, et de 56 % en Alberta. Même parmi les minorités visibles, 43 % estimaient qu'il y avait trop de membres des minorités visibles parmi les immigrants[44]. En somme, les Québécois étaient moins intolérants à l'égard des immigrants de couleur que l'ensemble des Canadiens, et même que les personnes de couleur elles-mêmes!

Mais ce ne sont que des opinions. Qu'en est-il des actions? Les crimes haineux ont été plus nombreux en Ontario qu'au Québec en 2019, 2020 et 2021, dernière année pour laquelle des données sont disponibles, en nombre absolu et en proportion de la population. La police de Montréal a rapporté qu'en 2020 et 2021 – les premières années d'application de la loi sur la laïcité –, le nombre de crimes haineux liés à la religion a diminué de 24 %[45]. Bien sûr, avec la pandémie, il y avait moins d'occasions de se rencontrer et de se détester. Mais il y a eu aussi une pandémie à Toronto. Et là,

---

44. Ekos Politics, « Increased Polarization on Attitudes to Immigration Reshaping the Political Landscape in Canada » (rapport), 15 avril 2019, [https://www.ekospolitics.com/wp-content/uploads/full_report_april_15_2019.pdf].
45. Service de Police de la Ville de Montréal, « Rapport d'activités » (rapport), 31 décembre 2021, [https://spvm.qc.ca/upload/02/Rapport_activites_2021_SPVM_VF.PDF].

selon les données de la police de Toronto pour 2021 et au cours de la même période, les crimes haineux liés à la religion ont grimpé de 16 %.

Figure 3
Ce que les Canadiens pensent des musulmans, par province
« Veuillez indiquer votre sentiment personnel envers les Canadiens musulmans »

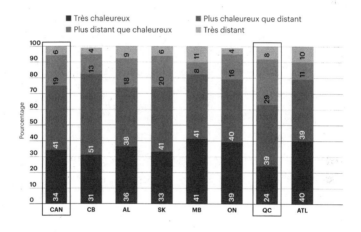

Source : « *Diversity and Racism in Canada: Competing views deeply divide country along gender, generational lines* », Angus Reid, 21 juin 2021.

Qu'en est-il de la discrimination en matière d'emploi ? Les données de Statistique Canada pour 2021 montrent qu'au Québec, les immigrants ont un taux d'emploi supérieur à celui des travailleurs qui y sont nés (ratio de 107 %) alors que c'est le contraire en Ontario (95 %). L'écart est plus grand pour les femmes, avec un ratio de 102 % au Québec contre 91 % en Ontario[46], ce qui est probablement dû au programme de garderies du Québec, très étendu.

Il en va de même pour les membres des minorités visibles, dont le taux d'emploi est égal à celui du reste des Québécois et supérieur au ratio de 95 % de l'Ontario[47]. Autrement dit, en tant qu'immigrant ou membre d'une minorité visible, vos chances de trouver un emploi sont plus élevées au Québec qu'en Ontario, et plus encore si vous êtes une femme.

Les élections québécoises d'octobre 2022 ont été remarquables pour un accomplissement à peine remarqué. Pour la première fois, la proportion d'élus issus des minorités visibles (12 %) est la même que leur part dans l'électorat, ainsi que celle de députés qui ne sont pas d'origine francophone ou anglophone (20 %)[48]. Un score parfait.

Pendant ce temps, à Ottawa, seulement 15,7 % des élus proviennent de minorités visibles, alors que la cible est de 25 %.

---

46. Institut de la statistique du Québec, « Indicateur du marché du travail chez les personnes immigrantes et celles nées au Canada, résultat selon le sexe, 2006-2002, Québec, Ontario et Canada » (tableau), 14 mars 2023, [statistique.quebec.ca/fr/produit/tableau/3146].
47. *Id.*
48. Delphine Belzile, «« Nous sommes rendus dans la zone de représentativité »», *La Presse*, 7 octobre 2022, [https://www.lapresse.ca/actualites/politique/2022-10-07/minorites-visibles-a-l-assemblee-nationale/nous-sommes-rendus-dans-la-zone-de-representativite.php].

Et en Ontario, dont 30 % de la population est issue de minorités visibles, seulement 23 % des élus de Queen's Park en émanent[49].

Précurseurs depuis longtemps

Aucun de ces chiffres n'est nouveau, mais je parie que vous les lisez ici pour la première fois. Pourquoi ? Tout simplement parce qu'ils sont tellement contre-intuitifs que, hors du Québec, peu de gens se donnent la peine de les chercher. Et que lorsque ces données font surface, elles sont traitées comme des données déviantes qui ne représentent sûrement pas la réalité.

Pourtant, si l'on remonte dans le temps, le Québec a brisé des barrières raciales bien avant d'autres sur le continent. Par exemple, la commémoration du 1er août de la loi britannique qui a aboli l'esclavage en 1833 est problématique au Québec, puisqu'elle ignore le fait que l'esclavage y était déjà interdit depuis 30 ans. Dans le Haut-Canada (aujourd'hui l'Ontario), les députés avaient voté en 1793 pour l'abolition de l'esclavage, mais avaient accordé une clause de droits acquis préservant les « biens » alors possédés par les propriétaires d'esclaves. L'esclavage a donc persisté jusqu'en 1820. Et la loi britannique de 1833 a dédommagé les propriétaires d'esclaves pour leur « perte ».

Rien de tel n'a eu lieu au Québec. Dès 1798, des juges ouverts d'esprit déclarent l'esclavage illégal au Québec, sans délai

---

49. Jerome H. Black et Andrew Griffith, « Do MPs represent Canada's diversity ? », *Options politiques*, 7 janvier 2022, [https://policyoptions.irpp.org/magazines/january-2022/do-mps-represent-canadas-diversity/].

ni compensation. Il disparut donc complètement en très peu de temps, comme le raconte Frank Makey dans son remarquable ouvrage *Done with Slavery: The Black Fact in Montreal, 1760-1840* (McGill-Queen's Press). « La façon dont l'esclavage a été aboli au Québec s'est avérée être l'une des plus humaines et des moins contraignantes », écrit-il. L'esclavage a donc pris fin au Québec 20 ans avant sa disparition dans le Haut-Canada, 30 ans avant le reste de l'Empire et 63 ans avant l'émancipation des Noirs américains.

Dans tout l'Empire britannique, les Juifs n'ont pas eu le droit d'exercer des fonctions électives jusqu'en 1858, sauf au Québec. En 1832, l'Assemblée, à majorité patriote (l'ancêtre du Parti libéral du Québec et du Parti québécois), vota une loi accordant la pleine citoyenneté aux Juifs, n'en déplaise aux Britanniques.

Quant aux relations avec les Premières Nations, le gouverneur de la Nouvelle-France et 39 chefs se sont réunis à Montréal en 1701 pour conclure le traité de paix le plus ambitieux jamais négocié entre colons et Premières Nations dans l'hémisphère. Ç'aurait été digne du Nobel de la paix. Dans l'époque moderne, le Québec a signé le premier accord territorial global au Canada, en 1975, et René Lévesque a fait en sorte que l'Assemblée nationale du Québec soit le premier Parlement au Canada à reconnaître l'existence des nations autochtones sur son territoire, en 1984. En 2003, la Paix des Braves avec la nation crie est devenue la référence en matière d'octroi d'autonomie aux Premières Nations.

Environics Institute rapporte que, comme les autres Canadiens, 44 % des Québécois croient que le gouvernement n'en a pas fait assez pour assurer une véritable réconciliation. Mais il y a des retardataires, qui trouvent que nous sommes allés trop loin ou que nous avons été trop généreux. Au Québec, ils sont 13 %. C'est trop. Au Canada, 20 %[50]. Trop et demi.

Il est également intéressant de noter comment le sentiment antireligieux des Québécois est lié à la question des pensionnats. La firme de sondage Léger a demandé qui était responsable de ce désastre : le gouvernement fédéral ou l'Église catholique. Évidemment, la réponse est : les deux. Mais le sondeur a forcé ses répondants à choisir. Les deux tiers des Canadiens ont désigné l'Église. Les Québécois, encore plus : 69 %. Et plus les Québécois ont de la mémoire, plus ils condamnent l'Église : ils sont 76 % chez les plus de 55 ans. Les Québécois se disent également plus honteux face à l'horreur des pensionnats (86 %) que la moyenne canadienne (80 %)[51].

Il est certain que des tonnes de chroniques peuvent être – et ont été – écrites sur les nombreux défauts et les faiblesses des Québécois. J'en ai écrit quelques-unes moi-même. Les arguments comparatifs ont peu de poids lorsqu'il s'agit de lutter contre la discrimination, le profilage racial, la négligence dont souffrent les communautés autochtones depuis des décennies.

Ils sont essentiels, cependant, à l'heure où des voix dominantes à l'extérieur du Québec se drapent dans une attitude de supériorité morale pour juger et dénaturer le Québec, ses citoyens et son histoire.

---

50. Léger, « Leger's North American Tracker » (rapport), 7 juin 2021, [https://legermarketing.wpenginepowered.com/wp-content/uploads/2021/06/Legers-North-American-Tracker-June-7th-2021_v3.pdf].
51. *Id.*

V

Questions autochtones, réponses métissées

L'étincelle autochtone des Lumières

Liberté, égalité, fraternité. Mais où sont-ils allés chercher tout ça ? Comment des penseurs, Rousseau, Voltaire, Locke Jefferson et les autres, vivant dans des sociétés parfaitement inégalitaires, où régnaient depuis des millénaires l'arbitraire, l'abus de pouvoir, le règne des dogmes religieux, ont-ils pu même concevoir que les individus pouvaient être libres, avoir des droits, s'affranchir de leurs maîtres, être égaux ? L'ancienne agora citoyenne grecque, la République romaine pouvaient certes les inspirer, comme les nombreuses révoltes françaises et européennes contre la tyrannie, des villes parfois devenues des communes et prônant la fraternité, les Anglais qui avaient renversé leur roi, les Hollandais gouvernés par leurs provinces unies.

C'est possible. Mais en y regardant bien, ne trouve-t-on pas sur leur chemin, dans leurs débats et dans leurs bibliothèques, des indices que certaines de ces notions leur ont été soufflées par des peuples récemment découverts et qui faisaient, eux, de ces idées, non une théorie, mais une pratique de vie ? Les nations autochtones du nord-est du continent américain seraient, dans ce récit, des allumeurs de la grande révolution des Lumières.

C'est la thèse fascinante – et convaincante – de l'ouvrage *Au commencement était... Une nouvelle histoire de l'humanité*, des auteurs David Graeber et David Wengrow. Ils établissent qu'au début du XVIIe siècle, les récits des voyageurs européens en Amérique, dont les Relations des Jésuites, étaient des *best-sellers* qu'on trouvait sur la table de travail des lettrés et de la noblesse. Pour cause : les auteurs rapportaient des « sauvages » des comportements tellement opposés à la pratique européenne qu'elles provoquaient étonnement, scandale et jalousie. « Je ne crois pas qu'il y ait un autre peuple aussi libre sur terre qu'eux, écrit des Wendat le père Lallemant. Ils ne soumettent leur volonté à aucune autorité, quelle qu'elle soit, au point que les pères n'ont point de contrôle sur leurs enfants, ou les chefs sur leurs sujets, sauf s'il leur plaît de leur obéir. Il n'y a pas de loi qui s'applique à eux, point de punition infligée aux coupables et aucun criminel qui ne soit convaincu que sa vie et sa propriété ne soient pas en danger. » Les missionnaires sont particulièrement outrés par le libre usage que font les femmes autochtones de leurs corps et de leur sexualité.

Ces écrits attestent d'ailleurs de l'opinion, fort répandue chez les Autochtones, surtout ceux qui ont fait un séjour européen, de l'absolue supériorité de leur société sur celle des Blancs. Les chefs sont horrifiés devant l'existence de pauvres et de mendiants. Chez eux, les membres de la nation possèdent leurs biens propres, armes, outils, mais le fruit de la chasse, de la pêche et de l'agriculture est équitablement réparti et chacun doit pouvoir manger et se loger, y compris les esclaves. Ils se moquent sans arrêt de la crainte qu'inspirent les chefs blancs aux soldats ou aux colons et sont révulsés par l'attrait du gain et de la richesse, par les rivalités que l'argent suscite.

Qui plus est, ils le font avec une force argumentaire et une éloquence qui abasourdit même les Jésuites, pourtant experts en la matière. Ils avouent être parfois émus aux larmes par certains discours de chefs. Sans instruction ni transmission écrite, les Autochtones pratiquent quotidiennement la discussion collective pour la prise de décision, ce qui développe comme seul instrument de pouvoir la capacité de convaincre, par l'émotion et la logique. Un jésuite rapporte : « Ils montrent presque tous plus d'intelligence dans leurs affaires, leurs discours, leurs courtoisies, leurs relations, leurs ruses et leurs subtilités que les citoyens et les marchands les plus avisés de France. »

Dans ce terreau d'intelligence et d'éloquence, un homme se détache : Kandiaronk, un des leaders de la confédération wendat. Le gouverneur Frontenac l'invite à sa table pour goûter sa conversation et épater ses invités. Il fait la rencontre d'un aristocrate français, Lahontan, qui publie en 1702 un ouvrage qui fera date : *Dialogue avec un sauvage*, où Kandiaronk critique chaque aspect de la société européenne, y compris la foi chrétienne. Si Dieu avait vraiment voulu se montrer aux hommes, explique-t-il, il serait apparu dans plusieurs nations pour démontrer son pouvoir et créer une seule religion. « Alors qu'il y a cinq ou six cents religions, chacune distincte des autres, de laquelle pour vous, la religion des Français, est la seule bonne, sainte et vraie. » Les auteurs ont longtemps pensé que Lahontan avait inventé les arguments de son interlocuteur, mais la recherche récente atteste de l'existence et de l'intelligence de Kandiaronk.

C'est essentiel, car les auteurs des Lumières se sont inspirés de cet ouvrage, et de plusieurs autres qui l'ont copié ou imité, pour discuter, comme Rousseau, de ce que pouvait être une société primitive égalitaire qui aurait évolué vers les inégalités contemporaines, si injustes pour le genre humain. En 1721, le Tout-Paris voit la pièce *Arlequin sauvage*, où un Wendat venu en France reprend ces reproches envers le règne de l'argent, de la cupidité, « et en particulier la monstrueuse inégalité qui rend les pauvres des esclaves des riches. » Une prose proprement révolutionnaire. La pièce tiendra l'affiche vingt ans durant.

> Dans la période allant de 1703 à 1751, résument Graeber et Wengrow, la critique indigène de la société coloniale eut un impact formidable sur la pensée européenne. Ce qui ne fut, à l'origine, qu'expressions généralisées d'indignation et de dégoût de la part des Autochtones (lorsqu'ils ont été exposés pour la première fois aux mœurs européennes) s'est graduellement transformé, à travers un millier de conversations, menées dans des dizaines de langues, du portugais au russe, en un débat de fond sur la nature de l'autorité, de la décence, de la responsabilité sociale et, surtout, de la liberté.

Juste à temps pour les textes fondateurs de la Révolution américaine de 1776, puis de ceux de la Révolution française de 1789.

Je ne sais pas ce que vous en pensez, mais j'avoue tirer une réelle jubilation de l'idée que les grands progrès de la liberté ayant balayé le monde depuis un demi-millénaire aient trouvé leur inspiration, leur déclencheur et leurs allumeurs, chez les Premières Nations du Nord-Est américain. Elles ont su nous dire leurs vérités. On a su les entendre. Le monde n'est plus le même. Et j'ajoute à mon panthéon de héros : Kandiaronk, le Wendat.

Une nouvelle lecture

L'inestimable contribution d'*Au commencement était… Une nouvelle histoire de l'humanité* est l'invalidation de la thèse généralement acceptée de l'évolution de l'humanité, depuis des sociétés primitives, peu nombreuses, égalitaires vers des sociétés plus peuplées, donc complexes, donc hiérarchiques. Dans ce récit bien établi, l'introduction de l'agriculture générait un surplus alimentaire qui permettait à une partie de la population de se détacher des besoins de bases, de se spécialiser et, nécessairement pour certains, de commander le groupe.

David Graeber et David Wengrow, s'appuyant sur des travaux archéologiques et anthropologiques du dernier quart de siècle, démontrent avec cent exemples que c'est faux. Ils expliquent que certaines tribus ont fait l'expérience de l'agriculture, puis l'ont abandonnée, estimant la charge de travail trop lourde par rapport au bénéfice obtenu. Les auteurs expliquent aussi que des cités se sont formées au centre d'une activité agricole, que des travaux complexes d'aqueduc et de partage saisonnier des tâches nécessitaient une réelle organisation du travail, mais qu'aucun chef, roi, commandeur ou général ne dominait le tout. Les habitants avaient conçu un modèle coopératif de distribution et de rotation équitables des tâches.

Mieux encore, ils racontent que dans quelques cas, des populations ont tenté l'expérience hiérarchique... puis l'ont abandonnée. Cela est arrivé deux fois dans les populations autochtones dans le nord-est de l'Amérique, avant l'arrivée des Européens. Au XIe siècle s'est constituée, près de la ville actuelle de Saint-Louis dans l'Illinois, une ville agricole de 40 000 habitants, Cahokia. Progressivement, une caste de nobles s'est constituée, avec son cortège d'inégalités, de rituels meurtriers et de contrôle. Après 150 ans, les Autochtones ont déserté la ville, préférant une vie moins organisée, plus libre. Le mauvais souvenir laissé par Cahokia dans la tradition orale autochtone fut tel que toute son ancienne zone fut pour des siècles laissée à l'abandon.

Plus près de l'arrivée européenne, au XVIIe siècle, une communauté iroquoise située dans l'actuelle Ontario, les Attiwandaronk, furent dirigés par un jeune prodige – selon la légende – qui devint brutal et sans merci. Le récit est utilisé comme un contre-exemple dans la construction des sociétés iroquoiennes restantes. Les principes utilisés pour la gouvernance de la Ligue des Cinq-Nations semblent spécifiquement conçus pour empêcher la concentration du pouvoir entre les mains d'une seule personne ou d'un petit groupe. Cela n'empêchait pas les Iroquois d'être de valeureux guerriers et d'intraitables esclavagistes. Mais dans l'organisation de leurs propres institutions, tout s'est passé comme s'ils avaient vécu l'expérience autoritaire, l'avaient rejetée en vivant leur propre époque des Lumières, et mettaient tout en œuvre pour empêcher le retour des tyrans. C'est dans cette culture qu'a grandi Kandiaronk.

Pensionnats : après la douleur et la honte, quoi ?

On leur doit 60 ans. Six décennies pendant lesquelles le système des pensionnats au Québec a non seulement contribué à la tentative pancanadienne de génocide culturel des Autochtones, mais a aussi miné la capacité des Premières Nations à établir leur propre tradition d'éducation. On a peine à mesurer l'ampleur de la cicatrice, qui court depuis l'établissement du premier pensionnat au Québec, la Résidence Couture, à la baie James, en 1931, jusqu'à la fermeture du dernier, à Mashteuiatsh, au Saguenay-Lac-Saint-Jean, en 1991. Toutes les initiatives de découverte de la vérité et de réparation des victimes directes et indirectes sont nécessaires et bienvenues.

Mais la douleur et la honte ne suffisent pas. Se tournant vers l'avenir, cette génération-ci de Québécois doit se demander, non comment expier des péchés commis hier au nom d'idéologies racistes, coloniales et religieuses que nous réprouvons, mais comment être à la hauteur de notre propre exigence d'ériger aujourd'hui une société où chacun a un réel accès à l'égalité et à l'épanouissement.

« Une des séquelles les plus profondes et dévastatrices des pensionnats a été leur impact sur la réussite scolaire et économique des Autochtones », peut-on lire dans le rapport de la Commission de vérité et réconciliation du Canada. Car non seulement les pensionnats ont-ils déraciné et maltraité des dizaines de milliers de jeunes Autochtones, ils ont aussi lamentablement échoué à les éduquer. À génération comparable, les Autochtones ayant suivi des études à l'extérieur du réseau des pensionnats ont atteint des niveaux d'études de loin supérieurs à celui des pensionnés.

Tous les villages et les quartiers du Québec savent l'importance que revêt l'école dans la vie communautaire. À preuve, les mobilisations pour sauver les dernières écoles de village. Lieu d'apprentissage et de socialisation, oui, mais lieu de rencontre et d'échanges entre parents et avec le corps enseignant. Lieu des fêtes, des spectacles, des graduations. De décennie en décennie, l'équipement comme la connaissance s'accumulent et se transmettent. Avoir privé les nations autochtones de la capacité de construire ce patrimoine collectif, en extrayant l'éducation du cœur de leur vie, a laissé un vide que les investissements plus récents prendront des décennies à combler.

Combler l'écart ne suffit pas

Parmi ses « appels à l'action » de 2015, la Commission a sommé Ottawa de « combler l'écart » ainsi créé entre les Autochtones et les autres citoyens. Elle constatait que, même au moment de produire son rapport il y a six ans, les sommes disponibles par élève autochtone étaient nettement inférieures à celles accordées aux autres élèves. L'écart, donc, continuait à se creuser.

Interpellé à sept reprises depuis 2016, le Tribunal canadien des droits de la personne a, chaque fois, indiqué que les services en éducation fournis par Ottawa aux jeunes Autochtones restent inférieurs à la moyenne canadienne. Les trois derniers budgets fédéraux ont certes été plus généreux. Mais ils visent officiellement à assurer à ces enfants un financement de base « comparable » à celui des autres Canadiens.

Ça ne suffit pas. En plus des sommes et de l'action fédérale en cours, j'appelle les Québécois et leur gouvernement à poser un geste supplémentaire fort, à la hauteur de la tâche. Pendant 60 ans, l'éducation autochtone a été minée, sabotée. Pendant les 60 ans à venir, elle doit être enrichie, propulsée. Je propose que pendant les 60 ans à venir, la somme moyenne allouée à chaque enfant autochtone du Québec pour son éducation *soit le double de la moyenne québécoise*. Petite enfance, garderies, du primaire au doctorat, du mentorat aux écoles professionnelles, dans le cadre d'ententes avec les Premières Nations et gérées par elles, l'investissement québécois en éducation autochtone doit être l'équivalent de l'élan que nous nous sommes donné en éducation pendant notre Révolution tranquille – qui aurait dû être aussi la leur.

Je ne dis pas qu'il faudra 60 ans pour combler l'écart. En fait, j'espère que ce sera beaucoup plus court. Tant mieux si, une fois l'écart comblé, il reste à ce réinvestissement une ou deux décennies pour que la diplomation autochtone dépasse la moyenne. Ce serait une belle revanche sur l'histoire.

L'Australie, aux prises avec le même passé honteux que le nôtre, avait fixé en 2008 des objectifs de rattrapage partiel, en éducation (aussi en santé et en justice), sur 10 ans. Des rapports annuels ont été produits pour mesurer les progrès, et parfois des reculs. La lenteur à atteindre les objectifs a conduit le gouvernement australien à réévaluer et à renforcer son aide, à l'été 2020, pour remettre ce travail sur les rails. Rien de tel n'existe au Canada ou au Québec. J'estime que l'œuvre collective de réinvestissement dans l'avenir des nations autochtones du Québec suppose un travail similaire, de fixation en commun d'objectifs exigeants et stimulants d'augmentation générale de la qualité de vie et de l'accès à l'éducation de chaque jeune Autochtone vivant au Québec.

Nous avons raison d'avoir honte de certains aspects de notre passé. Notre meilleure réponse est de nous donner les moyens d'être fiers de notre avenir.

Le système dont Joyce fut la victime

Lorsqu'on lit, sans filtre ni a priori, le récit de l'hospitalisation, de l'agonie, puis du décès de Joyce Echaquan tel que relaté dans le rapport de la coroner Géhane Kamel, on identifie facilement le problème systémique en cause.

Sa condition médicale était grave et nécessitait un suivi régulier, en personne. Des préposés aux bénéficiaires auraient dû venir s'enquérir régulièrement de son état. Ils ne l'ont pas fait. La personne chargée du suivi de la patiente aux urgences aurait dû, selon les normes, être une infirmière. Elle ne l'était pas. Le poste était occupé par une candidate à l'exercice de la profession d'infirmière (CEPI) qui comptait moins de quatre mois d'expérience et qui avait entre cinq et dix patients. Celle-ci était à la fois dépassée par la complexité de la situation et débordée de travail.

Elle n'était pas inactive, loin s'en faut. En plus de tenter de regarder de temps à autre, par la fenêtre de la chambre, si Mme Echaquan nécessitait une aide pressante, elle appelle l'assistante infirmière-chef pour que quelqu'un vienne l'épauler. Elle se fait répondre de se débrouiller. Elle contacte une préposée, qui lui répond qu'elle gère déjà 38 patients et ne peut donc pas en avoir davantage.

L'évolution parfois imprévisible des symptômes de la patiente nécessitait une présence plus fréquente d'un médecin. Une fois, le médecin qui devait venir prend plutôt une décision de traitement à distance, avec des infos de seconde main. Une autre fois, un médecin ne passe qu'en coup de vent. S'avisant d'une détérioration de la condition de la patiente, la CEPI fait appeler le médecin traitant à plusieurs reprises. En l'absence de réponse, elle fait l'appel au microphone pour qu'il l'entende où qu'il soit dans l'hôpital. « La CEPI a été laissée à elle-même et les chances de survie de Mme Echaquan s'amenuisaient, minute par minute, écrit la coroner. C'est finalement une préposée aux bénéficiaires d'expérience qui prendra l'initiative de forcer le transfert à la salle de réanimation. » Mais ce sera trop tard, et on constatera le décès.

Affirmant qu'il s'agit d'une « mort accidentelle », la coroner ne tourne pas autour du pot le plus important qui soit : si l'hôpital avait disposé de personnel en nombre suffisant pour répondre à ses propres normes, si l'intervenante pivot avait été une infirmière plutôt qu'une novice, Joyce Echaquan serait-elle encore parmi nous, entourée de ses sept enfants ?

Sa réponse est oui. « La situation clinique aurait pu être réversible », écrit-elle, si les lacunes observées avaient été comblées. Oui, mais. C'est la surcharge de travail, ont plaidé les intervenants. Un mois avant le drame, une infirmière avisait son chef de service qu'elle refusait désormais d'agir à titre d'assistante aux soins infirmiers, car, résume la coroner, « elle n'a pas le temps d'encadrer adéquatement les CEPI et que, à ce rythme, sans les effectifs nécessaires, la santé des patients pourrait être compromise. » Message prémonitoire s'il en est.

Oui, mais le racisme ?

Dans sa brève conclusion, Me Kamel offre l'ordre d'importance des problèmes ayant contribué au décès. Ils sont d'abord médicaux : avoir d'une part forcé la patiente à rester en position couchée alors qu'un médicament anti-sevrage pouvait avoir un effet secondaire que la position assise aurait pu éviter et, d'autre part, l'absence de surveillance adéquate qui aurait pu, ou dû, remédier à ce problème.

Puis, cette phrase : « Le racisme et les préjugés auxquels Mme Echaquan a fait face ont certainement été contributifs à son décès. »

En quoi ? Les propos blessants et racistes que nous avons tous entendus sont évidemment condamnables et appellent des sanctions. En fait, c'est pire que vous ne le pensez.

> Une fois son décès confirmé, raconte la coroner, des témoins civils entendent le personnel soignant exprimer un soulagement que cette patiente ne soit plus un inconvénient. Ils diront avoir entendu : « Les Indiennes, elles aiment ça se plaindre pour rien, se faire fourrer pis avoir des enfants. Pis c'est nous autres qui paient pour ça. Enfin elle est morte. »

À vomir.

La patiente fut, en ce sens, victime de racisme. Mais la coroner fait-elle la démonstration que le racisme fut une des causes de son décès ? Elle affirme que oui. En conférence de presse, à la question « Si Mme Echaquan avait été une femme blanche, serait-elle vivante aujourd'hui ? » La coroner a répondu : « Je pense que oui. »

Je n'aurais aucune difficulté avec cette affirmation si elle reposait sur les faits. Quels sont-ils ?

Davantage dans sa conférence de presse que dans son rapport, la coroner affirme que l'infirmière qui a tenu des propos racistes aurait probablement été plus attentive à l'évolution de la patiente qu'elle ne l'a été, si elle avait eu davantage d'empathie. Une plus grande attention, on l'a vu, aurait pu prévenir le décès. C'est une présomption, pas une démonstration.

La coroner fait surtout référence à un autre facteur. On comprend du rapport que deux médecins posent l'hypothèse que l'agitation de la patiente est due à un sevrage de narcotiques. Pour Me Kamel, il s'agit là d'un préjugé raciste. Elle en veut pour preuve que les analyses obtenues postérieurement indiquent que le niveau de narcotiques dans le sang de la patiente n'était pas suffisant pour créer une dépendance. C'est donc sur la base d'un préjugé raciste envers les Autochtones qu'un calmant aurait été incorrectement prescrit. C'est ce médicament qu'il ne fallait pas consommer en position couchée.

Des contre-arguments

Néanmoins, la coroner verse dans son rapport deux contre-arguments. Dès le jour de l'arrivée, le personnel demande à une intervenante du Centre de réadaptation en dépendance de vérifier si les symptômes sont liés à un sevrage. Le lendemain matin, Mme Echaquan est consultée directement par un médecin sur sa consommation et elle précise « consommer du pot 3 fois par jour et plus, sans toutefois avoir eu de symptômes de sevrage ». Le personnel soignant a peut-être un préjugé, mais procède à deux vérifications pour en tester la véracité. Ils ne prennent donc pas la chose à la légère. Cela n'empêche pas la coroner de condamner sévèrement le personnel soignant pour avoir évoqué cette question. C'est le cœur de son argument au sujet de la responsabilité du racisme dans la mort de Joyce.

Voilà ce qu'on peut lire dans le rapport. Mais un internaute éveillé, Jean-Yves Arès, a attiré mon attention sur l'article de Jessica Nadeau, du *Devoir*, qui a couvert l'ensemble des audiences et a fait une synthèse du fil des événements, dans lequel on trouve des éléments éclairants que la coroner n'a pas repris dans son propre récit. Voici les extraits pertinents en ce qui concerne cette question centrale du sevrage :

> Le gastro-entérologue Jean-Philippe Blais rencontre Mme Echaquan à son arrivée le lendemain matin, soit le dimanche 27 septembre. Il consulte le dossier : la femme de 37 ans, mère de 7 enfants, souffre de diabète et de problèmes cardiaques. Elle porte un défibrillateur. Le dossier indique également que la patiente a un « trouble de personnalité limite » et une « possible dépendance aux narcotiques ».
>
> Il pose les questions d'usage. La patiente répond qu'elle consomme du cannabis sur une base régulière et qu'on lui avait prescrit des narcotiques dans le passé, mais qu'elle ne les prend plus, car elle craint que ça ait un effet sur sa santé à long terme.[...]
>
> En soirée, le Dr Blais reçoit un appel d'une infirmière qui lui indique que la patiente est « très agitée et qu'elle vient de se jeter en bas de sa civière ». Elle évoque un « geste théâtral ».

Le médecin revient à son chevet et diagnostique un «état de sevrage aux narcotiques». Il prescrit alors une dose de 5 mg de morphine pour diminuer les effets du sevrage. Il refuse la prise en charge et dirige plutôt la patiente vers un médecin généraliste et une intervenante du centre de réadaptation en dépendance pour que ceux-ci puissent établir un plan de sevrage avec la patiente.

Cette nuit-là, Joyce Echaquan n'a pas de médecin attitré. Des infirmières sont toutefois à son chevet. À la demande de la patiente, qui est agitée, elles la mettent sous contention pendant une heure et lui administrent de la morphine. La patiente se calme.

Le lundi 28 septembre, jour de la mort de Joyce Echaquan, c'est la généraliste Jasmine Thanh qui arrive au chevet de la patiente vers les 8 h.

Lorsqu'elle voit la patiente qui est stable, assise sur le bord de son lit et sans douleur, la D^{re} Thanh la questionne pour savoir ce qui s'est passé la veille. «Elle m'a répondu: "Quand je suis en sevrage, je me mets à crier, je m'agite, ne me reconnais plus. Je shake et je demande qu'on me contentionne." C'était la première fois que j'entendais un patient qui demandait à être contentionné.» [...]

Vers 10 h, Mme Echaquan reçoit un appel d'une intervenante du centre de réadaptation en dépendance, comme prescrit la veille par le gastro-entérologue. Sa médecin traitante, la D^{re} Thanh, est informée que Mme Echaquan n'a pas de problème de dépendance et qu'aucune intervention n'est nécessaire[52].

Ces faits supplémentaires changent considérablement la donne. 1) S'il y a préjugé raciste concernant les narcotiques, il figure déjà au dossier de la patiente. C'eût été une faute professionnelle des médecins de ne pas considérer cette possibilité; 2) Mme Echaquan elle-même affirme avoir réduit sa consommation des narcotiques prescrits et consommer du cannabis au moins trois fois par jour, consommation qui, évidemment, s'est interrompue à l'hôpital; 3) Elle parle elle-même de son agitation lorsqu'elle est en sevrage; 4) Le centre de dépendance contredit le dossier et la patiente.

Bref, nous sommes dans un cas où le personnel soignant reçoit des informations contradictoires sur cette question essentielle, y compris de la part de la patiente elle-même, et procède aux vérifications nécessaires. Il me semble extrêmement hasardeux d'en tirer un verdict de racisme dans le diagnostic et le traitement. Je note que l'article de Jessica Nadeau retient un élément que la coroner ne cite pas. La tentative de réanimation cardiaque de Joyce Echaquan par le personnel soignant a duré 45 minutes. Ce n'est pas l'attitude de gens pressés de passer à autre chose et de traiter la patiente, comme l'a dit Me Kamel, « comme un chien ».

Ayant tous ces faits en main, et n'en retenant qu'une partie dans son rapport, Me Kamel a choisi de créer l'événement en pointant

---

52. Jason Magder, «Bill 96 amounts to cultural genocide, First Nations leaders say», *Montreal Gazette*, 29 avril 2022, [https://montrealgazette.com/news/local-news/first-nations-leaders-call-bill-96-cultural-genocide].

un coupable : le refus du gouvernement Legault de reconnaître le concept du racisme systémique.

Certes, elle a trouvé du racisme chez le personnel ayant entouré les dernières heures de Joyce Echaquan. Du racisme inadmissible. Ce qui répond à la définition d'une culture de racisme. (Et du mépris. Une des personnes en cause affirme qu'elle aurait été aussi dure envers une mère assistée sociale qu'elle l'a été avec sa patiente autochtone. Malheureusement, on la croit.)

Mais le système qui a coûté la vie à Joyce a un autre nom. C'est le système de santé. Son sous-financement chronique. Ce sujet aurait valu, il me semble, d'apparaître en tête de liste des recommandations.

Je serais curieux de voir quel serait le résultat d'enquêtes du coroner sur tous les décès, de Blancs et d'Autochtones, survenus depuis, disons, cinq ans, à l'urgence de cet hôpital. Ce serait, là, une réelle approche scientifique. On pourrait, là, déterminer si la couleur de la peau a un réel impact. On pourrait, là, distinguer d'une part une culture de mépris pour les Autochtones, les BS et, qui sait, d'autres groupes et, d'autre part, le problème systémique du sous-financement...

Moi, culturellement génocidé

J'avoue aujourd'hui avoir été, étudiant, victime de génocide culturel. Francophone, j'ai d'abord dû apprendre la langue du conquérant pour obtenir mes diplômes du secondaire et du collégial à Thetford Mines, où 99 % des membres de ma tribu parlaient français. En droit, dans une UQAM pourtant anticolonialiste, on me força ensuite à lire dans la langue de la reine Victoria des arrêts du Conseil privé de Londres. Leur nature impérialiste me faisait moins rager que leur effet soporifique. Ces épreuves n'arrivèrent pas, cependant, à entamer mon identité. C'est lorsque l'École supérieure de journalisme de Paris m'obligea, comme condition non négociable de mon succès, à apprendre une troisième langue – celle du conquistador Cortez – que le génocide percuta ma culture, que j'ai dû renoncer à mes racines et que je fus assimilé.

Si vous estimez, comme moi, que le récit qui précède est une insulte à l'intelligence, lisez la suite.

Parlant de l'obligation pour des étudiants autochtones inscrits à des cégeps anglophones de suivre des cours de français – qui est pour eux leur troisième langue –, le directeur général du Conseil en éducation des Premières Nations, Denis Gros-Louis, a déclaré : «Je vois ça comme un génocide culturel parce que ça dit à nos étudiants: "Si tu veux ton diplôme, si tu veux aller à l'université, eh bien, force-toi à devenir un bon Québécois francophone et oublie tes racines."[53]» Il a ajouté : «On ne peut pas faire ça à des siècles de savoirs que nous nous sommes transmis d'une génération

---

53. Jason Magder, «Bill 96 amounts to cultural genocide, First Nations leaders say», *op.cit.*

à l'autre.» Il n'est pas le seul à avoir diagnostiqué l'effet toxique de l'apprentissage du français sur la culture autochtone. Robin Delaronde, directrice des services d'éducation à Kahnawake, opine: «Ce que le projet de loi 96 nous fait est qu'il tente d'assimiler les Premières Nations du Québec dans la culture, la société et la langue du Québec.» Elle ajoute, pour clarifier sa pensée: «C'est un génocide culturel, c'est comme s'ils voulaient nous éliminer.»

De quoi s'agit-il sur le fond? En ce moment, les élèves autochtones, dont la seconde langue est l'anglais, font leur parcours secondaire en anglais, où l'on trouve des cours de français comme condition d'obtention du diplôme secondaire. Les meilleurs d'entre eux, qui vont au cégep en anglais, doivent aussi pour l'instant réussir deux cours de français pour être diplômés. Cela n'a jamais été vu auparavant comme culturellement génocidaire. Avec le projet de loi 96, ils devront réussir cinq cours de français plutôt que deux. Donc, deux cours, c'est bien, mais cinq cours, cela dissout votre culture et arrache vos racines. Même si, justement, ces cours supplémentaires sont adaptés à votre niveau de connaissance du français et vous permettent de consolider vos acquis et d'acquérir une compétence qui sera utile dans toutes vos interactions avec la société majoritaire.

Mettons de côté l'outrance verbale utilisée par les leaders autochtones précités. Les affirmations voulant que l'étude du français condamne ces jeunes à l'échec ne sont-elles pas une insulte à l'intelligence des Autochtones eux-mêmes?

Le chef du Conseil mi'gmaq de Gesgapegiag, John Martin, affirme que «pour les jeunes qui ont étudié en anglais et en mi'gmaq, c'est un effort monumental que ça prend pour être capable de réussir[54] ». Pourtant, les autres pupitres de ces classes sont occupés, dans presque 4 cas sur 10, par des étudiants qui parlent à la maison une autre langue : le mandarin, l'arabe, l'espagnol. Il s'agit pour eux aussi d'une troisième langue.

En fait, pas moins de 25 % des habitants de l'île de Montréal parlent trois langues, dont 15 % des francophones, selon Statistique Canada. Des proportions qui grimpent à 30 % et 18 % si on ajoute ceux qui connaissent de trois à six langues. Pourquoi postule-t-on que les jeunes Autochtones auront plus de difficulté que les autres en français, et plus de difficulté en français qu'en géographie ou en chimie ?

Le ministre Simon Jolin-Barrette a refusé de rencontrer les leaders autochtones. Certes, se faire accuser d'être génocidaire n'est pas la meilleure entrée en matière. Mais pourquoi ne pas offrir aux nations et aux étudiants autochtones qui le désirent un accompagnement supplémentaire de français gratuit, du tutorat, pour assurer leur réussite ?

Au-delà de ces ajustements, on sent qu'autre chose est à l'œuvre. L'adhésion à la langue coloniale anglophone ne pose pas problème, mais le français est intolérable. Les représentants du pouvoir traditionnel mohawk, de la Maison Longue, ont tenu à faire savoir cette semaine que « cette loi va abîmer toute amitié

---

54. Fanny Lévesque, « Les Premières Nations veulent être exemptées du projet de loi 96 », *La Presse*, 10 mai 2022, [https://www.lapresse.ca/actualites/2022-05-10/protection-de-la-langue-francaise/les-premieres-nations-veulent-etre-exemptees-du-projet-de-loi-96.php].

existant en ce moment entre nos deux peuples et détruire tout espoir de réconciliation ». Une prédiction autoréalisatrice.

Les mots ont un sens – dans toutes les langues et quelle que soit la lourdeur de son oppression passée.

Accuser les Québécois francophones, leur Assemblée nationale et leur gouvernement de préparer un génocide culturel est profondément injuste et injurieux. D'autant que dans tout le Canada, c'est au Québec que les langues autochtones se portent le mieux, et de loin : selon le recensement de 2016, dans les provinces anglophones, les Autochtones vivant en réserve et connaissant leur langue d'origine ne dépassent pas 46 % au Manitoba, 40 % en Ontario, 19 % en Colombie-Britannique. Au Québec francophone ? C'est 80 %[55] !

N'y aura-t-il donc personne, chez les chefs autochtones, à l'Assemblée des Premières Nations ou ailleurs, pour admettre que d'associer à une agression et à une tentative d'assimilation l'apprentissage minimal de la langue de l'immense majorité des habitants du territoire est un assaut frontal à leur dignité et à leur amour-propre ? Que ce combat douteux est le meilleur moyen d'abîmer l'amitié existante entre nos peuples ? Qu'on voudrait nous dire qu'on nous méprise, nous et notre langue, qu'on ne trouverait pas mieux ?

---

55. Philippe Marois, « À la rescousse des langues autochtones du Québec », *L'actualité*, 6 avril 2022, [https://lactualite.com/societe/a-la-rescousse-des-langues-autochtones-du-quebec/].

Territoires non cédés, faut-il céder ?

Mes remerciements, d'abord, aux frères Molson, propriétaires du Canadien, pour avoir crevé l'abcès. En proposant gauchement d'accuser avant chaque match leurs centaines de milliers de partisans montréalais d'avoir injustement planté leurs pénates sur un territoire mohawk non cédé, ils ont propulsé à l'avant-scène un débat qui mijotait à feu doux depuis quelques années. Faut-il vraiment, dans un geste certes ancré dans la bonne volonté, affirmer que nous sommes tous, au fond, des voleurs ?

Car ce qui nous est dit, par des politiciens avant d'aborder la question du jour ou ce soir par le CH avant de lancer sur l'arène nos gladiateurs en patins, c'est que nous, l'auditoire, sommes chez quelqu'un d'autre. Que notre présence, nos logements, nos maisons, nos écoles sont situés sur un territoire que nous occupons illégalement. S'il est « non cédé », c'est qu'il appartient à quelqu'un d'autre, à une autre nation, dont le titre de propriété est tellement certain et inattaquable qu'il faut le réaffirmer à chaque occasion.

Ce n'est pas rien. La charge symbolique est lourde. Lourde pour ces nations dont les revendications les plus maximalistes sont ainsi légitimées à chaque occasion. Mais puisqu'il n'est nulle part question qu'on leur rende le territoire en question – l'île de Montréal, par exemple –, c'est comme si on avait décidé de leur rappeler de manière incessante qu'ils sont les perdants de l'histoire : « Vous ne l'avez pas cédé, mais on l'a pris et on l'occupe, pour toujours. Votre seul prix de consolation, c'est qu'on vous le remette au visage chaque semaine. »

De la frustration pour tous

N'ayant, comme la majorité des Québécois, que quelques gouttes de sang autochtone dans les veines, je ne peux substituer mon jugement à celui des membres de ces nations. Mais je suppute qu'au-delà du plaisir obtenu lorsqu'est d'abord énoncée cette reconnaissance, la répétition doit finir par paraître vide de sens, puisque rien ne vient réparer ce tort. Il me semble que, pour nos frères et sœurs autochtones, à la longue, ce rite s'apparente à une torture chinoise : on ne va jamais cesser de vous dire qu'on marche sur votre héritage.

Pour les non-Autochtones, le mantra n'est pas moins frustrant. Je n'ai pas l'impression qu'il y a une date de péremption à cette pratique fédérale, municipale et bientôt sportive. Cela signifie qu'on est partis pour une éternité à se faire dire qu'on est coupables d'usurpation, d'occupation illégale de son chez-soi. Je ne vois pas très bien en quoi cette pratique est réparatrice. Elle me semble plutôt génératrice de frustration pour tous.

Je lis avec intérêt les débats d'experts sur la réelle ou fictive occupation autochtone de l'île de Montréal par les Iroquoiens. La notion même de « cession » de territoire n'a pas fait partie de notre histoire. Nous avons signé des traités qu'il faut respecter et actualiser. Mais je note que, par mimétisme, certains tentent de gommer la différence historique considérable entre l'attitude abjecte des conquérants anglais et espagnols envers les Premières Nations et celle, imparfaite, mais exceptionnelle d'ouverture pour l'époque, de Champlain et de ses successeurs.

Le traité de la Grande Paix de Montréal, signé en 1701, n'était certes pas un traité territorial, mais il reconnaît implicitement, non seulement la légitimité de la présence des colons français sur le territoire, mais l'indispensable rôle de médiation que la Nouvelle-France a su jouer entre les nations autochtones en guerre entre elles depuis des siècles. Il s'agit d'un événement unique dans toute l'histoire américaine, dans les relations entre Européens et Autochtones. Si le prix Nobel de la paix avait existé à l'époque, les signataires du traité l'auraient obtenu. Alors pourquoi, aujourd'hui, les signatures librement consenties de 1300 délégués et de leurs chefs représentant 39 nations de l'époque ne méritent-elles pas le respect?

Si le Canadien voulait, en début de match, donner une description factuelle de l'occupation du territoire de l'île de Montréal, voici l'inscription qu'il devrait montrer et lire, selon Guy Laflèche, professeur retraité de l'Université de Montréal et spécialiste des guerres iroquoises:

> Reconnaissance territoriale de Montréal
>
> Les Canadiens de Montréal souhaitent rappeler la mémoire des habitants d'Hochelaga, le premier peuple de l'île de Montréal, qui avait fait alliance avec Jacques Cartier en 1535. Malheureusement, ils ont été détruits par la guérilla des Cinq-Nations (les Haudenosaunee, la Confédération des peuples aux maisons longues), de sorte que personne n'a pu se trouver, se rencontrer et encore moins séjourner sur l'île durant un siècle. Rappelons à notre mémoire Paul de Maisonneuve et Jeanne Mance qui ont fondé Ville-Marie

en 1642 à la demande des Algonquins, des Outaouais, des Népissings et des Hurons, pour sécuriser la longue et dangereuse route de traite commerciale qui allait du Midland à Trois-Rivières. Il faut en profiter pour saluer les Iroquois qui ont bien voulu accepter notre hospitalité dans leurs deux villages établis sur notre territoire, Kahnawake à Montréal, en 1667, puis Kanesatake, sur l'Outaouais, en 1717.

Laflèche m'écrit ce qui suit :

> Je connais les guerres et la guérilla des Iroquois du XVIe au XVIIIe siècle. Je dois dire que je trouve leurs actions guerrières et l'assimilation de nombreuses populations iroquoiennes (du Saint-Laurent aux Grands Lacs, du XVIe au XVIIIe siècle) admirables. Ils ont aussi conquis et assimilé, rappelle-t-il. L'envers, ou plutôt l'endroit, de l'épisode, c'est la destruction des villages des Hurons et de tous les sédentaires des Grands Lacs par les Iroquois.

Il ajoute : « Ils n'ont pas été par hasard les maîtres du nord-est de l'Amérique. En revanche, la Nouvelle-France a su leur faire face victorieusement. »

Pour lui, les « légendes urbaines de Kahnawake et de Kanesatake, aussi touchantes qu'amusantes » ne sont qu'un copier-coller local et inapproprié des « situations ségrégationnistes anglo-saxonnes, sans rapport avec la Nouvelle-France ».

À l'heure où l'on trouve encore des leaders politiques, dont Denis Coderre, Valérie Plante, Gabriel Nadeau-Dubois et Dominique Anglade, qui estiment que la vérité historique ne devrait pas être un obstacle au rite des territoires non cédés, la bataille pour le respect des faits et la rigueur – menée entre autres par Paul Saint-Pierre Plamondon et le ministre responsable des Relations avec les Premières Nations, Ian Lafrenière –, mérite d'être soulignée. Non, applaudie !

Transhumance : une exception ?

Au-delà de ces passionnants débats d'historiens, a-t-on le droit de poser une question plus fondamentale encore ? Pourquoi les quelques dizaines de milliers d'Autochtones présents sur le territoire du Québec à l'arrivée de Champlain, eux-mêmes descendants de populations asiatiques, détiendraient-ils, pour l'éternité et bien au-delà des traités signés, des droits territoriaux sur un espace quatre fois grand comme la France ? L'histoire du monde entier n'est que transhumance et brassage de populations. Tenter de redonner des droits territoriaux aux tout premiers occupants de Londres, de Rome ou de Katmandou dépasse l'entendement.

Pourquoi l'Amérique devrait-elle être, sur la planète, l'exception ? Sur le chemin de ce qui a été non cédé, on trouve l'essentiel des peuples du monde. On trouve aussi 60 000 colons français sur les bords du Saint-Laurent qui, en 1759, lors de la Conquête, n'ont jamais accepté de céder aux Britanniques leurs champs, leurs villages, leurs villes. Ils n'ont d'ailleurs nullement été consultés quand la France a aliéné à l'Angleterre ses quelques arpents de neige. Le gouvernement canadien devrait-il donc ouvrir chaque discours prononcé au Québec en reconnaissant être sur un territoire non cédé par les habitants de la Nouvelle-France ? Je n'en fais pas une proposition.

Mais si cette nouvelle tradition, ce nouveau mantra du territoire non cédé me semble, vous l'aurez compris, contre-productif et générateur de frustrations malsaines à la fois chez les Autochtones et dans la population majoritaire, cela signifie simplement qu'il faut trouver des moyens autres, constructifs, positifs, de réparer les erreurs du passé et de bâtir notre avenir commun. Car le vivre-ensemble ne peut être fondé sur des faussetés et des ressentiments.

Comment rater la réconciliation

« Aucune bonne action ne restera impunie. » Le fantôme d'Oscar Wilde devait se bidonner ferme, ces jours derniers, en observant la valse à contretemps entre leaders blancs et autochtones du Québec et du Canada.

Pas à cause du concours de gaffes qui s'est déployé lors de la journée nationale de la vérité et de la réconciliation : Trudeau-en-vacances, Legault-le-productiviste et Coderre-remettons-Macdonald-sur-piédestal. Concours suivi d'un second, avec les mêmes participants : celui de la contrition. Je vous laisse choisir le gagnant.

Au sujet, plutôt, du mauvais sort réservé aux propositions de réconciliation. Pour le premier anniversaire du décès de Joyce Echaquan, le ministre Ian Lafrenière avait décidé de répondre positivement à une « demande claire de la famille » : donner le nom de Mme Echaquan à une nouvelle réserve de biodiversité au lac Némiscachingue, dans les Hautes-Laurentides. Le ministre avait, dit-il, reçu une lettre lui demandant de procéder rapidement. Le Conseil de la Nation Atikamekw l'a accusé sèchement de « récupération politique », affirmant que la famille avait demandé un « délai de réflexion ».

Lafrenière se demande maintenant à qui il doit demander des permissions avant d'agir, et combien de fois. Il pensait bien faire en introduisant de toute urgence dans un projet de loi existant (sur les pharmaciens) un article donnant ordre au ministre de la Justice d'accompagner les parents autochtones qui cherchent à s'informer sur le décès d'un enfant dans le système de santé.

Il fut vivement rabroué par Ghislain Picard, de l'Assemblée des Premières Nations, qui fut «pris par surprise» et souhaitait un projet de loi distinct. Lafrenière voudrait bien, aussi, introduire dans la loi sur la Santé le principe de sécurisation culturelle, comme le lui demande le PQ, mais il n'arrive pas à trouver avec les chefs autochtones une formule qui ferait consensus, et doute pouvoir le faire avant la fin de l'année.

L'épisode concernant Québec solidaire est plus divertissant encore. Ayant dénoncé l'empressement de Lafrenière dans les épisodes précédents, les co-porte-parole solidaires ont cru pouvoir faire mieux. Ils ont consulté leurs propres militants autochtones pour élaborer un projet de loi spécifique de protection des langues autochtones. Ils ont eu la chouette idée de tenir leur conférence de presse dans une librairie autochtone de Wendake, en banlieue de Québec, avec, bien sûr, l'aval des libraires. Le ciel leur est tombé sur la tête. Le grand chef de la nation huronne-wendate, Rémy Vincent, les a accusés d'avoir tenu l'événement sur le territoire autochtone sans son approbation. Surtout, ajoute-t-il, «seules les communautés ou les nations ont l'autorité de se prononcer sur nos langues et de façon encore plus globale sur toutes [les] questions relatives à nos cultures». Les accusations de colonialisme et d'appropriation culturelle se sont abattues sur les malotrus Nadeau-Dubois et Massé.

Même des leaders blancs se mêlent de rabrouer ceux qui osent faire des propositions sans obtenir les autorisations requises. Ainsi, lorsque, revenu de son flirt avec John A. Macdonald, Denis Coderre a proposé de renommer la Place du Canada (où se trouvait la statue), «Place de la réconciliation», Valérie Plante a jugé sa proposition « malaisante » et « paternaliste », car il ne l'avait pas soumise aux Autochtones.

Bonnes volontés ? Taisez-vous !

Si on devait suivre la totalité de ces injonctions, il faudrait, nous, non-Autochtones, cesser de proposer des avenues de réconciliation. Et j'ai un terrible aveu à vous faire, chers lecteurs. Il y a quelque temps, j'ai osé une proposition. Puisque nous avons volé 60 ans d'éducation aux autochtones, qu'on fasse en sorte que, pendant les 60 prochaines années, l'investissement en éducation par enfant soit chez eux le double de la moyenne québécoise. J'ai bien écrit que cet investissement devait être fait « avec et par les nations autochtones », mais je dois admettre que je n'ai consulté aucun grand chef avant de me commettre.

Les partis qui préparent pour l'an prochain leur plateforme électorale sont donc avertis : ils ne doivent rien inclure dans leurs plateformes sans, au préalable, avoir obtenu les imprimaturs appropriés.

La réconciliation est bien mal partie. Que les nations autochtones exercent, chez elles, un maximum d'autodétermination, bien sûr. Que la consultation soit la règle, non l'exception, certes. On peut aussi comprendre que des propositions soient mal reçues, débattues, rejetées. Mais dialogue n'est pas monologue. Et à force de dénoncer à pleins poumons les propositions de bonne volonté des uns et des autres, on ne réussira qu'à tarir la bienveillance à la source.

Un contre-exemple

Dans ce concert de mauvaise humeur, on doit souligner à grands traits le contre-exemple donné la semaine dernière par Paul-Émile Ottawa, chef du Conseil des Atikamekw de Manawan. Assis aux côtés de la nouvelle présidente du CISSS de Lanaudière, Maryse Poupart, pour faire le bilan des nombreux gestes posés depuis son arrivée en mai, Ottawa aurait pu tout envoyer promener, car Mme Poupart refuse de prononcer les mots «racisme systémique».

Il a choisi le pragmatisme. «Les gens de ma communauté voient une différence, un changement positif», a-t-il dit. «La confiance est en train de se rétablir.» À preuve, raconte-t-il, les parents de Joyce Echaquan se sont rendus à l'hôpital pour une consultation médicale «alors qu'il y a quelques mois, il était hors de question pour eux de mettre les pieds dans cet établissement».

Lorsque Guy Chevrette est devenu ministre responsable du dossier autochtone, il y a de cela plus de 20 ans, son premier réflexe, dans ses rencontres avec les chefs, était de dire: «Faites sortir tous les avocats.» Il instaura une approche centrée sur les résultats – résolution de problèmes, mise en œuvre de projets – qui allait rétablir le dialogue et paver la voie, ensuite, à la paix des braves.

Si on souhaite aujourd'hui réussir la réconciliation, il faut faire sortir de la pièce les procès d'intention et les débats sémantiques. Inviter les propositions, plutôt que les condamner. Discuter, négocier, faire le tri. On comprend que les familles éprouvées, les militants, les activistes soient à cran. Mais il appartient aux chefs d'emprunter les chemins de la diplomatie et de la bienveillance, si on veut se rendre un jour à une nouvelle Grande Paix.

Les mystères de Kamloops

Deux ans après la découverte de traces de 215 sépultures près du pensionnat pour Autochtones de Kamloops, combien de corps ont été identifiés? Aucun. Exhumés? Zéro. La présence d'ossements humains a-t-elle seulement été confirmée? Non. Une contre-expertise a-t-elle eu lieu? Non.

Il y a quelque chose de très mystérieux à Kamloops. Et s'il est vrai que des membres des Oblats ont délibérément enterré 215 enfants autochtones sans en aviser leurs parents ou les autorités, puis ont réussi à camoufler leur forfait pendant des décennies, nous sommes en présence d'un des plus graves crimes de l'histoire du pays.

Pourquoi l'endroit n'a-t-il pas été immédiatement désigné scène de crime? Pourquoi n'y a-t-on pas envoyé nos meilleurs experts en fouilles criminelles? Le cimetière présumé se situe dans une réserve, et je comprends la réticence justifiée des Autochtones à l'égard de la partialité de la GRC. Ne faudrait-il pas assigner à ce cas gravissime une escouade mixte intégrant certains des excellents policiers autochtones que nous avons désormais au pays, y compris dans une codirection de l'enquête?

Paradoxalement, tout se passe comme si on avait simultanément dans cette affaire une réaction maximaliste – en parlant de « fosse commune » comme l'ont fait des médias, ce qui n'est pas le cas, en mettant en berne des drapeaux pendant cinq mois, en humiliant publiquement le premier ministre lors de sa visite à Kamloops, en exigeant des excuses immédiates du pape – et une réaction minimaliste, en ne prenant pas la seule mesure concrète permettant de démontrer la véracité des faits: des fouilles.

Après un long débat, les membres de la nation concernée, Tk'emlúps te Secwépemc, ont pris la décision de procéder aux exhumations, mais selon un calendrier pour l'instant inconnu et, de toute évidence, non urgent. La GRC dit avoir ouvert une enquête, en consultation avec la nation, mais refuse d'entreprendre ses propres fouilles et se met totalement à la remorque de la volonté autochtone. Il y a une raison pour laquelle on ne confie jamais aux victimes présumées de crimes les enquêtes et la détermination de la culpabilité. Dans ce cas-ci, cependant, la distance qui doit exister entre victime et résolution du crime n'existe pas, comme le bénéfice du doute, la contre-expertise, le délai raisonnable.

L'état de la preuve

Quel est l'état actuel de la preuve ? L'anthropologue Sarah Beaulieu a procédé à un relevé du terrain avec un géoradar qui détecte dans le sol des anomalies pouvant avoir été causées par le creusement de tombes. La technique ne peut percevoir la présence de cadavres ou d'ossements. Un second relevé lui a fait revoir le nombre de ces perturbations à la baisse, de 215 à 200. Mais d'autres chercheurs ne peuvent pas examiner ses résultats, car la nation s'y oppose.

Il y a ensuite les témoins directs. L'émission de la CBC *The Fifth Estate* a présenté le mois dernier les témoignages les plus complets jamais recueillis à ce sujet[56]. Elle n'a trouvé personne ayant

---

56. Lynette Fortune, Linda Guerriero et Gillian Findlay, « Down in the apple orchard », *CBC News*, 13 janvier 2022, [https://www.cbc.ca/newsinteractives/features/down-in-the-apple-orchard].

vu ces enterrements, mais plusieurs témoignages donnent froid dans le dos.

Une ancienne pensionnaire, Audry Baptiste, qui a maintenant 69 ans, se souvient qu'à 10 ans, après une messe du dimanche, elle a vu dans une grange les corps de quatre jeunes garçons, pendus. Elle a reconnu un de ses camarades de classe. Posant des questions aux religieux chargés de l'enseignement, elle dit avoir été battue sur les bras et les mains avec une grosse lanière de cuir (la « strappe ».)

Le chef d'une nation voisine, Michael LeBourdais, dit que son oncle, pensionnaire dans les années 50, lui a raconté que des garçons étaient forcés de se battre l'un contre l'autre, et que le gagnant ou le perdant était ensuite obligé d'aller creuser des trous dans le verger, là où l'on a trouvé les tombes présumées. Il affirme que son oncle, maintenant décédé, était convaincu qu'il s'agissait de tombes. « Creuse un trou, quelqu'un disparaît. Creuse un autre trou, quelqu'un disparaît », lui a-t-il dit.

Le chef Harvey McLeod, d'une autre nation voisine et également ex-élève au pensionnat, raconte qu'une dame l'a abordé lors d'un événement en 2017 pour lui avouer, en sanglots : « J'étais une de ceux qui les enterrait. » Il n'a pas pris ses coordonnées. Mais un appel public à témoignage pourrait être utile pour retrouver ces participants.

* Il y a des preuves circonstancielles. D'ex-élèves avisés de ne pas aller dans le verger, car « il y avait des trous ». Une rumeur persistante sur l'existence de ces inhumations. Sans compter un témoignage direct d'agression sexuelle. Et on chuchote que

la fournaise du sous-sol aurait servi à brûler des fétus ou des nouveau-nés, mais sans preuve.

Les élèves «disparus» puis retrouvés

Il y a également les noms d'élèves disparus. La Commission d'enquête de vérité et réconciliation a relevé, pour tout le Canada, 3 200 élèves autochtones décédés dans les pensionnats. De ce nombre, elle en identifie 51 du pensionnat de Kamloops. Il est normal de penser que ces 51 élèves doivent faire partie des 200 évoqués.

L'historien québécois Jacques Rouillard, qui avait déjà travaillé sur les archives de pensionnats albertains, a croisé les informations des dossiers de Bibliothèque et Archives Canada et des certificats de décès conservés aux registres de l'état civil de la Colombie-Britannique. Une source que la Commission ne semble pas avoir consultée. Dans un article publié par la *Dorchester Review*, Rouillard indique avoir repéré 37 des 51 élèves «disparus»: parmi ceux-ci, il recense 17 élèves morts à l'hôpital, 8 à la suite d'un accident dans leur réserve ou près du pensionnat et 2 qui sont cités deux fois dans la liste de la Commission (ce qui ramène le total à 49). Du nombre, 24 sont enterrés au cimetière de leur réserve et 4 au cimetière officiel de la réserve de Kamloops[57]. Il écrit: «On est donc loin des affirmations non vérifiées voulant que les autorités n'aient pas enregistré les décès, que les parents n'aient pas été informés ou que les dépouilles ne soient jamais

---

57. Tom Flanagan et Brian Gierbrecht, «The False Narrative of Residential School Burials», *The Dorchester Review*, 1 mars 2022, [https://www.dorchesterreview.ca/blogs/news/the-false-narrative-of-irs-burials].

revenues dans leur famille. » L'ex-juge Brian Giesbrecht en est venu indépendamment à la même conclusion. Il publie la liste des noms avec les informations trouvées[58].

Les doutes ainsi soulevés sur la véracité des affirmations et le retard à procéder aux fouilles en poussent certains à déclarer que l'affaire de Kamloops est un gigantesque canular. Je ne suis pas de cet avis. Il urge cependant de traiter les allégations, et les témoignages, avec sérieux et méthode. Tout repose sur l'existence, ou non, de ces 200 corps. Des fouilles rapides et menées en toute indépendance sont indispensables. La vérité et la réconciliation en dépendent.

Des fouilles préalables dont on ne parle pas

Des recherches effectuées depuis dans les archives démontrent qu'au cours des décennies, plus de 30 % du terrain en cause a été excavé, notamment pour des travaux d'aqueduc, sans qu'aucun ossement n'ait été découvert[59].

Une découverte a bien été effectuée à Lebret Industrial School en Saskatchewan : une portion de mâchoire d'enfant, datant d'une centaine d'années, fut trouvée fin 2022, probablement ramenée au sol par un rongeur. La Nation crie Star Blanket affirme avoir

---

58. Brian Giesbrecht et Peter Holle, « Are There Really Thousands of Missing Indigenous Children ? », Frontier Centre for Public Policy, 21 octobre 2021, [https://fcpp.org/2021/10/21/are-there-really-thousands-of-missing-indigenous-children/].
59. « Graves in the Apple Orchard » (rapport), s.d., [https://gravesintheorchard.wordpress.com/].

localisé par radar 2 000 anomalies dans le territoire adjacent à l'ancienne école. Pour ne pas désacraliser les présumées victimes enfouies, plutôt que d'exhumer pour vérifier la présence d'autres ossements, elle compte procéder par carottage pour vérifier la présence d'ADN. À suivre, donc.

Mais plus globalement, Tom Flanagan et l'ex-juge Giesbrecht ont fait, en mars 2022, un important rappel: « Là où des excavations ont eu lieu à la suite de recherches au géoradar, rien n'a été retrouvé. Ce fut le cas à l'ancien Mohawk Institute de Brantford, à l'ancien Shubenacadie Indian Residential School en Nouvelle-Écosse, à l'hôpital Charles Camsell à Edmonton, et au pensionnat de Kuper Island en Colombie-Britannique[60]. »

Une fois tout cela dit, il faut rappeler que le gouvernement canadien a débloqué pas moins de 330 millions de dollars pour financer les recherches visant à établir la vérité au sujet de ces tombes présumées. Mais la totalité de la somme a été versée aux nations autochtones, non à des enquêteurs indépendants. A-t-on le droit d'affirmer que cet investissement aurait mieux servi à financer l'avenir des jeunes autochtones, plutôt que de risquer qu'il n'induise une auto-perpétuation de récits de crimes passés dont l'existence reste hypothétique, mais dont la réitération est manifestement extrêmement lucrative?

---

60. Tom Flanagan et Brian Gierbrecht, « The False Narrative of Residential School Burials », *op.cit.*

À la rescousse de l'été des Indiens

C'est la faute des chutes du Niagara. La géologie ayant posé ce gigantesque obstacle sur sa route, René-Robert Cavelier de La Salle et ses hommes durent rebrousser chemin. Ils pensaient canoter vers la Chine, ses soies et ses épices, mais revinrent bredouilles sur les terres de leur Seigneurie de la côte Sainte-Sulpice. Par dérision, les habitants les surnommaient « les Chinois » et leurs terres, « Lachine ».

Il serait aisé de trouver un activiste sino-canadien pour se plaindre de cette utilisation sarcastique du nom de son pays d'origine. Pour dénoncer, non seulement cette appropriation de l'Empire du Milieu par des colons français, le manque de respect flagrant envers une nation qui n'y est pour rien. Il faudrait lui répondre que l'on comprend parfaitement son point de vue, qu'on respecte sa sensibilité, mais que le nom de la ville de Lachine fait partie de notre héritage historique à plusieurs niveaux. La volonté de découverte qui habitait nos ancêtres, d'abord. Leur légendaire sens de l'humour, ensuite. Devoir expliquer l'anecdote à chaque génération de Montréalais témoigne de la présence du passé dans notre tissu urbain. Changer le nom de Lachine, ou d'ailleurs du pâté chinois (qu'on a importé du Maine, pas de Shanghai), ce serait enlever de la saveur à l'héritage qu'on se transmet.

C'est évidemment pire pour les Indiens. Le mot incarne la méprise de Christophe Colomb, de Cartier, Champlain et les autres, croyant découvrir sur nos côtes le pays des maharadjas. Il est parfaitement opportun qu'après avoir gauchement tenté de concilier l'erreur avec la géographie, en les rebaptisant Amérindiens, les premiers habitants aient revendiqué une identité intrinsèque en préférant Premières Nations ou Autochtones. Cela commande le respect. Mais la rémanence de la méprise dans le vocabulaire, comme dans blé d'Inde et été des Indiens, appartient à notre culture davantage qu'à la leur, puisqu'elle découle de l'incapacité de nos navigateurs à savoir où ils étaient.

Et savez-vous que le mot dinde et ses amis dindon et dindonneau viennent de poule d'Inde, autre héritage de la grande méprise, comme d'ailleurs cochon d'Inde, qui n'est pas un cochon et qui ne vient pas d'Inde!

Chaque automne qui passe voit s'effacer un peu plus, dans nos gazettes et sur nos ondes, la belle expression, au profit de l'insipide « redoux ». D'abord, il n'existe aucune organisation autochtone qui ait réclamé cet effacement. Il s'agit d'une pure autocensure préventive que rien ne justifie. Quand bien même on nous le demandait, je plaiderais pour son maintien. L'expression renvoie à une ère où nos ancêtres étaient très attentifs à la connaissance qu'avaient les Autochtones du lieu, de la faune et de la flore, du cycle des saisons. Nous étions, sur cette terre nouvelle pour nous, ancienne pour eux, leurs élèves. Qu'à chaque automne et pour l'éternité, quand nos enfants nous demandent la signification de l'expression, on leur dise ça, est un témoignage renouvelé d'estime et d'humilité. Et puis, essayer d'imaginer Joe Dassin chanter ceci: « On ira où tu voudras, quand tu voudras / Et l'on s'aimera encore, lorsque l'amour sera mort / Toute la vie sera pareille à ce matin / Aux couleurs du redoux. » Voyez, la cause est entendue!

J'en profite pour m'attrister du changement de nom de l'équipe de foot de McGill. Ils s'appelaient Redmen parce que le fondateur de l'établissement, James McGill, était écossais et avait les cheveux roux. Mais l'usage a trouvé beaucoup plus fort symboliquement d'associer le nom aux Autochtones. L'équipe voulait s'inspirer des redoutables guerriers que furent les Premières Nations, notamment les Iroquois. Leur courage, leur intelligence tactique (ils ont inventé la guérilla), leur esprit de corps, voilà ce que le mot Redmen signifiait. En 2017, un de nos meilleurs cinéastes, François Girard, en a fait l'apothéose de son film historique sur Montréal, *Hochelaga, Terre des âmes*. Dans la scène finale, la totalité de la diversité montréalaise est représentée dans l'équipe des Redmen – et dans les gradins – incarnant l'hommage rendu par tous les habitants du lieu à l'héritage autochtone. L'année suivante, la vague *woke* allait rendre caducs le nom, l'hommage et le film en rebaptisant l'équipe Redbirds. Combien de batailles ont-ils gagnées, les oiseaux rouges, dites-moi ?

On me signale que dans les écoles, on n'ose plus demander aux enfants de « s'asseoir en Indien », une posture qui avait frappé Chateaubriand lors de son passage chez les Autochtones. On préfère dire « en tailleur ». Fini aussi l'idée de se mettre « en file indienne », pourtant héritée de leur technique de déplacement pendant les batailles, pour minimiser leur empreinte et tromper l'ennemi. Et qui dit encore « traîne sauvage » alors qu'on peut bien décider que c'est la traîne qui l'est !

(Traumavertissement : mots en « n » imminents.) La Commission de toponymie du Québec a décidé en 2015 de gommer du territoire les onze endroits où les mots « nègre » ou « *nigger* » étaient utilisés, parfois pour marquer la présence des premiers Noirs établis chez nous, ou pour rappeler des événements les impliquant. Près de Shawinigan, le « Lac à Ti-Nègre » est devenu

« Lac Honoré-Gélinas ». On le comprend, car Ti-Nègre était le surnom de Gélinas, dont le teint était basané. Malheureusement, les noms des dix autres lieux sont disparus à jamais. On m'informe que ces « lieux auparavant désignés par ces toponymes étaient des entités mineures et ne servent plus de repères de nos jours. C'est pourquoi la Commission n'a pas donné des noms de remplacement pour tous les lieux visés, après consultation des milieux concernés. »

Il est évidemment convenu de ne plus utiliser ces termes pour désigner nos concitoyens noirs, puisque c'est leur vœu. Mais la trace laissée dans l'histoire appartient à un autre registre, sauf si son utilisation du terme était volontairement dégradante. (Les Espagnols ont des villes qui s'appellent Matamoros, qui signifie Tuer des Arabes. Là, voyez-vous, un changement s'imposerait.)

Disparu le nom « Nigger Rock », près de la frontière américaine, où des esclaves noirs, alors ainsi désignés, ont été enterrés. La Ligue des Noirs du Québec, qui organise une visite chaque année, n'était pas favorable aux changements de noms. « Pour les remplacer par quoi ? », demandait son directeur, Dan Philip. On aurait pu au moins le renommer « Repos des esclaves », non ? Finies les « Rapides des nègres » à Bouchette en Outaouais. On pense que le nom rappelle un couple noir, ou un draveur noir, décédé dans les rapides. On aurait pu les renommer « Rapides des amoureux noirs », non ? Pour ma part, j'estime tragique que, par excès de zèle, on efface du territoire des témoignages de leur existence.

Comme chef du PQ en 2017, j'ai dû rabrouer le doyen de l'Assemblée, François Gendron, membre de mon caucus, qui avait dit devant des étudiants que, lorsqu'il était jeune, « on travaillait comme des nègres». Avec le recul, j'ai un doute. Cette expression, datée, n'est-elle pas issue de notre mémoire collective que les Noirs travaillaient extrêmement fort ? N'incarne-t-elle pas l'exact contraire du préjugé raciste qui les accuse d'indolence ? Sa disparition du langage courant ne fait-elle pas disparaître une reconnaissance positive de leur labeur ? Certes, vous ne me verrez pas défendre l'expression «plan de nègre» qui signifiait une combine foireuse, vouée à l'échec, peut-être illégale. Là, bon débarras.

Je conclurai en parlant du «p'tit juif» que j'étais aux yeux de mon père. Il m'affublait de ce surnom chaque fois qu'il s'avisait que je venais de faire quelque chose d'intelligent, d'étonnant, d'astucieux. Je n'avais, dans le Thetford Mines des années 1960, qu'un seul autre repère au sujet des juifs. Les Romains avaient crucifié Jésus en plantant sur sa croix l'inscription INRI, Roi des Juifs. (Malgré une éducation catholique, je n'avais jamais entendu dire que les juifs étaient coupables de l'exécution de Jésus.) Donc, mon calcul était simple. Jésus était juif, et si on était intelligent, on l'était aussi. Lorsque, adolescent, je fus confronté à une remarque antisémite, je me suis dit : penser du mal des juifs ? Ils sont malades !

Mon argument est le suivant. L'excès de rectitude politique, le nettoyage ethnique qu'on impose à notre langue et à nos lieux n'arrache-t-il pas de notre jardin mémoriel non seulement les mauvaises herbes, mais les jolies fleurs de notre passé commun ?

Pour dessert

L'empreinte internationale du Québec

Imaginez un chercheur qui devrait décrire le Québec, mais sans y mettre les pieds et sans rien connaître de son économie, de sa culture ou de sa démographie.

Il devrait décrire le Québec à partir de sa présence internationale. Il devrait, en fait, le déduire.

L'empreinte culturelle

Suivant l'actualité cinématographique, il constaterait que, presque chaque année depuis des lustres, un film québécois ou un film réalisé par un Québécois est en nomination aux Oscar, aux Golden Globes comme au Festival de Cannes et qu'il n'est plus rare qu'il en reparte avec un prix. Il saurait que HBO, Netflix et d'autres géants de la diffusion inondent de scénarios des réalisateurs nés non loin du Saint-Laurent. Il verrait que le logo du Québec apparaît presque systématiquement à la fin des grandes productions de superhéros et de voyages dans l'espace.

Poursuivant ses recherches culturelles, il noterait que des gens de la ville de Québec ont été récemment chargés de réimaginer les plus grandes productions de l'histoire de l'opéra dans son temple new-yorkais, le MET, dont le directeur musical est désormais un Montréalais. Il apprendrait que d'autres Québécois dominent depuis longtemps les scènes de Las Vegas et que des chanteurs d'ici (et une chanteuse en particulier) occupent régulièrement les sommets des marchés francophones et anglophones des ventes. Notre chercheur saurait, car il a des éléments de comparaison, que le Québec n'est pas une superpuissance culturelle, n'étant ni Hollywood ni Paris. Mais il conclurait que le Québec est une puissance culturelle.

L'empreinte économique

Il devrait aussi remplir son calepin de notations économiques. Il ne serait peut-être pas surpris d'apprendre que le Québec est un géant de l'industrie des pâtes et papiers et d'un secteur de l'aluminium qui, ici, prend un spectaculaire virage vert. Mais il apprendrait qu'en aérospatiale, la métropole québécoise est sur le podium des trois grandes places mondiales et que des hélicoptères et avions québécois sillonnent le ciel de 100 pays.

On lui dirait que la métropole québécoise est un pôle mondial en jeux vidéo, en effets visuels et animation, en mégadonnées, en sciences de la vie et en technologies de la santé. Et qu'elle est la première ville du continent pour les congrès internationaux.

Il noterait aussi que le Québec est une référence en matière de coopératives et que, presque seule au monde, elle compte comme première institution financière, une coopérative. On lui dirait aussi que le Chantier de l'économie sociale du Québec est une source d'inspiration mondiale en la matière.

L'empreinte politique

Continuant ses investigations, notre chercheur s'intéresserait au poids politique du Québec. À Washington, il apprendrait qu'un des plus grands accords de libre-échange de l'histoire, l'ALENA, n'existerait pas sans le poids politique mis dans la balance par le Québec il y a bientôt 35 ans. À Bruxelles, on lui expliquerait qu'un autre accord historique, entre toute l'Europe et le Canada, n'existe qu'à cause de la volonté du Québec de le voir émerger.

À San Diego, on lui dirait que l'alliance entre la Californie et le Québec fut essentielle pour réduire sur tout le continent les émissions polluantes des voitures et que cette alliance forme aujourd'hui la base du seul marché du carbone en vigueur sur le continent. À New York, on lui expliquerait que l'électricité québécoise est une des clés de la transition écologique du Nord-Est américain.

À Paris, on lui dirait que la force de caractère du Québec fut déterminante dans la conception d'une convention internationale protégeant la capacité des États à soutenir leurs cultures nationales. Dans plusieurs capitales africaines, il apprendrait que le Québec est un des gouvernements les plus influents d'une organisation qui en compte 88 : l'Organisation internationale de la Francophonie.

L'empreinte en éducation et en sciences

À Boston, on lui dirait que la ville ne connaît qu'une rivale en ce qui a trait au nombre d'universités et au nombre d'étudiants locaux et étrangers : Montréal. Au sujet de la science, on expliquerait à notre chercheur que l'équivalent du prix Nobel en matière d'intelligence artificielle (IA), le prix Turing, a été remis au chercheur québécois Yoshua Bengio, considéré comme l'un des trois parrains de l'intelligence artificielle au monde, que Montréal est un des pôles planétaires, non seulement de la recherche en IA, mais en développement des règles éthiques devant s'appliquer à ce nouvel univers.

On lui expliquerait que l'excellence scientifique québécoise n'est pas nouvelle, car un Québécois, Pierre Dansereau, est le père de l'écologie, qu'un autre, Hans Selye, a le premier décrit le stress. Que Jacques Beaulieu, à Québec, a fait faire un pas de géant à l'utilisation du laser. Et qu'aujourd'hui on invente, pour les voitures électriques, les piles les plus performantes.

On lui dirait aussi que le Québec est habitué à être en orbite. C'est à Saint-Hubert que l'on construit le Bras canadien de la Station spatiale internationale. Non seulement des Québécois ont été astronautes, mais un ex-saltimbanque québécois fut un des premiers touristes de l'espace et une Québécoise a, pour la Nasa, contrôlé à distance l'engin qui se promène aujourd'hui sur Mars.

Une empreinte sur les politiques publiques

Notre chercheur trouverait aussi des empreintes digitales québécoises sur les politiques publiques d'autres pays. On vient d'Europe étudier nos politiques d'économie sociale, de Catalogne emprunter notre législation linguistique, des États-Unis s'informer sur nos garderies ou sur nos fonds d'investissement syndicaux, et le légendaire activiste américain Ralph Nader est intarissable sur notre assurance médicaments. La France et le Canada se sont inspirés de nos lois sur le financement électoral.

La pratique de médiation développée au Québec pour soustraire les litiges du lent processus judiciaire intéresse plusieurs pays.

Il comprendrait que le Québec est présent dans le monde, qui le lui rend bien : 350 entreprises européennes et 350 entreprises américaines ont choisi le Québec, comme 65 organisations internationales. Il sourirait en apprenant que le richissime Qatar a tenté de déplacer le prestigieux et imposant siège de l'Organisation de l'aviation civile internationale, OACI. Mais les pays membres ont massivement préféré rester à Montréal.

On pourrait lui parler aussi longtemps des sportifs venus du Québec, qui montent régulièrement sur les podiums olympiques, surtout lorsque le temps des jeux d'hiver est venu.

S'il s'intéresse à la guerre et à la paix, il saura que des Québécois ont versé leur sang pour la Révolution américaine, puis du côté de Lincoln dans la guerre civile. Quelque 130 000 furent volontaires pour faire reculer les nazis. Une vingtaine sont morts en Afghanistan, dans la lutte contre les talibans. Mais ils sont particulièrement fiers de leur rôle dans des missions de paix. On lui dirait que c'est à Québec que Roosevelt et Churchill ont planifié la libération de l'Europe, puis posé les bases de l'ONU. Que c'est à Montréal que se sont déroulées l'une des plus grandes manifestations mondiales visant à refuser de s'engager dans un conflit inutile, soit l'invasion américaine en Irak, et, plus récemment, l'une des plus grandes manifestations mondiales sur le climat, en présence de Greta Thunberg.

De retour dans son bureau, avec toutes ses notes, qu'en retiendrait notre chercheur ? Difficile à dire. Mais il est facile d'imaginer ce qu'il ne déduirait pas. Il ne croirait pas qu'un peuple de seulement huit millions de personnes est responsable de tout ce rayonnement. Il ne croirait pas que le PIB de ce peuple ne le hisse pas, au moins, dans le G20. Il aurait beaucoup de difficulté à comprendre que ce peuple n'est pas membre des Nations unies et qu'il ne peut presque jamais voter dans les forums où se décident de grands enjeux pour lesquels il a pourtant tant à dire et à offrir.

Non, de tout ce qu'il aurait appris, notre chercheur dessinerait dans son rapport les contours d'une nation forte, fière et, assurément, indépendante.

À quelle heure l'indépendance ?

Daniel Johnson, le père, premier ministre de l'Union nationale, aimait dire que « chaque Canadien français est séparatiste au moins une heure par jour ». Lise Bissonnette, du *Devoir*, demanda 30 ans plus tard à Daniel Johnson, le fils, chef du Parti libéral du Québec, si papa n'avait pas un peu raison. Ultrafédéraliste, l'homme était ainsi projeté loin à l'extérieur de sa zone de confort. Mais un mélange de loyauté filiale et de lucidité politique le contraint à dire qu'en effet, il existait une fibre, peut-être. On pouvait compter sur lui pour ne pas tirer dessus.

Lorsque Lucien Bouchard était premier ministre, et avant que ne se déclenche l'élection de 1998, il fut invité à un souper privé par le gratin du milieu québécois des affaires. Ces piliers et financiers du Parti libéral du Québec lui offraient d'appuyer publiquement sa réélection s'il s'engageait à ne pas faire de nouveau référendum sur la souveraineté, ce qu'il refusa. « De toute façon, plaida un des convives pourtant publiquement très impliqué pour le Non en 1995, avec vous, les péquistes, on perd tout le temps. »

Le pronom « on » utilisé dans cette phrase par cette personne avait une nette qualité freudienne. Avait-il lui-même voté « oui » dans le secret de l'isoloir ? Avait-il défendu le Canada en espérant que ce « on » gagne tout de même ?

Dans l'histoire politique récente, on a testé une fois la limite supérieure de l'horlogerie indépendantiste cachée des Québécois. Dans l'année suivant l'échec de Meech – donc le refus par le Canada de reconnaître même au Québec un caractère « distinct » –, jusqu'à 67 % des Québécois se disaient prêts à déguerpir, chiffre qui atteignait 72 % dans un sondage interne de Créatec réalisé pour le PLQ. Deux conditions étaient alors réunies : une réelle colère contre le Canada et la disparition presque complète des voix fédéralistes au Québec, le PLQ ayant alors adopté une position volontairement équivoque.

L'impression qui s'est dégagée de l'évolution de l'opinion depuis ce moment est un net recul, bien sûr, de la volonté souverainiste sous les 40 %, mais surtout un renforcement d'une majorité fédéraliste robuste, de plus de 50 %.

Un sondage d'avril 2023 d'Environics pour la Confederation of Tomorrow vient remettre beaucoup de mou dans les engrenages de notre horloge nationale interne. Plutôt que de forcer les répondants à choisir entre les deux pôles, souverainiste et fédéraliste, le sondeur leur a laissé toute latitude pour exprimer leurs indécisions et ambivalences. Chez les francophones, la posture favorite est « entre les deux » (25 %), ex æquo avec « aucun des deux » (25 %). Si on ajoute les 9 % qui ne savent même pas s'ils sont pour, contre, entre-deux ou aucun des deux, cela donne 59 % de francophones errants dans le *no man's land* de l'avenir national. (Les autres ? 18 % de « principalement fédéralistes » et 22 % de « principalement souverainistes »[61].)

Pourquoi est-ce une bonne nouvelle pour les indépendantistes comme moi ? Parce que cela signifie que le terrain est meuble

---

61. Philippe J. Fournier, « Souveraineté : les jeunes n'ont pas suivi leurs parents », Environics Institute, 13 avril 2023, [https://www.environicsinstitute.org/news/news/2023/04/13/souverainet%C3%A9-les-jeunes-n-ont-pas-suivi-leurs-parents].

chez 60 % des francos. Que rien n'est figé. Qu'on est toujours dans le domaine du possible. Mieux encore, la situation est exactement la même qu'en 2002, l'étude reprenant les mêmes questions et obtenant en gros les mêmes réponses.

Or, que s'est-il passé après 2002 ? Le scandale des commandites – révélant que, depuis le référendum de 1995, Ottawa avait tenté de nous gaver d'identité canadienne à grand volume tout en engraissant des amis au passage. Un scandale qui, en 2005, a fait surgir du marais de l'opinion un pic d'appui à la souveraineté atteignant 62 % chez les francophones, 54 % dans l'ensemble[62]. Malheureusement, les indépendantistes n'étaient pas au pouvoir pour profiter de cette vague. Mais la leçon reste : les Québécois peuvent sortir de l'ambivalence et de l'incertitude. Ce n'est pas, chez eux, un état permanent.

En observant l'évolution de ces chiffres sur 20 ans, on peut, comme l'a fait le collègue Philippe Fournier dans L'Actualité, braquer le projecteur sur la moitié vide du verre : alors que les jeunes de 2002 étaient à 25 % souverainistes, ils ne le sont plus, en 2023, qu'à 12 %. La moitié pleine du verre est pareillement intéressante : les plus de 55 ans n'étaient en 2002 qu'à 18 % souverainistes, ils le sont désormais à 28 %. L'essentiel est ailleurs : aujourd'hui, 64 % des moins de 35 ans sont dans le grand marais, comme 67 % des plus de 55 ans. Politiquement, la Coalition avenir Québec a planté sa tente à l'épicentre de cette colossale guimauve idéologique.

---

62. Léger, « L'appui à la souveraineté demeure à 54 % » (sondage), 14 mai 2005, [https://leger360.com/fr/sondages/lappui-a-la-souverainete-demeure-a-54/].

Je suis moins soucieux que la moyenne des ours sur la capacité des indépendantistes à mobiliser la jeunesse au moment du rendez-vous référendaire, car on a joué dans ce même film en 1995. Les reportages sur la désaffection des jeunes (et des artistes) étaient légion quelques mois avant le vote. Mais plus la température politique montait, plus ils étaient au rendez-vous. J'estime que la similitude entre l'expérience du jeune adulte devenant autonome et celle de la nation québécoise quittant la maison canadienne est telle que, dans le feu de l'action référendaire, la jonction se fait d'elle-même.

Il y a 20 ans, je sillonnais le Québec avec une conférence intitulée « Pourquoi la souveraineté est probable ». Si je la refaisais aujourd'hui, je l'intitulerais « Pourquoi la souveraineté est possible ». Et lorsque des gens, souvent un peu âgés, m'abordent au supermarché pour me demander s'ils vont voir l'indépendance de leur vivant, je leur réponds : faites-vous de l'exercice ?

Un historien analysant l'évolution des choses dans un Québec indépendant advenant d'ici, disons, 50 ans, devrait à mon avis choisir l'élection de 2022 comme un tournant. C'est le moment où le Parti québécois n'est pas mort. Le moment à partir duquel on a cessé de prédire son décès et commencé plutôt à s'interroger sur l'ampleur de sa croissance future.

C'est essentiel pour deux raisons. D'abord, dans les années arides pour la souveraineté, le PQ est la flamme pilote de notre chauffe-eau politique. Il peut se passer des heures sans que vous en ayez besoin, puis, soudain, cette petite flamme nourrit toute une chaufferie. Sans elle, toutes les douches seraient glaciales. Ensuite, tout se passe comme si le long deuil de l'échec référendaire de 1995 devait passer par une phase de rejet, comme si l'existence même du PQ incarnait le reproche permanent de la dernière fois où « on » s'est dit non. Cette expiation semble avoir pris fin, et laisser place à une nouvelle phase, à un rallumage.

Il faut évidemment deux conditions pour réaliser un grand changement. L'existence d'une volonté politique, d'abord, l'émergence d'une conjoncture favorable, qui survient grâce à nous ou malgré nous, ensuite. Et à ceux qui m'avouent faire de l'exercice et insistent pour que je les éclaire davantage sur notre avenir, je réponds que pour l'essentiel – la conjoncture –, nous sommes à la merci de l'imprévisible.

Pour ne rien manquer, abonnez vous à l'infolettre
laboitealisee.com/infolettre

Achevé d'imprimer en octobre 2023
sur les presses de l'imprimerie Gauvin.

Cet ouvrage est entièrement produit au Québec.